KB271248

다시 학교를 생각한다

다시 학교를 생각한다

페이스북 친구들과 나눈 우리 교육이야기

이수호

한길사

다시 학교를 생각한다
페이스북 친구들과 나눈 우리 교육이야기

지은이 · 이수호
펴낸이 · 김언호
펴낸곳 · (주)도서출판 한길사

등록 · 1976년 12월 24일 제74호
주소 · 413-756 경기도 파주시 문발동 파주북시티 520-11
　　　 www.hangilsa.co.kr
　　　 E-mail: hangilsa@hangilsa.co.kr
전화 · 031-955-2000~3　　 팩스 · 031-955-2005

상무이사 · 박관순
총괄이사 · 곽명호 | 영업이사 · 이경호 | 경영기획이사 · 김관영
기획편집 · 박희진 안민재 임소정 김지연
전산 · 김현정 | 마케팅 · 박유진
관리 · 이중환 문주상 장비연 김선희

CTP 출력 및 인쇄제본 · (주)네오프린텍

제1판 제1쇄　2012년　8월 25일
제1판 제2쇄　2012년 11월 10일

값 15,000원
ISBN 978-89-356-6209-8　03800

◆ 본문 사진의 일부는 정택용 작가가 제공해주었습니다.

◆ 잘못 만들어진 책은 구입하신 서점에서 바꿔드립니다.

이 도서의 국립중앙도서관 출판시도서목록(CIP)은
e-CIP홈페이지(http://www.nl.go.kr/ecip)에서 이용하실 수 있습니다.
(CIP제어번호 : CIP2012003811)

그래도 교육이 희망이다

• 책을 내면서

그냥 학교에 있었으면 나는 지난 2월 말로 정년퇴직했을 것이다. 다른 퇴임하시는 선생님들과 함께 조촐한 퇴임식이라도 했을까? 학생들에게는 별 의미도 감동도 없고, 학교는 대충 치러야 하는 행사로, 당사자들은 조금은 쑥스럽고 귀찮은 시간이었겠지. 이것이 오늘의 학교 풍속도다.

그런데 나는 왜 올해 들어 학교가 그립고 학생들과 선생님들이 더 보고 싶을까. 아마도 학교가 너무 힘들고 학생과 교사들이 고통스러워하기 때문이리라.

2009년 3월 진보정치를 위해 갑자기 학교를 떠나며 마음이 몹시 아팠다. 민주노동당 비대위를 거쳐 최고위원 임기 끝날 때까지, 나는 교사의 마음으로 최선을 다했다. 용산 참사 현장과 쌍용자동차 앞에서 보낸 날들이 위로가 된다. 학교 안이든 밖이든 고통당하는 삶의 곁에 있어야 하는 게 교사이기 때문이리라.

2010년 6·2 지방선서에서 야권 연대로 재미를 본 진보진영은 진보

대통합을 추진하게 됐고, 노동 진영도 여러 정파들이 힘을 모아 함께 진보대통합을 추진하기로 다짐하던 날, 나는 모든 기득권을 버리고 오로지 통합에 매진하자며 민주노동당을 탈당했다. 그게 작년 5월이었다.

그런데 진보대통합이 지지부진하는 사이에 엉뚱한 일이 벌어졌다. 강남 보수층의 지지에 힘입어 재선에 성공한 오세훈 시장이, 주민발의로 제안한 무상급식 안을 거부하고, 시장직을 걸고 주민투표에 부치게 된 것이다. 시장 재선으로 집결된 보수층의 힘으로 몰아붙이면 이기리라 오판했던 것 같다.

민주, 진보진영은 단결하여 대응하지 않을 수 없게 되었고, 연합 선대본을 구성하여 대응하기로 하고, 민주당과 진보진영 그리고 친환경 무상급식운동 당사자 조직에서 공동으로 선대위원장을 맡기로 했는데, 논의 끝에 내가 진보진영 몫의 선대위원장을 맡게 되었다. 나는 다시 무상급식문제로 학교로 불려가게 된 것이다. 속으로 교사의 운명이구나 생각했다.

우리는 단결하여 열심히 싸워 이겼다. 오세훈 시장이 물러나고 서울시장 보궐선거가 실시되었고, 여세를 몰아 민주 · 진보 · 시민사회가 크게 단결하여 박원순을 당선시키기 위해 최선을 다했는데, 이번에도 나는 노동자와 민중진영을 대표하여 공동 선대위원장을 맡았고, 이겼다.

나는 두 번의 선거를 중요한 직책을 맡아 책임 있게 치르면서 많은 것을 느끼고 배웠다. 특히 시민들의 다양한 생각이 어떻게 형성되고,

어떻게 소통되고 공감하며, 큰 흐름을 만들고 한 방향으로 가는가였다. 일방통행은 없었다. 위에서 몇 명이 결정하고 그것을 아래로 내려보내 따르도록 하는 방식은 통하지 않았다. 쌍방향으로 주고받으며 함께 만들어가는 형식이었다. 이른바 SNS 시대였다. 두 번의 선거는 SNS의 승리였다.

나는 SNS의 한 형태인 페이스북에 가입하고 열심히 활동했다. 어느덧 친구도 5천 명에 이르게 되고, 내가 무슨 문제에 대해 의견을 올리면 수백 명의 공감과 수십 명의 토론 댓글이 달렸다. 모두 성의 있고 진지했다. 토론의 수준도 보통이 아니었다. 우리끼리만 보기에는 아까울 정도였다.

페이스북을 통해 활동하면서, 여전히 나의 가장 큰 관심사는 교육 문제라는 걸 깨닫게 되었다. 교육 문제에 대해서는 모두가 주인이요 이해당사자다. 그 한가운데 나는 나도 모르게 교사로 서 있었다. 교육이 나의 꿈이었기 때문에 더욱 절실할 수밖에 없었고, 교육을 통해 개인의 삶을 풍부하고 올바르게 하며, 그 삶들을 통해 사회를 조금이라도 나은 방향으로 바꾸려 했던 교육운동가로서의 책임 때문에, 오늘의 어려운 학교와 학생, 교사, 학부모의 삶이 더욱 안타깝게 다가왔다.

그래서 나는 아직 교사인 모양이다. 뒤틀릴 대로 뒤틀린 우리 교육을 바로잡을 책임이 나에게도 있다. 그것이 내 삶의 의미다.

그런 생각을 하며 나는 다시 학교를 돌아보고, 나의 교사 시절을 생각해보았다. 주마등처럼 지나간 시간들 속에도 잊히지 않는 얼굴들이 있었다. 또 그들과 이 어려운 시대를 같이 살면서 새로운 만남과 관계로 연결되고, 이제는 오히려 내 교사가 되어 나를 가르치는, 그런 얼굴들이 되어 있었다.

나는 한길사의 도움으로 그 얼굴들을 다시 불러모았다. 그리고 SNS를 통해 다시 가벼우면서도 진지하게 나눈 대화들을 모으게 되었다.

여기에 실린 나의 보잘것없는 글들은, 그동안 페이스북을 통해 나누었던 교육에 관한 얘기들과, 진보적인 작가들의 모임인 '리얼리스트 100'의 누리집과 참세상 등 인터넷 매체에 썼던 글들을 모은 것이다. 이 글들을 쓸 때마다 많은 친구들이 관심을 가지고 적극 참여, 함께해주었다. 내 잘못을 일깨워주기도 하고 부족함을 채워주기도 했다.

이 책이 독자들의 손으로 들어가면, 나는 다시 이 글들의 내용을 가지고 토론이 이루어졌으면 좋겠다. 페이스북이나 여러 인터넷 매체들이 활용됐으면 좋겠다. 또 나는 직접 이 책을 가지고 많은 분들과 만나려고 한다. 토론과 대화로 올바른 소통이 이루어지고, 우리 교육의 문제를 같이 해결해가기를 기대한다.

교육은 우리 사회의 종속변수이기에 다른 사회현상과 직결되어 있다. 사교육 시장, 학벌사회, 학력에 따른 임금 격차 등이다. 이런 것들과 함께 변화하려는 노력 없이는, 교육만 가지고 아무리 발버둥쳐도 어려울 수밖에 없다. 그렇다 하더라도 이런 것들을 핑계 삼으며 교육(학교)에서 노력을 게을리해서는 안 된다. 아무리 힘들더라도 교육부터 활로를 찾으려는 노력을 먼저 해야 한다.

그런 의미에서 이 책이 어려움에 빠져 있는 교육(학교)이 제자리를 찾아가는 노력의 작은 출발점이 되었으면 좋겠다. 같이 토론하고 얘기하면서 우리 교육을 살찌워갔으면 참 좋겠다. 교육만이 우리 사회를 바꾸는 희망이기 때문이다.

보잘것없는 이 책이 나오기까지 애쓰고 함께해준 모든 분들께 고마운 인사를 드린다.

2012년 8월 무더위 속에서
이수호

1
나는 언제나 교사였습니다

2

페이스북 친구들과 함께 교육을 말하다

1
나는
언제나
교사였습니다

다시 학교로 돌아가 나는 아이들 앞에 섰어요.

나는 교사였으니까요. 전교조 위원장일 때도

민주노총 위원장일 때도 해직을 당해 길거리에 있을 때도

국민연합 집행위원장으로 수십만 명을 호령할 때도

나는 언제나 교사였어요. 그 시대가 요구하는 다양한

교사의 역할을 나는 맡겨진 자리에서 실천할 뿐이었지요.

아이들은 언제나 가장 깨끗하고 솔직한 나의 선생이었어요.

수업을 하며 상담을 하며 그들에게 배우는 기쁨이

얼마나 큰지 나는 늘 즐거웠지요.

그러면서 그렇게 같이 있는 사이에 그들도 나에게서

뭔가를 배울까, 그리고 그것이 그들의 기쁨이 될까,

생각하면 가슴이 뛰었지요.

• 「사표를 쓰며」에서

다시 학교를 생각한다

복잡한 지하철에서 잘생긴 젊은이가 반갑게 인사를 한다. 내 눈에야 젊은이이지만 40을 넘긴 중년 신사다. 언뜻 보기에도 친숙한 얼굴이다. 이 친구가 누구지? 하고 있는데,

"선생님, 제 얼굴 기억이 잘 안 나시죠? 너무 오래됐네요."

위원장님 하지 않고 선생님이라 부르는 걸 보면 전교조 교사거나 제자인데, 말투나 태도가 제자 쪽에 가깝다. 머리를 굴려봤지만 잘 떠오르지 않는다.

"저 지선이예요. 신일고 시절 문예반 하던……."

아! 그랬구나. 20년도 더 지났으니, 나같이 기억력이 형편없는 놈이 정확하게 기억할 리가 없다. 그래도 지선이의 기억에 따라, 같이 활동했던 당시 학생들 이름이 나오고 구체적 사건들이 들먹여지며, 내 기억도 복원되기 시작했다. 그래, 그때였지.

나는 1977년부터 1989년 전교조 결성으로 해직될 때까지 12년간을 서울 수유리에 있는 신일 중·고등학교에 근무했나. 내 나이 서른

부터였으니 청춘을 거기서 보낸 것이다.

돌아보면 부족하고 미숙한 것뿐이었다. 교과 내용이야 수준에 맞게 잘 구성해서 열심히 수업하면 되는데, 학급을 운영하는 일이나 학생들을 따로 만나고 고민을 나누거나 지도하는 일은 너무도 어려웠다. 과도한 책임감이나 열정은 오히려 방해가 되는 줄을 그때는 몰랐다.

"선생님, 선생님께서 그때 제 생일이라며, 저를 책방으로 데리고 가서 책을 고르게 하고, 책 첫 갈피에 격려의 말씀 써주신 그 책, 지금도 갖고 있어요. 선물 받는 기분이 너무 좋기만 했는데, 지나고 보니 그 일이 있은 후 책을 좋아하기 시작했나 봐요."

그러고 보니 복잡한 지하철인데도 책을 들고 있다.

정말 까맣게 기억이 없다. 나는 담임을 하며, 우리 반 학생들에게 생일이면 적절한 책을 한 권씩 선물하곤 했는데, 그게 여태 기억에 남아 있나 보다.

교사 노릇 오래하다 보면 황당한 일도 많이 당하는데, 특히 오래된 졸업생을 만나 옛 이야기를 안주 삼아 나눌 때, 나는 기억에 없는 얘기를 들을 때이다.

내가 국어시간 어느 수업 때 무슨 얘기를 했는데, 자기는 그 이야기의 영향으로 지금과 같은 삶의 길을 선택하게 됐다는 등의 말을 들을 때는, 뒷머리가 쭈뼛하기도 한다. 난 전혀 그런 뜻으로 얘기한 게 아닌데 그렇게 알아서 듣기도 하는구나 하고 놀란다.

이런 일도 있었다. 지금은 사업에 성공해 알찬 중소기업을 경영하는 제자가 저녁을 대접하겠다 해서 불려 나갔다. 이런 데도 있구나 할 정도의 고급 음식점이었다. 같이 술이 좀 거나해지자, 갑자기 일어나더니 큰절을 하는 게 아닌가. 나도 당황해서 엉거주춤하는데,

"선생님, 고2 때 담임이셨잖아요? 무허가 판자촌 구석에 있던 저희 집에 가정방문을 오셔서, 제 공부방이라는 좁은 다락까지 올라와 보시고, 가시면서 작은 앉은뱅이책상 하나를 사주시며, 공부도 좋지만 허리 조심하라 하셨잖아요? 사실 전 가난을 핑계로 아예 공부를 안 했거든요. 저는 그 책상에서 비로소 공부하기 시작했어요. 선생님이 사주신 그 책상 아직도 가지고 다녀요."

웬일일까? 아무리 생각하려고 해도 그 생각은 왜 안 날까? 혹시 이 친구가 다른 선생님과 혼동하고 있는 건 아닐까하고 다시 물었더니, 당시의 상황이나 그날 같이 갔던 다른 친구 얘기 등으로 미뤄보면 내가 분명한데 민망스럽기만 했다.

내 아들이 고등학교 역사 선생 5년차이다. 내가 그 나이였구나 생각하니 여러 생각이 겹친다.

제자의 딸

내가 희연이를 만난 것은 선린 인터넷고등학교 시청각실에서였다. 고2로 보기엔 너무나 성숙해 보이는 머리가 치렁치렁하고 눈매가 서늘한 아가씨였다.

오랜만에, 근무하던 학교를 찾아 특강이랍시고 생각이 떠오르는 대로 횡설수설 얘기를 끝내고 인사를 나누고 있는데, 희연이가 다가왔다. 그러고는 반갑게 인사를 한다.

"선생님, 전 선생님 그전부터 알고 있었어요. 아빠가 가끔 선생님 말씀해주셨어요."

"아니, 네 아빠가 누군데 나를 알고 내 얘길 하니?"

"선생님, 신일학교 계셨잖아요. 그때 우리 아빠가 고2였는데 담임이셨대요."

희연이가 신나게 조잘거리는 얘기를 들으며, 갑자기 묘한 느낌에 싸였다.

내가 가르친 고2 학생의 고2된 딸을 다시 가르치다니…… 어느 사이에 한 세대를 넘어, 새로운 땅에 내가 와 있다는 것을 깨달았다.

"선생님, 아빠는 지금도 선생님께서 주신 조그만 문고판 소설을 간직하고 계셔요. 심훈의 『상록수』인데요, 물론 저보고도 읽어보라 하셔서 봤어요. 아빠는 그 책을 볼 때마다 물범 선생님 생각난다 하시며 혼자 미소 짓곤 하셨어요."

물범 선생님, 정말 오랜만에 들어보는 내 별명이다. 그 시절 학생들은 나를 그렇게 불렀다.

매년 3월 초, 새 학년이 되면 새로운 반을 맡게 되고, 새로운 학생들을 만나게 된다. 첫 시간엔 늘 자기소개를 하곤 했는데, 국어 교사인 나는 나를 소개하며, 우리는 될 수 있으면 순우리말을 쓰자며 내 이름도 물범으로 불러라 하면, 학생들은 금방 알아차리고 나를 그렇게 불러주곤 했다.

그렇구나, 나에게 물범 선생 시절이 있었구나. 젊은 날, 피가 뜨거웠던 시절, 나는 그 열정으로 학생들에게 도전하곤 했다.

"근데 선생님, 아빠가 그러는데 선생님은 다른 선생님과 뭔가 달랐데요. 뭐랄까 그땐 잘 몰랐지만 학생이지만 존중받는 느낌, 뭐 그런 거 있잖아요."

나는 수업하러 교실에 들어갈 땐 꼭 노크를 하고 들어갔다. 쉬는 시간이면 으레 교실은 시끌벅적하게 마련이고, 밥을 까먹는다거나 이상한 만화책을 돌려가며 보는 등 금지된 장난을 몰래 하기가 일쑤였다. 교실에 들어가기 전 문을 두드리는 건 내가 왔다는 신호이기도 했지만, 학생들에게 혹시 내가 봐서 안 될 짓이라도 하고 있다면, 그걸 범추고 빨리 감출 건 감추라는 신호였다.

나는 문을 열고 교실로 들어서며, 잠시 멈춰 서서 웃는 얼굴로, 학생들을 둘러보며 먼저 자연스럽게 인사를 한다. 그러면 학생들은 나름대로 인사를 하며 반가움의 표시를 한다. 바쁘거나 그럴 마음이 아닌 학생은 안 해도 그만이다. 나의 그런 행동 하나도 당시 학생들에겐 신선함으로 받아들여졌던 것 같다.

지금은 달라졌겠지만, 그때만 하더라도 교사들은 쉬는 시간이나 점심시간에 교실을 급습해 금지된 짓을 하는 학생을 적발하거나, 책가방을 강제로 뒤져 금지된 물품을 압수하는 일이 보통이었으니, 나의 그런 태도가 그들에게 뭔가 다른 느낌을 주었으리라.

인사도 그랬다.

보통 선생님이 교단에 올라와 교탁 앞에 서면, 반장의 차렷! 경례! 구호에 따라 일사분란하게 인사를 했다. 선생님에 따라서는 태도가 불량하거나 속도를 맞추지 못해 질서가 없어 보이면, 몇 번이고 인사를 되풀이시켜, 학생들의 인사를 벌의 수단으로 삼거나 자기 화풀이 도구로 사용하기도 했으니, 학생들 입장에선 얼마나 지겨웠을까. 그건 인사가 아니었다.

그런 학교문화는 일제나 군사시대 문화의 잔재로 보고 학교에서 몰아내야 한다고 생각했고, 그런 나의 생각을 나름대로 실천했던 것이, 학생들에게는 어쩌면 작은 놀라움으로 받아들여졌을지도 모르겠다.

요즘 학생인권조례 때문에 시끄러운 모습을 보면서 안타까운 생각이 든다. 학교에서 약자일 수밖에 없는 학생의 권리를 최소한으로 규

1978년 신일중학교 1학년 담임을 맡으며 입학식 끝나고 아이들 앞에서.

정하고, 그것만이라도 지켜서 우리 학생들이 비굴하지 않게 자존감을 가지고 성장할 수 있도록 하자는 게, 뭐가 그리 큰 문제인지 알 수가 없다.

우리 나라처럼 일제의 잔재가 아직도 남아 있고, 6·25 전쟁 이래 계속 중인 분단 냉전 상황은, 학교의 폭력을 용인하는 기재로 작용하고 있다.

국가인권위원회가 국가체제에서 불가피한 국가권력의 피해로부터 국민을 보호하기 위한 제도적 장치라면, 학생인권조례는 현재의 우리 나라 학교체제에서 일어날 수밖에 없는 구조적 폭력으로부터 학생들을 보호하기 위한 최소한의 장치이다. 그 구조적 폭력의 한쪽에 교사는 가해자로 위치한다. 우리 교사는 이 구조 속에서 스스로 빠져나오려는 치열한 노력을 하지 않으면 폭력의 도구가 될 수밖에 없다. 현재와 같은 학교체제에서는 불가피한 일이다.

"선생님, 잠깐만요. 인증샷 해서 아빠께 보여드려야 해요."

아빠의 선생님께 자기 아빠를 자랑하는 희연이가 너무 예뻤다. 그리고 고마웠다.

내 팔을 꼭 끼면서 "선생님, 웃어요" 하며 환하게 웃는 희연이에게, 나는 아직도 부끄러웠다.

이 일이 있고 며칠 뒤 희연이 아빠가 페이스북 내 담벼락에 글을 남겼다.

"이수호 선생님, 설레는 마음으로 인사를 남깁니다. 늘 존경하고 사랑하는 맘으로 선생님을 기억하고 응원합니다. 제 딸이 얼마 전 선생님 특강을 듣고 얼마나 기뻐했는지 모릅니다. 선생님, 감사합니다.”

그날 희연이와 찍은 사진과 함께 올린 글을 읽으며 교사인 나를 다시 한 번 돌아보았다.

희망의 우리학교

열아홉 살 윤주를 나는 광화문 네거리에서 처음 만났다.

그날도 햇살이 몹시 따가운 늦은 봄날이었다.

나는 '새언론포럼'이라는, 내가 참여하는 언론운동 단체로부터 KBS 김인규 사장, MBC 김재철 사장의 퇴진을 촉구하는 일인시위를 요청받고, 광화문 네거리 이순신 동상 앞으로 나갔는데, 거기서 윤주를 보았다.

이순신 동상 앞 횡단보도는 언제부턴가 각자 다른 요구들을 쓴 피켓을 들고 와 일인시위를 하는 명소가 되어버렸는데, 4대강 문제, 한미 FTA 문제, 강정마을 앞 해군기지 문제 등에서부터 청각 장애인들도 영화를 볼 수 있도록 한글 자막을 넣어달라는 것까지, 다양한 요구가 지나가는 시민의 눈길을 끌고 있었다.

나도 피켓을 들고 엉거주춤 서서 지나가는 사람들의 표정을 살피다가, 바로 내 옆의 피켓에 움찔하며 눈길이 머물렀다.

'얼마나 더 죽여야 합니까! 학생 죽이는 입시경쟁교육 STOP!'

마침 대구를 비롯해서 여기저기서 입시경쟁교육이나 학교폭력 때문에 학생들의 투신이 이어지던 때라, 교사의 입장에서 몹시 마음이 아프고, 특히 손을 쓸 수 없는 무기력에 참담하던 때여서, 들고 있는 피켓의 내용이 너무도 아프고 절실하게 다가왔다.

나도 모르게 피켓을 들고 있는 사람을 곁눈질로 살폈는데, 너무도 앳된 여학생이었다. 분명히 이 시간엔 학교에 있어야 할 학생처럼 보이는데, 자기들의 아픔을 안고 여기까지 나왔구나 생각하니 갑자기 눈앞이 아득해왔다. 그러고는 마음이 아려왔다.

'우리 사회와 학교, 그리고 우리 교사들의 잘못이, 너희들의 등을 떠밀어 아파트에서 떨어지게 하고, 책임까지 물어 이 뜨거운 날 너희들을 광화문 돌바닥 위에 세웠구나.'

생각하니 견딜 수가 없었다. 죄인된 마음으로 부끄럽게 일인시위를 끝내고 조심스럽게 물었다. 너는 누구며 어떻게 이 시간에 여기에 서서 우리 어른들을 부끄럽게 하느냐고.

윤주는 기탄없었다. 밝고 가벼웠지만 단호하면서도 진지했다.

"저는 도저히 학교에 더 다닐 수가 없어서 자퇴를 했어요. 저도 남 보기에 똑똑한 애여서, 선생님께서는 놀라워했고 부모님께서는 몹시 당황해하셨지만, 제 설명을 듣고 이해하셨어요. 자칫하면 애 죽이겠다고 생각했던 것 같아요."

윤주는 고2가 끝날 무렵에 자퇴했다. 디자이너가 꿈이었는데, 학교는 국영수 성적 줄 세우기만 시켰고, 윤주는 늘 뒤편이었다. 절망과 좌절에 자존심은 상할 대로 상했는데, 선생님은 우선 대학에 입학해놓고 보자며 수능 점수 얘기만 했다. 도저히 버틸 수가 없었다.

그렇게 학교를 탈출해서 여기저기 가고 싶은 곳을 가보기도 하고, 도서관에 가서 마음껏 책도 읽으면서 스스로의 삶을 모색하던 중, 인터넷을 통해 비슷한 생각과 행동을 하는 학생들이 있다는 걸 알고, 서로 연락하고 모이기 시작했다. 그리고 학생들이 또 자살을 하자, '입시경쟁교육으로부터 학생들을 구하자'는 성명서도 발표하고, 기자회견도 열며 일인시위를 시작했다는 것이다.

그날 나는 일인시위를 마치고 윤주와 헤어지면서, 지갑을 몽땅 털어 작은 손에 쥐어주며, 꿈을 포기하지 말라고 부탁했다. 혹시 필요하면 언제든지 연락하라고 하면서도 몹시 부끄러웠다.

이렇게 모인 탈학교 청소년들의 발칙한 상상과 무모한 도전이 시작됐다. 자기들끼리 학교를 만들자는 것이었다. 어른의 생각으로는 말도 안 되는 일이었지만, 맑고 고운 꿈 하나하나는 모여서 현실이 되기 시작했다. 죽음의 학교를 탈출한 청소년들이 스스로 만드는 새로운 대안학교 '희망의 우리학교'는 이렇게 싹이 터 가고 있었다.

이런 청소년들의 학교 만들기는, 뜻 있는 많은 분들의 관심을 불러일으키기에 충분했고 언론에도 보도되자, 재능기부를 포함한 많은 도움이 답지하기 시작했다. 가장 큰 문제는 안정된 학교 공간이었다. 교실과 사무실이 절실히 필요했다. 그런데 기적 같은 일이 일어났다. 조계사에서 그 공간을 기꺼이 제공하기로 했다는 것이다.

"우리가 교실 때문에 고민을 하면서, 대표 격인 학생이 아빠 친구가 조계사 계신 걸 알고 혹시나 하고 전화를 드렸는데, 그분이 얘기를 들고는 다짜고짜 조계사로 오라는 거예요. 갔더니 사무실과 교실을 쓰라는 거예요."

이 소식을 전하며 전화 속에서 윤주는 흥분하고 있었다. 어찌 이런 일이 있을 수 있냐며, 부처님께서 도와주신 게 분명하다고 너무 고마워했다. 그래서 교실 문제가 해결되고 학교 만들기는 착착 진행되고 있다는 것이다.

"근데 윤주야, 조계사의 그 고마운 분은 누구냐? 그 스님 이름이 뭐라더냐?"

혹시 내가 아는 스님인가도 했지만, 그런 훌륭한 생각을 실천하는 분이 누군지 궁금했다.

"스님은 아니구요. 조계사 살림을 사는 종무실장이란 분인데요. 저희들 일을 너무 잘 챙겨주서요."

그 말을 들으며 나는 죽비로 어깨를 세게 한 대 맞은 듯 정신이 번쩍 났다. 그리고 잊고 있었던 이름 하나가 떠올랐다.

'세용이구나. 결국 세용이가 일을 저질렀구나.'

세용이는 고등학교 때부터 철이 다 든 학생이었다.

'가난과 집안의 어려움은 저렇게 아이를 빨리 철들게 하는구나.'

그땐 그렇게 생각했다.

몇몇 가까운 친구들과 가끔 우리 집을 찾아오곤 했는데, 소주를 사 오기도 했다. 같이 마시며 고민을 털어놓기도 하고, 도저히 학교에 더 다닐 수가 없다며 가출을 선언하기도 했다. 우리는 친구가 되어 술도 마시며 그 아픔을 같이하려고 애썼던 것 같다.

우여곡절 끝에 고등학교를 졸업하고 동국대를 가고, 그리고 또 한참이 지난 뒤 그 대학 만해광장에서 혼사를 치를 때 내가 길눈이를 하고…… 그때 바람은 그렇게도 신나게 불었었지…….

세용이는 그 바람처럼 그렇게 살았다. 저러다 중이 되는 게 아닌가 염려했는데 결국은 조계사에 취직해서 절 관리하는 일을 하며, 경찰에 쫓겨 갈 곳 없는 수배자들을 위해 주지 스님 설득해 품어주는 일도 말없이 하더니, 학교에서 도망 나온 청소년들을 결국 네가 또 돌봐주는구나.

반가운 마음에 세용이에게 전화를 했다.

"선생님, 당연한 일을 가지고 뭘 그러세요. 갈 곳 없는 중생 잠시 쉬어가게 하는 게 절집이죠. 선생님도 제가 학교 다닐 때 힘들어 찾아가면 말없이 그냥 받아주셨잖아요."

가끔 이렇게, 저녁이 물들어 오는 시간이면 조계사가 생각난다.

그리고 두 얼굴이 떠오른다.

세용이와 윤주, 학교를 통한 그들과의 인연은 나를 이렇게 따뜻하게도 부끄럽게도 한다.

서울구치소에서

1989년 5월 28일, 천신만고 끝에 전국교직원노동조합(이하 전교조)의 깃발을 올렸다. 우리 지도부 20여 명은 수배를 당해 갈 곳이 없어, 그 당시 야당인 민주당 당사에서 단식농성을 하며, 전교조 결성과 참교육운동의 의미를 알리며 보름쯤 싸우다가 경찰에 자진 출두했다. 위원장인 윤영규 선생님과 사무처장인 내가 구속당하는 조건이었다.

경찰에서 며칠 조사를 받고 검찰로 넘어가, 어느 날 밤늦게 서울구치소에 감치되었다.

그때 내 나이 마흔둘, 교직 경력 15년차였지만, 학교에서 학생들 가르치는 일과 그와 관련된 일 외에는 관심도 없었고 실제로 아무것도 몰랐다. 꽁꽁 묶인 채 경찰에서 조사를 받으며, 창피하기도 하고 억울하기도 하고 분하기도 했지만, 꾹꾹 참으며 속으로 삭일 수밖에 없었다. 하는 일에 대한 자부심으로 그 모든 일을 참아 넘겼다.

그런데 검찰에 인계되어 구치소로 가면서, 분위기가 경찰은 정말 아무것도 아니라는 것을 느낄 수 있었다. 경찰서 유치장은 어찌 보면

낭만적인 곳이었다.

자정이 지난 한밤에 서울구치소에 도착하여 입소 절차를 호되게 치르고 각자의 감방으로 가며, 윤 위원장님과 나는 헤어져야 하는 어느 지점에서 서로 두 손을 잡고 눈물을 글썽거렸다. 전교조를 결성하기 위해 함께 애쓰며 보냈던 시간들이 떠오르며 이제부터는 내가 가까이에서 못 모시는구나 생각하니 안타까웠다. 그리고 연세도 높은 분이 앞으로 당할 구치소 생활과 재판 과정의 수모를 생각하니, 울컥하고 뭔가 치받고 올라오는 것이 있었다. 특히 몸에 맞지 않은 물 빠진 허름한 죄수복에 개인용으로 지급받은 밥그릇 한 벌과 수저를 든 모습이 너무도 어색하고 초라해 보였다. 내 꼴이 저렇구나 생각하니 더욱 화가 났다.

내가 처음 들어간 '경제방'은 여러 재소자들이 함께 쓰는 혼거방이었는데, 사립학교 교사인 나를 억지로 기소한 죄명이 기부금품모금금지법이어서, 거기에 넣었다는 것이다. 말이 경제사범이지 주로 사기꾼들을 모아놓은 방이었다. 나도 사기를 쳐서 교사들의 후원금을 모아 전교조를 결성했다는 것이 거기에서의 죄였다. 웃음이 났다.

유월 중순이었는데도 날씨는 더운데 수용 인원에 비해 방은 좁았고, 구치소 감방 관례에 따라 나는 첫날밤을 뺑기통(화장실의 구치소 은어) 옆에서 쪼그리고 자야 했다. 엄청 피곤했지만 잠은 오지 않고 한숨만 쉬며 밤을 새우다시피 했다.

다음날 어색하고 어수선한 가운데 구치소에서의 첫날이 시작됐다. 마룻바닥에 둘러앉아 아침밥을 먹고 막 일과를 시작하려는데 어느 젊은 교도관이 나를 찾아왔다. 그는 나를 불러내어 감방 옆에 있는 빈 방으로 데리고 가더니 갑자기 모자를 벗으며 다시 인사를 하는 것이었다.

"선생님, 저 모르시겠어요. 저는 언론을 통해 선생님께서 이리 오시는 거 알고 있었어요."

갑자기 불려나와 또 무슨 조사라도 받는가 걱정하던 중 갑자기 '선생님'이라는 바람에 다른 분위기가 느껴졌다. 자세히 보니 정확하지는 않지만 낯이 많이 익은 얼굴이었다. 분명히 제자였다. 기억을 더듬기 시작했다.

당시의 나는 제자가 두 부류였다. 하나는 내가 첫 부임을 했던 경상북도 울진의 제동중학교였고, 또 하나는 그뒤 서울로 옮겨 그때까지 근무하고 있었던 신일고등학교였다. 그 교도관의 나이나 태도로 봐서 분명 신일고 제자 같았다. 머리를 굴려봤지만 이름이나 특별한 추억은 떠오르지 않았다. 아마 얌전하고 평범한 학생이었구나 생각했다.

이런 경우 아주 모르겠다 하면 섭섭해할까봐 나는 넘겨짚어 아는 체를 했다.

"그랬구나. 그래, 너 신일 몇 회 졸업이니?"

그런데 여기에 대한 반응이 영 아니었다. 그 젊은 교도관의 얼굴에 약간의 섭섭함의 그림자가 설핏 지나는가 싶더니,

"선생님, 저 신일 졸업생 아니에요"

하지 않는가.

세상에 이런 난감한 일이 있나. 그냥 아는 체하지 말고 솔직히 물어

1989년 5월, 나는 전교조 결성과 함께 구속됐다가 6개월 만인
11월, 1심에서 집행유예 선고를 받고 출소했다(뒷줄 왼쪽에서 넷째).
전태일 열사의 기일인 그날 성문밖교회에서 죄수복 바지를 그대로 입고
전교조 사무처장 자격으로 전태일 노동상을 받았다.

볼 걸. 그럼, 이놈은 제자가 아니라면 도대체 누구란 말이냐. 짧은 순간에도 별 생각이 다 들었다.

"선생님, 저 교회 야학에서 공부했던 성규예요. 제가 몇 달 배우다 입대해버려 기억이 잘 안 나실 거예요. 왜 있잖아요, 성철이랑 병일이랑 밤에 같이 공부했었잖아요?"

그래 맞다. 네가 천성규구나. 낮엔 어디 직장에서 일하며 놓쳐버린 고등학교 공부를 그렇게라도 해서 검정고시 봐야겠다며, 어느 교회가 운영하는 야학에서 같이 공부했었지. 그때 너는 취미라며 멋진 자전거를 타고 다녔지.

그게 내가 서울 신일고로 옮겨 근무를 하던 다음해든가, 그 다음해든가였다. 나는 서울생활에 적응하느라 한 해를 보내고 그 다음해엔 더 배워야겠다는 욕심에 야간 대학원에 등록해서 공부를 하며, 주말은 야학에 가서 아이들을 가르쳤다. 야학은 수업도 수업이었지만, 마치고 밤늦게까지 떡볶이나 만두 등을 먹으며, 이런저런 세상얘기나 살아가는 얘기가 더 재미있었던 것 같다. 내 나이 서른한둘이었으니 생각하면 참 좋은 때였다.

성규도 그 야학 학생 중 한 명이었고, 늘 말이 없이 뒷전에 있었는데, 얼마 안 되어 군대를 가버렸다. 그뒤 제대 후 신일학교로 그 멋진 자전거를 타고 찾아왔던 기억이 어렴풋하다. 우리가 만나 무엇을 먹고 어떤 얘기를 했는지 기억이 없다. 내 기억력이 형편없는 건 잘 알지만, 사실 나는 그 무렵 교육운동을 막 시작하던 때라, 온통 생각이 거기에 가 있었다.

아무튼 그뒤 성규는 교정공무원 시험을 봐서 교도관이 되었다.

"근데 선생님, 몸이 너무 수척해지셨어요. 그동안 너무 고생이 많으셨나 봐요. 들어오시기 전에 단식까지 하셨으니 오죽하시겠어요. 이제부터 여기 계시면서 검찰 조사도 받고 재판도 받아야 할 텐데 걱정이네요."

성규는 몰라봐서 묘한 표정을 짓고 있는 나를 오히려 위로하고 있었다.

"선생님, 제가 아직 계급이 낮아서 뭔가 도와드릴 수가 없어요. 방이 불편하시면 보안과장님께 말씀드려 원하시면 독방으로 옮겨드릴게요. 단식하다 오셨으니 밥 대신 죽을 갖다 드리게 할게요."

너무 고마웠다. 난생 처음 들어와보는 구치소, 그 으스스한 시대의 감옥에서 천군만마를 만난 것이다.

나는 왜 이리도 복이 많은 거지, 정말 선생 하기를 잘했다 생각했다.

성규는 몸에 맞지 않은 시퍼런 수의에 고무신을 신은 몰골을 눈물이 그렁그렁한 눈으로 바라보더니,

"선생님, 죄수복은 몸에 맞는 걸로 한 벌 갖다드릴게요. 검취나 재판 나갈 때는 세탁실에 부탁해 다려드릴 테니 깨끗하게 하고 나가세요. 선생님 잘못 없다는 거 여기 교도소 사람들은 다 알아요. 다른 도둑놈들도 알구요. 아이들을 위해서, 우리 나라 교육을 바로잡아보려다가 끌려온 거 다 아니까요, 용기 잃지 마시고 힘내세요."

나는 오랜만에 만난 야학 제자의 격려를 받으며 갑자기 복받치는 울음을 참을 수 없어 고개를 쳐들고 뒤돌아서야 했다. 정말 짜증이 났

다. 난 왜 이리 마음이 약한지, 왜 이리 눈물이 많은지.

그뒤 나는 감옥에서의 호화주택이라고 할 수 있는 독방으로 옮겨졌다. 검찰 조사나 재판을 받으러 갈 땐, 그날 아침 성규가 다려서 빳빳하게 줄을 세운 수의를 입고 나갔다. 그 때문인지 검사 앞이나 재판정에서 늘 당당할 수 있었다.

성규는 얼마 전까지도 서울구치소에 근무를 했다. 계급도 많이 올라 조사계장을 했는데 주로 하는 일이 공안사범과 양심수를 돌보는 일이었다. 수많은 노동자, 학생, 철거민 들이나 국가보안법 위반자들이 서울구치소를 지나갔는데 그때마다 성규가 정성으로 대해주어 검찰조사와 재판을 제대로 받는 데 도움을 주었다. 민망스럽게도 성규가 그런 일을 할 때마다 내 제자라고 밝히는 바람에, 많은 분들에게 내가 고마운 인사를 받았다. 몇 달도 안 되는, 그것도 야학에서의 잠깐 제자가 오늘도 나를 부끄럽게 한다.

'아우내'의 추억

내가 해직 10년 만에 복직한 학교는 선린인터넷고등학교였다(원래는 선린상고였는데 당시 학교 이름은 선린정보산업고등학교). 2008년 9월 초였다.

나는 지방 신설 사립인 울진 제동중학교에서 교사생활을 시작하여, 사립 인문계인 서울 신일고등학교에서 해직됐기 때문에, 실업계 고등학교에 복직하는 것은 새로운 도전이었다. 기대와 우려의 두근거리는 마음으로 교문을 들어섰다.

학교는 너무 변해 있었다. 인문계와 실업계의 차이도 있었지만, 당시는 상업계열 실업고가 정체성을 찾지 못하고 방황하던 때라, 중학교 성적 최하위의 학생들이 밀려서 오는 그런 학교였다. 학교는 질서가 없었고 침체해 있었으며, 학생들에겐 희망이 없었고 교사들은 열의를 가지기가 힘들었다.

국어교사로서 문학수업을 담당했던 나는, 어느 정도 자신 있는 과목이라 쉽게 생각했는데, 그게 아니었다. 내 수업은, 자는 학생을 깨우지 못했고, 절망 상태에 빠진 학생의 꿈을 마련해주지 못했다. 나는 수업시간마다 절망했다. 학교에 등교하는 것마저 부담스러웠다. 교사인 내가 이렇게 힘든데 학생들은 얼마나 힘들까 생각하니 안타깝기만 했다.

학교는 수업이나 생활지도에 지친 교사들이 잠시 쉴 만한 곳도 없었다. 남교사 휴게실이라고 따로 있긴 했지만, 햇볕도 들지 않는 교실 뒤편의 작은 창고 방을 개조해, 바둑판 몇 개 갖다 놓은 것이 전부였다. 담배 피우는 교사들의 흡연실이었다.

나는 수업이 비는 시간에 교정을 산책하거나, 양호실(지금은 보건실이라 부른다)에 가서 잠시 쉬기도 했다. 선린인터넷고는 역사가 100년이 넘은 곳으로 학교도 넓었지만, 수십 년씩 된 큰 나무들이 있고 교정을 잘 가꾸어놓아, 도심 속의 작은 공원 같은 느낌이어서 산책하기가 좋았다. 보건실은 해가 잘 들어 밝고 좋았고, 수업시간에는 대체로 한산해 빈 침대에서 잠시 쉬기도 좋았다.

사실 내가 보건실에 자주 들른 것은 또 다른 이유가 있었다. 보건교사 이연심 선생 때문이었다. 젊었지만 학생들의 징익력이나 일의 추진력이 뛰어난 이 선생은 나와 신린학교 선입 동기였다. 해직 10년 만에 어색하고 쓸쓸하게 학교로 돌아온 나를, 같이 전입한 것도 인연이리고 살갑게 대해주는 바람에 보건실 난골손님이 돼버린 것이다.

이 선생은 언제나 친절했고 도전적이었으며, 보건실 창에 와서 조용히 머물다 가는 가을햇살처럼 그렇게 따뜻하고 포근했다. 전교조 조합원임은 진작 신고해서 알았지만, 대학 때 연극동아리 활동을 열심히 했고, 졸업하고도 연극 활동을 계속해, 당시 어느 극단의 배우라는 사실은 이런저런 얘기를 나누며 알게 되었다.

우리는 만나면 실업학교가 처해 있는 현실적 어려움에 대해 토론했고 학생들에 대해 걱정했다. 대학 입학이 학교교육의 전부인 상황에서, 당시의 선린은 최악의 조건이었다. 학생들은 그 무엇에도 관심을 가지지 못하고 절망 앞에서 방황하고 있을 뿐이었다. 그런 학생들을 속수무책으로 바라만 봐야 하는, 우리 또한 벼랑 앞에 선 기분이었다.

그날도 우리는 이런저런 얘기 끝에 연극 얘기를 나누다가, 이 선생이 연극반을 만들어보면 어떻겠느냐는 제안을 했고, "그거 괜찮겠네" 하고 내가 맞장구를 치면서, 선린 연극동아리 '아우내'의 역사는 시작됐다.

다른 교사들을 설득하고 교장의 결재를 받는 것도 어려웠지만, 학생들을 꼬드겨 연극동아리에 들게 하는 것은, 정말 보통 정성으로는 불가능한 일이었다.

대단한 이연심 선생이었다. 보건실 관리만으로도 바쁜 시간을 쪼개어, 처음부터 끝까지 모든 일을 혼자 도맡아 계획을 세우고 서류를 만들고 학생을 모집하고 연습실을 손보고……, 정말 눈코 뜰 새가 없었지만 얼굴 하나 찡그리지 않았다.

나는 그냥 실속도 없는 배후가 되어, 바람이나 잡거나 힘들어 하면 위로나 하는 일이 전부였으니, 무능한 자신이 원망스럽기만 했다. 그래도 한 일이 있다면 이 선린 최초의 연극동아리 이름을 지은 것이다. '아우내'는 '아름다운 우리들의 내일을 위하여!'의 줄인 말이기도 하

내가 선린인터넷고로 복직했을 때 나를 위해 애써준 전교조 분회원 선생님들.
오른쪽 두 번째가 아우내 극단을 지도한 이연심 선생님이다.

지만, 유관순이 3·1만세를 부르던 아우내 장터이기도 해서 권했더니, 모두 좋아해서 그렇게 하기로 한 것이다.

연극 교사 이연심의 열정은 정말 대단했다. 중학교 성적으로 꼴지들만 모아놓은 학생들을 그렇게 멋진 연극인으로 만들어갈 수가 없었다.

'그렇구나. 어쩌다 성적은 놓쳤지만 그들 속에 연극 기질들은 살아 있었구나. 그걸 저렇게 가르치고 격려하니 모두가 다 샘물처럼 솟아 나는구나.'

나는 뒤에서 지켜보며, 교사와 학생의 그 무한한 잠재력과 그것이 어떨 때 현실화되는가를 지켜보면서 혼자 감격하곤 했다.

선린 연극동아리 아우내 1기의 작품은 「집에 다녀오겠습니다」였다. 자신들의 이야기였다. 1년 내내 흘린 땀의 결과를 학부모님들과 선생님들, 그리고 친구들에게 선보이던 날, 그날 연극 공연장은 감격의 도가니였다. 연극이 끝나고 막이 내리자, 긴가민가했던 관객들은 "쟤들이 개들 맞아!"하며 놀랐고, 무대 뒤에서는 아우내 단원들이 이연심 선생과 한 덩어리가 되어 엉엉 울고 있었다.

아우내의 이 작품은 어느 대학이 주최하는 전국 청소년 연극 경연 대회에 나가 최우수상을 받았다. 그 성과로 당시 3학년 학생들은 자기가 원하는 대학으로 진학하여 연극을 계속했다. 그렇게 시작한 선린 연극은, 동아리 수준을 넘어 정규수업으로 발전해 전 학생이 연극 공부를 통해 창의성과 인성 교육의 발판을 삼았다.

아우내도 기를 거듭하며 실력을 쌓아, 1기에 이어 전국대회 등에서 좋은 성적을 거두었으며, 졸업생들끼리 따로 극단을 만들기도 했는데, 그 극단 이름은 '연'이었다. 아마 이연심 선생을 잊기 어려웠던 것 같다.

이연심 선생은 선린에 근무하는 동안 꾸준히 학교연극에 대한 공부와 실천에 힘써, 교과부가 연극 교과서를 계발하고 교육과정을 마련하는 데 결정적 역할을 했다.

나는 전교조가 합법화되면서 복직한 뒤 퇴직할 때까지 10년을 선린에서 근무했다. 교사의 직을 유지한 채 파견을 나와 전교조 위원장과 민주노총 위원장직을 수행했다. 그러나 2008년 민주노동당이 분당되며 우리 나라 진보정치가 위태로워지자 민주노동당 혁신비상대책위원회의 요구로 학교에 사표를 내고 달려갈 수밖에 없었다.

1974년 27세로 교단에 서며 했던, "나는 반드시 학생들이 불러주는 '스승의 노래'를 들으며 정년퇴임하리라"는 다짐은 물거품이 됐다. 하지만 교사 생활 33년 동안 내가 어디에서 무엇을 하든 "나는 교사다"라는 생각을 놓아본 적은 없었다.

폭력교사 실패기

폭력을 중심에 놓고 보자면, 학교폭력의 역사는 학교의 역사와 같다. 학교교육은 폭력을 수단으로 해왔다. 그럴 듯하고 아름다운 이름으로 포장해서.

국가 중심의 집단화된 대형 학교는 그 자체가 폭력이다. 비교나 경쟁이란 말 자체가 폭력이고, 한 줄 세우기나 일체화는 더 무서운 폭력이다. 그러므로 학교폭력은 불가피하고, 학교폭력을 없애려면 그런 학교 자체를 없애기 전에는 불가능하다.

그런 조건에서 학교폭력을 가장 심하게 조장하며 실천으로 가르치는 사람이 교사다. 학생이 교사를 위계로 느끼는 순간 그것은 폭력이다. 교사의 권위와 사랑도, 집단 속에서는 상대적 폭력이다. 그래서 학교는 다른 지식이나 태도를 가르치기에 앞서 폭력부터 가르친다. 부인하거나 부정하고 싶지만 사실이다.

고백하거니와 나도 학교에서 폭력을 학생들에게 가르치던 교사였다. 폭력교사였다. 사랑과 성실로 위장하기도 했지만, 그조차 적절치 못한 위선이 되었고, 위선이야말로 가장 질 나쁜 폭력이었다.

폭력도 학습되기 때문에 학생들은 교사로부터 폭력의 다양한 방법을 배워, 가장 가까이에 있는 다른 학생에게 적용했고, 그것이 학생 사이의 다양한 문제로 제기되기도 했다. 그래서 학교는 폭력사회가 될 수밖에 없었다.

나는 고민이 많았다. 아이들을 어떻게 골고루 사랑할 수가 있는가? 내가 중학생을 가르치던 때에는 학급당 학생 수가 무려 70명이었는데, 아무리 유능하고 뛰어난 교사라 한들, 그들을 무슨 재주로 모두 만족시킬 수 있겠는가? 결국 폭력교사가 될 수밖에 없는가?

그러한 상황이었지만, 나는 나름대로 어떻게 하면 폭력을 줄여볼 수 있을까 고민하면서, 그런 원초적이고 구조적인 폭력은 교육운동으로 풀어가보기로 하고, 나는 내가 학생들을 직접 대하며 가할 수 있는 폭력을 가급적 줄이려고 애를 썼다.

차별대우를 하지 않는다거나, 과도한 경쟁을 시키지 않는다거나, 학생 간의 비교나 부모를 연관시키지 않는 데서부터, 체벌이나 말에 의한 여러 형태의 폭력을 일체 하지 않기로 하고 실천하는 데 최선을 다했다.

시험 성적은 여러 사람 앞에서는 공개하지 않았고, 성적을 가지고 야단치는 일도 물론 없었다. 나는 시험 성적이나 통지표 등은 그것을 받아보는 순간, 그 학생이 받을 보상이나 벌을 스스로 이미 다 받았기 때문에, 교사가 또 뭐라고 하는 것은 과도한 것으로, 그런 것도 폭력이라고 생각했다.

나는 나의 이런 교육관과 태도를 미리 학생들에게 알리고 새학기를 시작했기 때문에, 큰 갈등이나 혼란은 없었다. 오히려 어떤 학생은, 자기는 뭔가 잘못한 일이 있거나 성적이 떨어지면, 맞아야 자극을 받아 열심히 한다며 좀 때려달라는 학생도 있었다. 한편으론 그럴 수도 있겠구나 생각되면서도, 얼마나 폭력 속에서 자랐으면 저럴까 해서 안타깝기도 했다.

우리는 어쩌면 이런 폭력사회에 살면서, 자기도 모르게 모두가 폭력에 중독된 것이 아닌가 생각되기도 한다. 그리고 가해폭력이 훨씬 더 중독성이 강하다는 것도 주변을 보면 알 수가 있다.

나의 이런 비폭력 기조를 깬 학생이 종우다. 종우는 말수가 적었지만 자기 일에 성실했고 친구들과 교류의 폭이 넓었다. 종우가 고3 때 나는 담임이었고, 그는 부반장이었다. 말없이 학급의 이런저런 일을 하면서도, 특히 공부가 처지거나 뭔가 좀 모자라는 친구들을 남몰래 챙겨주곤 해서, 담임으로선 얼마나 미덥고 고마웠는지 몰랐다.

그런 종우가 중간고사에서 부정행위로 감독교사에게 적발돼 나에게 넘어온 것이다. 믿는 도끼에 발등 찍힌다고, 기가 막혔다.

종우를 불러 타일렀다.

시험 부정은 답을 훔치는 것이 아니라 점수를 훔치는 것이어서, 결국 상대평가에선 남의 성적을 훔치는 것이다. 자기 노력 없이 남이 힘들여 마련해놓은 것을 몰래 가져오는 것은 범죄행위 아니냐. 내가 시험 부정행위를 얼마나 싫어하는지 네가 알지 않느냐. 그래서 우리 반은 중간고사 시작할 때 부정행위는 하지 않기로 같이 다짐도 하지 않았느냐.

　종우는 말이 없었다. 잘못을 인정하는 눈빛은 역력했지만, 입을 열어 왜 그럴 수밖에 없었는지를 얘기하고 용서를 빌 만큼의 마음은 아닌 듯했다.

　더 몰아치지 않기로 했다. 아마 말 못 할 사정이 있으리라. 스스로의 힘으로도 제어할 수 없는 더 큰 억압이나 동기가 분명히 있으리라. 그것을 지키려는 자존심을 인정하기로 했다.

　다시는 그러지 않겠다는 다짐을 받고, 종우를 보내고 생각했다. 그게 뭘까? 나는 그것이 부모의 기대라고 판단했다. 종우 부모는 평소에도 외아들 종우에 대한 기대와 사랑이 남달랐다. 그 사랑이 넘쳐서, 때로는 담임이나 교과 담당교사에 대한 대접으로 이어지기도 했는데, 나도 담임을 맡으며 종우 부모에게 그 마음의 대접을 받기도 했다.

　그런 부모의 기대에 어느 자식이 부담이 없을까. 종우의 마음은 이해됐으나 그것이 부정행위로까지 이어지는 것은 다른 문제였다.

　그런데 대형 사고는 다음날 터졌다. 종우가 또 부정행위를 하다가 잡혀 왔다. 이번엔 아주 깨알처럼 작성한 커닝페이퍼까지 동원된 조직적 부정행위였다. 감독교사에 의하면, 자기만이 아니라 쪽지를 돌려 집단으로 부정행위를 했다는 것이다.

　기가 막혔다. 하늘이 캄캄해왔다. 담임으로서의 내 자존심도 뭉개질 대로 뭉개졌다. 적발해온 교사는, 당신은 학급운영도 자율적으로 하고 학생 인권도 존중하고 해서 학급이 남다르다며 잘난 척하더니, 꼴좋다는 투로 비아냥거리는 것 같았다. 정말 화가 났다. 기대감과 자존심이 무너지는 그 참담함이란 말로 표현할 수가 없었다.

책상 서랍 맨 아랫간에 깊이 넣어두었던 박달나무몽두리*를 꺼내 신문지로 싸서 가방에 넣었다. 나는 내 비폭력의 원칙을 스스로 깨기로 했다. 인간은 때로는 자극이 필요하다. 종우에게는 바로 지금 그것이 필요할 때다. 종우 부모님은, 종우에 대한 과잉 기대가 종우에게 어떤 영향을 미치며, 그것 때문에 종우가 어떤 행동을 하는지 알아야 한다. 나는 이렇게 판단한 것이다.

시험 끝나고 종우를 앞세워 종우네 집으로 갔다. 나는 말이 없었고 종우도 저지른 잘못이 있어 말은 못 했지만 엄청나게 당황하는 표정이었다. 종우네 집은 의정부였는데, 신일학교가 수유리여서 아주 멀지는 않았으나, 말없이 버스를 타고 가는 나와 종우의 마음은 복잡하기만 했다.

갑자기 들이닥친 아들과 담임교사를 맞는 종우 부모님도 당황스럽기는 마찬가지였다. 얼떨떨해하는 부모님에게 간략하게 어제와 오늘 시험 중에 있었던 일을 이야기하고, 종우의 그런 태도는 부모님과도 관계가 있기 때문에, 그 앞에서 책임을 묻고 벌을 주겠다며, 종우에게 종아리를 걷고 부모님 앞에 서도록 했다. 그러고는 무쇠덩이처럼 단단한 박달나무몽두리를 꺼내 들었다.

서슬 퍼른 선생님의 태도에 어쩔 수 없이 주섬주섬 일어서는 종우는 표정은 복잡했지만 오히려 당당했다. 애써 변명하려 하지도 않았다. 오히려 매를 든 나와 지켜보는 부모님은, 온몸이 녹아나는 것 같은 고통을 느끼고 있었다.

종아리를 겨냥해 몇 차례 힘껏 내려치자 검붉은 줄이 죽죽 갔고, 그래도 종우는 움찔움찔 할 뿐 당당하게 자기 몫의 잘못을 감당했고, 원칙을 어기고 폭력을 가하는 내 얼굴에는 후회의 진땀과 함께, 종우와 부모님에 대한 죄스러움의 눈물이 흘러내렸다.

종우와 나의 관계는 악화되었다. 종우에게 나는 미안하고 어색했지만 종우는 나에게 아예 말을 하지 않았다. 나에게 무슨 벌을 주는 것 같았다.

시험 부정행위 사건은, 그뒤 다른 학생과의 면담 중에서 진상이 밝혀졌는데, 종우는 자기 점수를 올리려는 것이 아니라 다른 어려운 친구의 점수를 올려주기 위해, 그렇게 위험을 무릅썼다는 것이었다. 그것도 결국은 잘못이라고 할 수 있겠으나, 질은 완전히 달랐다. 나의 자의적 판단이 얼마나 엉터리였는지가 드러났다.

종우 앞에 얼굴을 들 수가 없었다. 그래도 종우는 그런 얘기를 내게 한 번도 하지 않았다.

졸업 때가 되어, 우리 반이 같이 하루짜리 여행을 갔다 돌아오는 어두운 차 안에서, 종우는 마이크를 잡더니 모든 학생들 앞에서 나에게 사과를 했다. 부반장으로 충실치 못한 점과 담임선생님을 제대로 도와드리지 못해 미안하다며, 그래도 자기 주례는 꼭 해주셔야 한다고 너스레를 떨었다. 뒷자리에 앉아서 나는 흘러내리는 눈물을 주체할 수 없었다.

그뒤 종우는 약대를 갔고 약사가 되어 가입인 의정부의 약국을 이

어받았다. 물론 주례는 내가 했다. 의정부에서 부부가 알차게 약국을 경영하고 있는데, 가끔 백기완 선생님 모시고 망월사 산행을 하는 날은, 백 선생님 좋아하는 개고기는 자기가 사야 한다고 만사 제치고 뛰어나온다.

＊ 박달나무몽두리 사연

나는 전방 7사단 화천에서 군생활을 했다. 제대를 얼마 남겨놓지 않은 때, 울진 제동중학교로부터 연락이 왔다. 그 학교 교감이 내 고1 때 담임이었는데, 제대하는 대로 국어교사로 오라는 것이었다.

제대 후 뭘 할까 고민 중이던 때라, 시골이긴 했지만 우선 시작하자는 마음으로 가기로 했다. 그러고는 '선생님'이 되기 위한 준비를 했다. 그 중 하나가 교편(매)을 만드는 일이었다. 화천 전방 지역에는 박달나무가 많아, 그것으로 바둑판이나 지휘봉을 멋있게 만든다는 걸 알고, 전방 근무하는 동료에게 지휘봉 모양의 교편을 만들어줄 것을 부탁했다.

그렇게 해서 만들어진 박달나무몽두리 두 개를 들고 나는 학교에 부임했다. 그걸로 아이들을 제대로 가르쳐야지 다짐도 했다. 나는 그 몽두리를 항상 들고 다녔다. 좋은 교사가 되기 위한 마음 자세이기도 했다.

그러나 때리는 데 많이 사용하지는 않았다. 나는 스물일곱 피 끓는 청년이었고 열정은 대단했지만, 체벌의 교육적 효과에 대해서는 늘 의구심이 많았고, 또 나는 선천적으로 때리고 맞는 게 싫었기 때문이기도 했으리라.

그런데 어느 날 복도를 지나는데, 평소에도 잘 까불고 여학생을 괴롭히기로 유명한 놈이, 내가 말리는데도 불구하고 복도에서 길길이 뛰며 난리를 부리는 것이 아닌가. 나는 그놈을 불러 세우고 잘못을 지적한 뒤에, 종아리를 걷게 하고 그 박달나무몽두리로 힘차게 내리쳤다. 아차! 그런데 이 까불이가 순순히 맞지 못하고 폴짝 뛰는 바람에, 무쇠덩이 박달나무몽두리가 그놈의 발뒤꿈치 아킬레스건을 세게 쳐버린 것이었다. 그놈은 데굴데굴 구르며 걷지 못하고, 나는 놀라고 당황하여 어쩔 줄 모르고…… 급히 읍내 병원에 갔는데, 다행히 파열된 건 아니고 늘어졌으니, 움직이지 말고 조심하면 풀리리라는 것이었다. 하나님 감사합니다.

나는 그날부터 그놈의 운전수가 되었다. 내 자전거로 바닷가에 있던 그놈 집까지 가서 태우고 같이 등교하고, 그렇게 또 하교하곤 했다. 원체 건강한 놈이라 빨리 회복은 됐지만, 그 일을 계기로 체벌에 대해 다시 생각하게 되었다. 나는 그놈을 때려 사고를 일으킨 그 몽두리를, 당시 그 학교 푸세식 화장실에 던져넣어버렸다. 그뒤 남은 한 개를 서울까지 갖고 와 보관하고 있다가, 결국 동우 사건이 터진 것이나.

그 까불이 놈은 어찌어찌하여 서울 강남으로 스며들어, 중국집 철가방부터 온갖 일을 다 하더니 이젠 제법 알찬 부동산 중개사업가가 되었고, 그놈의 박달나무몽두리는 신일학교 내 책상 속 어디 깊이 넣어두었는데, 내가 전교조 결성과 함께 갑자기 학교를 쫓겨나는 바람에, 책상을 치우시도 못해 어니로 갔는지 알 수가 없다.

같은 학동이 되어

나는 2008년 3월 1일자로 33년 교직생활의 사표를 내고, 침몰하는 민주노동당을 구해보겠다고, 천영세 동지가 위원장을 맡은 혁신비상대책위원회에 합류했다. 내가 맡은 역할은 혁신재창당위원회 위원장이었다. 당이 왜 이렇게 깨지는 사태에까지 이르게 되었는지를 철저히 성찰하고, 당의 명칭이나 강령에서부터 운영에 이르기까지 모든 것을 새로운 시대에 맞게 고치는, 말 그대로 낡은 껍질을 벗겨내고 새 살이 돋게 하는, 일대 혁신 작업의 책임을 맡은 것이다.

새 술은 새 부대에 담아야 한다는 일념으로 최선을 다했다. 당 외부 인사로 구성된, 국민평가단의 민주노동당에 대한 냉정한 평가를 바탕으로 개혁안을 마련했다. 그러나 이어진 총선에서 5석의 국회의원을 확보하면서, 당의 주류정파를 중심으로 개혁보다는 안주의 분위기가 형성되고, 그 기조를 결정하는 당직선거가 이어서 실시되었다. 나는 개혁안을 만든 책임자이기도 했지만, 당이 새로운 모습으로 가지 않으면 제대로 된 진보정치의 실현은 어렵다고 보는 입장이었기에, 뜻을 같이하는 동지들과 함께 힘을 모아, 그 뜻을 관철시키기 위해 당직에 출마했다. 당대표가 목표였으나 실패했다.

나는 민주노동당의 개혁에 한계를 느끼고 당에서 철수하는 문제를 고민했는데, 함께 일을 도모한 최순영 동지의 '최고위원 출마는 임기 동안 당을 위해 봉사하기로 한 당원들과의 약속을 전제로 한 것이니, 힘들더라도 최선을 다하는 것이 도리'라는 충고를 물리치지 못하고, 2년의 최고위원직을 수행하게 되었다.

당시 당사는 문래동에 있었지만, 회의는 주로 국회 안에 있는 당 사무실에서 열렸는데, 회의를 마치면 마땅히 갈 만한 곳이 없었다. 마침 혁신연대 사무실이 파천교 바로 건너에 있어, 국회에서 회의가 끝나면 부담 없이 들러 얘기도 나누고 같이 밥도 먹고 쉬기도 하곤 했다.

그 사무실에 같이 세 들어 있던 아이티(IT) 연구소의 조형일 동지가, 하루는 나에게 책 한 권을 내밀며 한 번 읽어보라는 것이었다. 『갈등해결의 지혜』(강영진 지음)였는데 내가 책을 좋아하기도 했지만, 책 제목이 주는 묘하게 끄는 힘이 있었다. 그건 아마 그 당시 나 자신도 내면적 갈등에 사로잡혀 있을 때였는데다가, 노사문제를 비롯해 온통 세상이 갈등투성이어서, 그걸 해결하는 지혜는 관심의 대상일 수밖에 없었다.

그걸 들고 다니며 읽고 있는데, 조형일 동지가 마침 갈등해결전문가 과정 교육이 있는데 참여해볼 의향이 없느냐는 것이었다. 관심도 있었지만, 모처럼 좋은 기회를 소개해주는 동지의 마음이 고마워, 별생각 없이 허락해버렸다. 갈등해결이란 말은 노동운동이나 사회운동의 연장 혹은 확대의 개념으로 바라볼 수도 있겠으나, 어쨌든 나로서는 새로운 경지의 새로운 일 속으로 빠져 들어가는 계기가 된 것이다.

내가 대중이를 만난 것은 노무사협회가 주관하는 2기 갈등해결전문가 과정 강의가 열리는 노무사협회 회의실에서였다. 30여 명의 수강생들이, 첫 강의에 대한 기대로 다소 설레는 마음으로 모이고 있었고, 나도 뭔가 새로운 것을 배우는 재미로 신청하긴 했지만, 아무리 둘러봐도 나만큼 나이든 사람이 없어 어색해하고 있는데, 누가 반갑게 다가와서 꾸벅 인사를 하는 것이 아닌가.

"선생님, 안녕하셨어요? 저 대중이예요. 선생님이 이 과정을 수강하신데서 저도 등록했어요."

학창 시절이나 졸업 후에도 볼 때마다 단정한 대중이, 그는 언제나 차분히 정리되어 있는 느낌을 주었다. 아니, 실제 그는 자기 삶을 언제나 나이답지 않게 정리하며 살아가고 있었다.

대중이 학교 다닐 때는 80년 광주 민중항쟁 이후 80년대 중반을 지나며, 교육운동을 비롯한 여러 분야에 걸쳐 민주화운동이 봇물처럼 쏟아지던 때라, 학교도 술렁이고 있었다.

나는 83년 YMCA 교사회 활동을 시작하며 본격적으로 교육운동을 시작했고, 교사들이 주도한 86년 5월의 교육민주화선언은 사회에 큰 반향을 일으켰고, 학생들에게도 자극이 되었다.

당시 신일고등학교에는 국어교사로 나를 비롯해서 변인식 선생님(영화평론가)과 이창동 선생님(영화감독)이 함께 근무했는데, 학생들에게는 은근히 진보적이고 과격해 보이는 교사들이었다. 그때 우리는 학교에서 특별활동으로 문예반, 방송반, 교지 편집반을 돌아가며 맡았는데, 그 세 반의 학생들 의식은 웬만한 대학생 수준을 능가하고 있었다. 담당교사의 영향은 어쩔 수 없었던 것 같다.

대중이도 그때 그 세 반 중 하나에서 열심히 활동을 했는데, 태도나 자세가 언제나 반듯했다. 이른바 범생이었다. 그러나 심지는 굳어서 불의와 타협하지 못했고, 옳은 일을 실천하고 앞장서는 데 주저함이 없었다. 어찌 보면 그 당시 우리 교사들은 눈치보며 적당히 가르쳤는데, 학생들은 말 그대로 순수하게 받아들여 오히려 고민이 더 많았던 것 같다.

나는 교육운동에 전념하며 조직사업에 힘썼는데, YMCA 교사회를 탈피하고 독자적인 자주적 교원단체를 어떻게 건설할 것인가로 골몰할 때였다. 그러다가 87년 6월 항쟁과 노동자 대투쟁이 일어나면서, 우리 사회의 민주화는 급물살을 타기 시작했다. 그래서 우리도 여기에 발맞추어 전국교사협의회를 건설하기에 이르렀다.

아마 이 무렵이있을 것이다. 하루는 대중이를 비롯해 창진이 등 몇 학생이 나를 찾아왔다. 그러면서 자기들도 그동안 여러 번 모임을 갖고 토론도 많이 한 결과라며, 민주화를 위한 고등학생 조직을 만들겠다는 것이었다. 더구나 신일학교뿐만 아니라, 뜻을 같이하는 다른 학교 학생들과도 만나 얘기하고 있다는 것이었다. 대견스럽기도 하고 걱정스럽기도 했다. 나라나 사회의 꼴을 보면 모두 나서는 게 옳은 일이지만, 공부할 때를 놓치고 대학에 못 가면, 개인적으로는 불행일 수밖에 없다는 생각을 떨쳐버릴 수 없었다. 아주 조심스러워하는 나를 보고 그 중 한 학생이 날카롭게 지적했다.

"아니, 선생님 유관순이 학교 걱정을 먼저 했더라면 어떻게 아우내 장터에서 만세를 불렀으며, 4·19 때 학생들이 대학입시 걱정을 했더라면 어떻게 혁명이 성공할 수 있었겠습니까? 선생님도 가족을 먼저 생각했다면 지금처럼 하실 수 없잖아요. 선생님은 그렇게 가르치고 또 행동하시면서 우리는 왜 안 된다는 거예요?"

눈물을 글썽이며 절규하는 학생들을 외면할 수가 없었다.

결국 대중이 등은 다른 학교 학생들까지 함께 힘을 모아 '민주화를 위한 서울지역 고등학생 연합'을 결성하기에 이르렀다. 당시 광주나 부산 등 지방에서도 이런 모임이 생겨, 결국은 전국조직으로 발전하기에 이르렀다.

그뒤 전교조가 결성되고, 이어서 참교육학부모회 등 자주적 학부모 단체도 생겨 적극적으로 활동하는 통에, 고등학생들의 운동은 힘을 받지 못하고 힘들어지기 시작했다. 온몸을 던져 운동에 참여했던 학생들은 제자리로 돌아가 바로 대학에 가기도 했으나, 상당수는 애매한 상태에서 대학도 가지 못하고 어려워지게 되었다. 물론 똑똑한 학생들이라 모두 제 갈 길 찾아갔지만, 개중에는 노동운동 차원으로 바로 공장으로 진출하기도 했는데, 대중이는 다시 공부를 시작해 대학을 마치고 뜻한 바 있어 노무사가 되었다.

노동운동을 위해 공장으로 간 제자가 어려움을 참거나 극복하지 못하고 자살했다는 소식과, 대중이가 노무사가 되었다는 소식을 비슷한 시기에 들었던 것 같다. 그때의 당혹스러움과 아픔은 무어라 말할 수 없었다. 내가 애들이 그렇게 나설 때 제대로 지도를 했더라면 이런 최악은 막을 수 있었을 텐데 하며 통탄하지 않을 수 없었다.

대중이는 예의 그 성실함으로 젊은 나이에, 노무사들의 유일한 전국조직인 한국노무사회 이사가 되어 있었다. 노무사라면 대체로 사용자의 편에서 노무관리를 도와주고 자문을 해서 수입을 얻는 것이 대부분이어서, 노동자들에게는 그다지 인상이 좋지 않았지만, 대중이는 전실연(전국실업극복연대)이라는 단체와 함께 실업자들의 권익을 위해 애쓰는가 하면, 노사관계에 있어서도 노동자의 입장을 대변하려 노력하고 있었다. 어찌 보면 자살한 노동운동하던 친구의 뒤를 이어 또 다른 차원의 노동운동을 하는 것처럼 보였다.

갈등해결전문가 과정 첫 시간이 시작되었다. 대부분 제자뻘의 젊은 분들이었다. 자기 발전을 위해, 업무를 끝낸 밤 시간에 다시 모여 뭔가를 배워보겠다는 그 마음과 열의가 너무 고마웠다.

돌아가며 자기소개를 했다. 내 차례가 되었다.

"젊은 여러분, 정말 반갑고 고맙습니다. 이런 자리에 나이 많이 먹은 놈이 이렇게 여러분과 어깨를 나란히 하고 앉아 있으니, 기분이 너무 좋습니다. 더욱이나 이 자리에 내가 고등학교 때 가르쳤던 학생과 나란히 앉아, 같은 학동으로 공부를 하게 되어 얼마나 기쁘고 영광스러운지 모르겠습니다. 어제의 제자이자 이제 같은 반 학동이 된 표대중에게 부끄럽지 않기 위해서라도 열심히 공부하겠습니다. 잘 부탁드립니다."

웃음이 터졌다. 그리고 이어지는 묘한 침묵…….

대중이 차례가 되었다.

"선생님, 고맙습니다. 그 연세가 되시도록 그렇게 꼿꼿하게 자기 자리에 계신 것만으로도 저에게는 힘이 됩니다. 저를 비롯한 우리 제자들에게는 학창시절 선생님의 가르침도 중요하지만, 그뒤에 선생님께서 온몸으로 사신 삶의 모습 그 자체가 더 큰 가르침이었습니다. 부디 건강하시고, 늘 선생님 자리를 지켜주시기 바랍니다. 이제 너무 힘든 일은 저희들에게 맡겨주십시오."

언제나 단정한 대중이, 술은 한 잔도 제대로 못 마시면서도 끝까지 자리를 지키고 있다가 뒷정리까지 깔끔하게 하는 우리 대중이, 집 방향이 비슷하다고 일부러 그 먼 곳까지 차를 갖고 와 나를 태우고 우리 집에까지 데려다 주던 대중이. 그는 오늘도 돈 되는 곳보다는 억울한 노동자가 있는 곳으로 달려가고 있다.

그뒤 우리는 갈등해결전문가 과정을 같이 수료하고, 뜻이 같은 여러 사람과 힘을 모아 (사)한국갈등해결센터를 만들어 우리 사회에 만연한 갈등(노사갈등, 공적갈등, 청소년 갈등 등)을 연구하고 분석하며 예방하고 해결하기 위해 힘쓰고 있는데, 대중이와 나는 같이 이사로 활동하고 있다. 대중이는 한국노무사회 조직개편 때 부대표로 승격도 했다. 요즘도 대중이와 나는 자주 만나 회의도 하고 업무협의도 하곤 하는데 사실 이 판에서는 대중이가 한 수 위다.

학생 한 명에 교사 넷

10시에 시작하는 교회학교에 30분이 지나도록 한 학생도 나타나지 않았다. 젊은 교육전도사의 얼굴에 당혹감의 그림자가 드리운다. 분명히 지난 주일에는 유치부 아이들까지 합하면 열한 명이나 나왔는데, 그래서 모임 분위기도 참 좋았고 다음 주일에는 모두 모이기로 약속까지 했는데, 오늘따라 한 명도 안 오니 당황하지 않을 수 없다.

거기다가 새로 시작하는 교회학교에, 나이가 제법 많은 퇴직교사인 내가 자원해서 교사를 하겠다고 나와 앉아 있으니, 자식뻘의 젊은 전도사의 마음이 오죽 까맣게 타겠는가.

포천군 일동의 숲속으로 옮겨(쫓겨나) 예배를 드리던 우리 교회가, 6년 만에 다시 시내로 들어왔다. 우리 교회와 처지가 비슷한 교회와 합치는 절차를 끝내고, 오늘 비로소 통합예배를 드리는 날, 그동안 운영하지 못했던 교회학교를 다시 시작해서, 사회에 대한 교회의 역할(사명)을 새롭게 한번 시작해보려 했는데 어려움에 봉착한 것이다.

교회학교 교사라야 신학대학원에서 공부하고 있는 교육선노사의 주도 아래, 젊은 교사 부부와 나 이렇게 넷이다. 모두 현재 학교교육(공교육)의 어려움과 과도한 사교육의 폐해를 잘 알기에, 종교를 바탕으로 한 인성교육으로 그 난맥상을 조금이라도 보완해볼까라는 조그만 기대를 갖고 있었다.

우리는 학생들을 기다리며, 왜 학생이 한 명도 안 나올까에 대해 이야기를 나누었다. 우선은 요즘 초 · 중 · 고 학생들이 일요일 오전 한 시간이라지만, 교회학교에 나올 만한 여유가 없다는 것이다. 고등학생만 되면 대입체제 속에서 일요일이라도 주말반이다 특별과외다 해서 학원 공부가 우선이고, 특목고 등 입시에 신경 쓰는 중학생도 고등학생 일과와 거의 비슷하고, 그렇지 않은 학생은 학교 행사나 다른 친구들과의 약속이 먼저라는 것이다. 그러니까 성적과 관계 없는 일은 거의 하지 않는다는 것이다. 그러니 윤리나 도덕 등 인성교육 중심의 교회교육에는 신자인 학부모도 자기 아이에게 적극적이지 않으니 어느 누가 모이겠는가? 정도의 차이는 있지만, 사정은 다른 교회도 비슷하다는 것이다.

더욱이 다음 주부터 시험 기간이라 기대하기 어렵다고 하면서도, 한 명의 학생이라도 애타게 기다리며 얘기를 나누고 있는데, 문이 열리며, 별명이 개똥이라는 중2년생 수연이가 숨을 헐떡이며 들어서는 게 아닌가. 우리는 너무 반가워 왜 늦었는지도 묻지 않고 고마워하기만 했다.

어색해하는 수연이를 앞에 앉혀 놓고 우리는 우선 예배를 드렸다. 이어서 교육전도사는 미리 공들여 작성한 원고를 읽으며 설교를 했다.

　여러분들은 모두 윤동주라는 시인을 아실 것입니다. 그의 많은 시들 가운데 '별 헤는 밤'이란 시가 있습니다.

　"계절이 지나가는 하늘에는 가을로 가득 차 있습니다 (…) 별 하나에 추억과 별 하나에 동경과 별 하나에 시와 별 하나에 어머니, (…) 나는 별 하나에 아름다운 말 한 마디씩 붙여봅니다."

　한 사람이 주로 무엇을 생각하고 있는지를 알아보려면, 그 사람이 어떤 언어들을 사용하는지를 보면 알 수 있습니다. 윤동주가 주로 사용한 어휘들은 아주 맑고 깨끗한 것들이었습니다.

　'괴로움, 아픔, 부끄럼, 신앙, 예수, 십자가, 비둘기, 토끼, 노새, 라이너 마리아 릴케, 별빛', 바로 이런 것들이 윤동주의 단어들입니다.

　이에 반해 우리들이 일상으로 쓰고 있는 어휘들을 돌아봅시다.

　'전교 1등, 특목고, 왕따, 찐따, 나이키, TV, 연예인……'

　이런 단어들로 우리들의 일상은 꽉 차 있습니다. 그러나 이러한 단어들만 가지고 살 수 없는 것이 인간 아닐까요? 곧 윤동주가 사용한 청정한 어휘들이 필요하지 않을까요?

　학생 한 명을 앞에 놓고 젊은 전도사는 온 정성을 다해 설교를 이어갔다.

　원래 본질적으로 우리의 삶은 비어 있는 것입니다. 그런데 바로 이런 비어 있는 모습이 두렵기 때문에 사람들은 무언가로 끊임없이 그 속을 채우려고만 합니다. 돈과 명예 그리고 권력이라는 이름으로 그 속을 채우려는 모습들을 우리는 각종 신문과 뉴스 그리고 삶의 주변에서 보게 됩니다.

중학생이 받아들이기엔 좀 딱딱하고 어려워 보였지만, 젊은 전도사의 그 성실한 태도와 열정만은 잘 전달되고 있는 듯했다. 그런 내용은 학교에서는 어느 시간에도 들을 수 없는 것들이었다. 성경 구절을 인용하며 신학적으로 풀어가는 내용은 귓가로 흘려도, 힘주어 맺는 결론은 수연이의 뇌리에 깊이 박히고 있었다.

이 세상의 진정한 주인이 누구인지를 성실하게 바라볼 때, 우리는 불의한 힘과 폭력에 대하여 그것이 잘못된 것이라고 외칠 수 있습니다. 또한 끊임없이 나 자신을 돌아보게 됩니다. 혹시 그들처럼 나의 빈자리에 어떤 다른 것들을 채워나가고 있지나 않은지.
사람의 교만과 욕심을 내려놓는 지혜를 가짐으로 이 땅의 평화를 이루어 나갈 수 있는 귀한 여러분이 되시기를 바랍니다.

우리는 순서에 따라 찬송도 부르고 기도도 하고 또 정성껏 헌금도 했다. 학생 한 명에 교사 네 명이 함께하는 교회학교 수업, 이런 교회학교가 이 혼탁한 사회의 조그만 희망일 수도 있겠구나 생각했다. 이 작은 학교에 내가 다시 교사로 서기로 한 결심이 조금은 자랑스러웠다.

다음 주일부터는 초·중·고생 합쳐서 7~8명씩 참석했다. 나는 고 등학생반 담당이 되었는데 학생은 한 명이었다. 예배가 끝나면 그와 함께 분반 공부를 한다. 그 학생은 처음에는 어색해했으나 이제는 제 법 마음을 열어 자신을 살짝 보여주기도 한다.

그 학생보다 내가 더 많이 느끼고 배울 것 같다. 은근히 일요일이 기 다려진다.

한빛산업 시절

나도 한때 사장이었다. 그것도 삼십 초반의 일이니 빨리 출세한 셈이다.

1977년 내 나이 서른에, 수유리에 있는 신흥 명문사립 신일학교로 옮기며, 수도 서울에 입성한 것도 대단한 일이었다. 사실 돌아보면 그것도 하나의 사건이었다. 그때는 인구정책에 따라 서울 쏠림현상을 막기 위해 공무원과 교사는, 적어도 1년인지 6개월인지 전에 주소가 서울로 되어 있어야 임용이 되었고, 서울의 사립학교는 그때나 지금이나 채용되기가 어려워, 엄청난 뒷돈을 주거나 교주의 친인척이 아니면 불가능한 시대였다. 거기다 지방대 야간 출신에, 경력이라곤 경상도 골짜기 울진의 작은 중학교 2년 반 근무가 다인데, 서울 명문으로 바로 가게 됐으니 보통 일이 아니었다(그 사연은 따로 얘기하기로 하자).

아무튼 서울 입성에 성공한 나는 서울생활과 새 학교에 적응하느라 애쓰면서도, 한편으로는 누구의 소개로 어느 교회가 운영하는 검정고시 야학에서 아이들을 가르치기도 했다.

그런데 공장에서 일을 마치고 부지런히 달려와, 밤늦게까지 공부하는 학생들의 애로는 이만저만이 아니었다. 특히 봉재공장에서 미싱사 등의 일을 하는 친구들은, 납품기일에 쫓기거나 야박한 주인을 만나면, 일주일에 몇 번 공부하러 오는 일도 여간 어려운 일이 아니었다.

수업을 마치고 포장마차에서 허기를 달래며, 우리는 그런 안타까운 얘기들을 많이 나누곤 했다.

그러던 어느 날 어느 봉재공장에서 미싱사로 일하는 명자가 멋진 제안을 했다. 힘을 모아 아예 봉재공장을 하나 차리자는 것이었다.

"선생님, 일거리는 무지무지 많아요. 수출이 잘 돼서요, 물건 만들기가 바빠요."

사실 그랬다. 그때 우리 나라는 종합상사를 통해 수출에 열을 올릴 땐데, 특히 싼 노동력을 이용한 의류 등 노동집약적 상품이 주를 이루고 있었다.

"근데요 선생님, 공장 차리는 거 별거 아니어요. 젤 중요한 게 사람인데 우리 야학에 보면 다 있어요. 미싱은 나와 몇 명이 탈 수 있구요. 재단은 성철이가 할 수 있어요. 시다도 많구요. 또 인 되면 조금만 훈련시키면 돼요."

명자는 아주 자신만만했다. 그도 그럴 것이 일하면서 공장 돌아가는 거 보면, 너무 빤하다는 것이었다.

"선생님, 일거리는 다 갖다 줘요. 샘풀이랑 가져오면 그냥 거기 맞춰 박기만 하면 돼요. 다 만들어놓으면 와시 실어 가거든요."

명자는 마치 공장장이라도 된 듯이 열을 올리고, 다른 학생들도 신나게 동조하고 있었다. 그도 그럴 것이 부품 하청공장이란 것이 원체 단순해서 내용이 훤히 보이는데, 사장은 수입에 비해 노동자의 임금을 너무 박하게 주고, 그것도 걸핏하면 제때 주지도 않아 엄청 힘든 건 사실이었다. 거기다가 놓친 공부라도 하기 위해 다니는 야학도, 일을 마치고 나오면서도 눈치를 봐야 하고, 이 핑계 저 핑계로 못 가게 하니 아주 미칠 지경이었다.

"선생님, 공장을 만들어 우리끼리 하면 수입도 훨씬 많구요, 우선 공부를 마음놓고 할 수 있잖아요. 마음놓고 공부하는 거, 그게 우리의 꿈이거든요."

마지막 말에 정말 마음이 찡했다. 어쩌다 가난하게 태어나 공부도 남들처럼 제대로 못 하고, 그나마 늦었지만 어렵게라도 스스로 해보려 하는데, 조건은 힘들지만, 그걸 이루기 위해 가지고 있는 재능과 자신감으로 돌파하려고 하는 그 마음들이 너무 감동적이었다.

문제는 돈이었다. 반지하라도 공장할 장소가 있어야 하고, 중고라도 미싱이 몇 대는 있어야 일을 할 수 있었다. 잘나가던 얘기도 이쯤 오면 힘이 빠지는 것이었다. 그걸 감당할 만한 능력은 누구에게도 없었다. 아이들은 얘기가 돈 문제에 와서 막히면 힐끔힐끔 나를 쳐다봤다. 젊은 애송이 교사였지만 그래도 내가 그 중에서는 제일 나았으니까.

얘기는 좀더 구체적으로 진행되며 장소는 어디쯤이면 괜찮겠다든지, 중고 미싱은 어디에 가면 싸게 살 수 있다든지, 누구누구가 같이 하기로 했다는 둥, 만날 때마다 새로운 진도를 나가고 있었다.

신일중 · 고등학교 시절.
머리숱이 많아 아이들이 베토벤 같다고도 했는데
지금은 다 빠지고 대머리가 되었다.
지방에서 올라온 나는 새 학교에 적응하느라 애쓰면서
야학에서 아이들을 가르치기도 했다.

나도 처음에는 안타깝기는 해도 남의 일로만 여기다가 시간이 갈수록 내 일처럼 다가왔다. 더군다나 공장을 만드는 첫째 목표가 공부할 시간을 안정적으로 확보하자는 데는 나도 책임이 있었다. 고민이 시작되었다. 아이들 말대로 시작하고 한두 달만 버티면 저절로 굴러가게 되니 기본적인 시설과 기계, 그리고 한두 달 운영비만 마련하면 될 것 같았다. 은행 등 돈 빌릴 곳을 물색해보기 시작했다.

교사라는 직업이 갖는 신용 때문에 돈은 구할 수 있을 것 같았다. 또한 고비는 아내를 설득하는 일이었다. 몇 번 넌지시 운을 뗐을 때 아예 이빨도 안 들어가겠다는 느낌을 받았기에 더 걱정이었다. 아내의 판단은 간단했다. 무슨 일이든 사업이 그렇게 쉬운 게 아니고, 아이들이 기술은 있을지 모르겠으나 그것만으로는 될 수 없고, 나는 학교일에 전념해야지 적당히 양다리 걸쳐서 되는 일이 없다는 것이었다. 구구절절 다 맞는 말 같았다.

그러나 아이들에게로 한번 쏠린 마음은 되돌릴 수가 없었다. 결국은 일을 저질러 돈을 빌려 신림동 서울대 입구 개천가에 있는 반 지하를 계약하고, 을지로 기계골목에 가서 중고 미싱 10여 대를 사서 봉재 하청공장 하나를 차렸다. 당시 돈으로 천만 원 정도가 들어갔다.

나는 아이들에게 "이 돈을 너희들에게 빌려주면 너희들은 채무자(빚쟁이)가 될 수밖에 없다. 만약의 일을 생각하더라도 그건 옳지 않은 것 같다. 그래서 너희들은 사람과 기술을 대고, 나는 건물과 기계를 대고, 그렇게 같이 하는 걸로 하고 최선을 다하자. 다만 수입은 모두 너희 것으로 하되 이자는 갚도록 한다는 약속을 하자"고 제안했다.

아이들은 나의 제안을 받아들여 그렇게 하기로 하고 형식상 대표를 내가 맡기로 했다. 그래서 '한빛산업'은 태어났고, 나는 약관에 사장이 된 것이다.

두 살 아래인 아내의 말은 적중했다. 생각보다 사업은 어려워, 안정적으로 일거리를 대주는 원청 업체를 잡기도 힘들었지만, 제품도 예상만큼 깨끗하게 빠지지 않을 뿐 아니라, 손발이 안 맞아 속도도 늦었다. 결정적인 것은 중고 미싱을 잘못 사서 고장이 잦았다. 고칠 만한 능력은 없었기에 늘 애를 먹을 수밖에 없었다. 몇 번의 실수로 납품기일을 놓치자 바로 일거리가 떨어졌다. 재하청의 아주 조건이 좋지 않은 것만 조금씩 들어왔다.

한두 달 만에 정상궤도에 오른다는 것은 불가능했다. 계속 경영을 하려면 새로운 자본 투자가 필요했다. 솔직히 나는 그럴 힘도 없었지만 용기도 떨어졌다. 또 거기 신경 쓰다보니 학교 일이 소홀해질 수밖에 없었다. 견디기 힘들었다. 공장이 어려워지자 아이들도 동요하기 시작했다. 못 버티는 아이들부터 떨어져나갔다. 걷잡을 수 없었다. 결국 파산선고를 해야 했다. 나는 비겁하게 지빠져비리고, 아내가 (지금은 역사 선생으로 당시 내 나이와 비슷하게 된) 어린 한이를 업고 그 먼 곳까지 다니며 뒷수습을 했다. 엄청 빚을 지게 됐지만, 그 젊은이들과 관계가 나빠지지 않으려고 애를 썼다. 모두가 한동안 어려워했다. 그러나 지금은 다 회복되어 잘 지내고 있다.

용진이의 용기

용진이는 내 교사시절의 마지막 담임반 학생이었다. 그러니까 1988년 신일고 2학년 4반, 그는 학급 부반장이면서 학생회 간부였다. 밝고 씩씩했으며 자기 주관이 뚜렷했다. 용진이는 학창시절부터 정치에 뜻을 두었던 것 같다. 관념적이거나 명분을 앞세워 폼 잡는 형이 아니라, 현실생활에서 불합리한 것을 어떻게 고치고 어떤 새로운 대안을 마련해서 실용화하는가 등에 관심을 가지고 실천하려 애쓰는 형이었다. 학생들의 의견을 모아 여러 가지 문제점을 제기하며 개선책을 제시해 교사들을 당황스럽게 만들기도 했다.

나는 당시 교육운동의 최전선에서 활동하던 때라, 담임으로서 학급 관리에 소홀할 수밖에 없었는데, 그 빈자리를 용진이가 채워주어 늘 고마울 뿐이었다.

1986년 교육민주화선언에 이어 1987년 6월 항쟁을 거치며, 교육운동도 엄청난 양적·질적 팽창을 했는데, YMCA 교사회에서 자주적 교사단체인 전국교사협의회(이하 전교협)로의 발전이 그것이었다.

나는 이 전교협의 사무처장으로, 바깥으로는 교육법 개정투쟁 등으로 전국사업을 이끌며, 안으로는 지역조직을 건설하는 등 조직사업에 박차를 가했다. 1988년 여름에는 여의도 광장에 1만 명 이상의 교사가 모이는 사상 초유의 집회가 열리기도 하고, 치열한 내부 토론을 통해 조직형태를 고민하기도 했다. 당국의 엄청난 탄압이 있었지만 우리는 지혜롭게 헤쳐 나가고 있었다.

그런 중에도 나는 학급 경영에 있어서는 최대한의 자율을 보장하는 입장이었다. 담임교사의 비폭력과 학생자율이 만나며 학급 분위기는 표면적으로는 엉망진창으로 보이기도 했다. 오죽했으면 반장이 너무 힘들어 한 학기 끝나며 사표를 내기까지 했을까.

그래도 나는 용진이 같은 자주성과 책임감이 강한 학생이 있고, 교사의 학생들에 대한 무한 신뢰가 있다면 일시적으로는 어려워 보여도 반드시 성공하리라 굳게 믿었다. 학습 분위기도 자유분방해서 교과 담당교사들의 우려도 있었고, 실제 학급 성적도 떨어지는 것 같았으나, 나는 포기하지 않았다.

그 다음해, 1989년 운명의 해가 되었다. 교육운동은 치열한 토론을 거치고 결의를 거쳐 노농조합으로 가기도 했다. 노동기본권이 헌법에는 보장이 되어 있었지만, 공무원인 교사는 법률로 노동조합을 결성하지 못하도록 되어 있어 우리는 법외노조로 갈 수밖에 없었다. 맨땅에 머리를 박듯 정면 돌파하기로 한 것이다.

그렇게 되면 간부인 나는 책임을 져야 하기 때문에 해직을 고민하지 않을 수 없었다. 그래서 새 학기 업무 편성에서 학교에 간곡히 부탁드려 담임에서 빠지게 되었다. 만약 담임을 맡았다가 중도에 해직되면 담임을 바꿔야 되기 때문에, 학생들의 혼란도 막고 충격도 줄이기 위한 최소한의 조치였다. 내가 신일학교에 근무한 이래 처음으로 담임을 맡지 않는 해가 된 것이다.

예정대로 1989년 5월 28일 온갖 탄압을 뚫고 전교조는 결성되었고, 나는 감옥으로 끌려가게 되었다.

그때 용진이는 고3이었고 엄청난 입시의 부담을 안고 공부에 매진할 때였다. 그런데 교육민주화를 부르짖는 전교조가 출범하여 썩어서 고여 있던 교육계에 신선한 충격을 주자 뜻 있는 시민이나 학생들은 환영과 함께 지지의 뜻을 표하기도 했다. 신일고도 그런 분위기였는데 그 중심에 있던 자기 학교 선생님이 구속이 됐으니 교사들이나 학생들이 술렁거릴 수밖에 없었다. 그런 중에 용진이도 가만 있을 리 없었다. 학생회 간부로 전체 학생에 대한 책임도 있었지만, 작년 담임선생님에 대한 의리나 애정도 작용했으리라.

전교조 결성에 대한 지지와 함께 구속 교사 석방 등 탄압 저지를 위해 학생들이 집단행동을 할 기미를 보이고, 학생운동하는 졸업생들이 찾아와 연대하여 집회 등을 계획하자 학교는 당황하기 시작했고, 정부 당국으로부터 나에 대한 파면 지시가 내려왔음에도 학생들의 저항으로 징계위원회를 열지 못하는 형편이 되었다.

고3이었던 용진이는 공부는 일단 뒤로 미뤄놓고 선생님 구하는 일에 몰두했다. 그 당시도 교육계의 문제가 많아 전교조 운동이 인정을 받는 분위기였고, 신일고 학생들은 이수호 교사가 학교에서 해직당할 만한 일을 하지 않았을 뿐 아니라, 모든 면에서 우수한 교사라고 주장하며 징계 철회를 요구했다. 특히 용진이 등은 내가 학생들의 자율권을 최대한 보장하는 비폭력 교사라는 주장을 강하게 했고, 이 점에 대해서는 학교도 인정하지 않을 수 없었다고 한다.

당시 전교조 결성에 앞장섰던 선생님들은 말할 것도 없고, 단순히 전교조에 가입하는 것만으로도 해직 사유가 된다며 정원식 교육부장관은 한꺼번에 1,500명 이상의 교사를 해직시키는 만행을 저지르기도 했다. 신일학교만은 학생들이 완강하게 버티는 바람에 7월 말 방학할 때까진 징계위원회를 열지도 못하다가 방학으로 학생들이 등교하지 않자 그때를 이용해 형식적 징계위원회를 열고는 8월 9일자로 나를 파면해버렸다. 나는 우습게도 그 해 6, 7월을 감옥에 있으면서도 월급을 타는 교사가 되기도 했다.

그 엉터리 징계위원회를 하면서 당시 교장인 김삼열 선생님이 서울구치소로 면회를 와서 나에게 하던 말을 나는 아직도 기억하고 있다.

"선생님, 얼마나 고생이 많으십니까? 선생님께서 하신 일이나 신일학교 계시면서 보여준 태도에 대해 우리는 다 이해하고 고마워하고 있습니다. 그러니 이번 사태는 우리 한 학교만의 문제가 아니어서 어떻게 할 수가 없습니다. 여러 가지로 버티려고도 해봤는데 역부족입니다. 다른 문제까지 들먹이며 괴롭히니 어쩔 수 없네요. 이해해주시기 바랍니다. 다만 이번 일이 잘 마무리되고 다시 학교로 돌아오실 수 있게 되면 그땐 반드시 다시 모시도록 하겠습니다."

철창 속에서 나는 고마웠다. 나는 교장 선생님의 그 말을 액면 그대로 받아들였다. 오죽 탄압이 심하면 저렇게까지 얘기할까 이해도 되었다. 그러면서 교장의 저런 생각 뒤에는 용진이 등 학생들의 생각이 반영되어 있음을 느꼈다. 너무 고마웠다.

나는 다른 선생님을 통해 반드시 돌아갈 테니 내 짐은 잘 싸서 보관해달라는 부탁도 했다. 내가 젊은 날 교사를 꿈꾸며 전방에서 깎았던 박달나무몽두리와 함께 지금도 신일학교 어느 구석에 내 짐이 있을 것이다.

그 후 10년이 지나고 전교조가 합법화되고 우리는 모두 복직하게 되었다. 나는 조심스레 신일학교에 돌아갈 수 있는지를 타진했다. 교사 정원이 넘쳐서 어렵다는 답이었다. 씁쓸했다. 그러나 더 문제 삼지 않기로 마음먹었다. 나에게는 용진이들과 함께했던 그 멋지고 아름다운 신일학교가 더 소중했기 때문이다.

나는 6개월 만에 출옥해서 전교조로 복귀했다. 한 해가 다 가는 11월 중순이었다. 용진이는 대학 입시를 위해 마지막 땀을 흘릴 때였는데, 12월 어느 날 학교 앞 어디선가 만났던 것 같다. 홀쩍 더 커버린 것 같은 얼굴, 두 눈에 눈물이 그렁그렁했다.

"선생님, 얼마나 고생하셨어요? 죄송해요, 저희들이 지켜드리지 못해서……."

"나 때문에 너희들이 고생했지. 한참 공부해야 할 때 그 난리를 쳤으니…… 근데 대학은 결정했니?"

용진이는 나와 만난 고2 때부터도 정치에 관심이 많았는데 진로를 그렇게 잡은 것 같았다.

"사회운동이나 정치를 하고 싶은데 제 실력으론 성균관대학교는 갈 수 있을 것 같아서 어느 과를 선택할까 고민 중이어요. 오늘 선생님 뵈면 의논드리려 했어요."

그러면서 국문과나 사회학과 중에 갔으면 한다 해서 사회학과를 권했다. 결국 용진이는 사회학과를 지원했고 너끈히 합격했다.

전교조에 복귀해 해직 상태에서 교육운동에 전념하던 다음해 민자당이 생기고 그에 대응하기 위하여 운동진영이 총 단결하여 '민자당 일당분쇄와 민중생존권쟁취를 위한 국민연합'(이하 국민연합)이란 조직을 만들었는데, 내가 부위원장으로 있던 전교조의 파견을 받아 그 조직의 집행위원장을 맡게 되었다. 운동 경험은 많지 않았지만 특유의 성실함으로 치열하게 싸웠다. 그 다음해 명지대 강경대 학생이 경찰의 쇠파이프에 맞아 죽는 일이 발생하자 나는 그 집행위원장까지 맡아 싸우다가 1991년 6월 25일 다시 구속되기에 이르렀다.

검찰이 내게 씌운 죄목은 어처구니없게도 폭력행위등처벌에관한법률 위반이었다. 나는 스스로 비폭력 평화주의자였기에 이것만은 받아들이기 힘들었다. 국민연합의 집행위원장으로서 조직적 책임을 묻는 것이기 때문에 상황이 다르다며 반대하는 변호사를 설득하여 그에 대해서도 대응하기로 했다. 내가 얼마나 폭력을 싫어하는지를 말해줄 증인이 필요했다. 변호사가 알아보기로 했다.

증인심문의 날이 왔다. 나는 성규(「서울구치소에서」 편 참조)가 다려준 수의를 입고 두 손에 수갑을 차고 온몸이 공안사범임을 구별하는 붉은 포승줄로 꽁꽁 묶인 채 새관정으로 갔다. 재판이 진행되고 증

1991년 강경대 투쟁으로 2차로 구속되었다가
1993년 김영삼 정권이 들어서며
20개월 만에 진주교도소에서 출옥했다.

인심문을 하는데 용진이가 불려나오는 게 아닌가. 그때 용진이 대학 3학년, 정말 잘생긴 얼굴이었다. 세상에, 용진이가 내가 비폭력 교사임을 증언하러 법정에 나온 것이다. 나를 힐끗 쳐다보며 씩 웃는 모습이 너무 귀엽고 대견스러웠다.

변호사나 검사의 심문에 용진이는 그렇게 당당하고 분명할 수가 없었다.

"선생님께서는 우리에게 많은 자유를 주시면서도 책임에 대해서는 엄격하셨습니다. 어떤 경우에도 체벌은 없었고, 사소한 일에 간섭하거나 잔소리 같은 것도 안 하셨습니다. 그런데 하루는 어느 장난꾸러기가 아주 그럴듯하게 만든 장난감 권총을 가지고 와서 그걸 친구에게 겨누고 놀다가 걸렸는데 그때 선생님께서 그렇게 안타까워하고 야단치시는 것은 처음 봤어요. 아무리 장난이라도 남을 죽이는 그런 것은 용납돼서는 안 된다는 것이었지요."

내 기억에는 없는 얘기를 용진이는 하고 있었다. 그 당시 강경대 사태와 관련된 재판은 상당히 주목을 받는 데다가 증인으로 나서는 것은 상당한 용기가 필요한 일이었다. 그래서 마땅한 증인을 구하기도 힘든 때였다. 특히 학생으로서는 불이익을 감수해야만 했을 것이다.

나는 그때의 그 잘 생기고 멋진, 마음이 너무도 맑고 고결한 용진이를 지금도 잊을 수 없다. 용진이는 지금도 그렇게 살아가고 있다.

그뒤 용진이는 학생운동에 뛰어들었고 성균관대 총학생회장을 지냈다. 졸업 후에는 전국연합에 들어가 연합운동에 온 몸을 바치더니,

민주노동당이 건설되자 당으로 가서 지역과 생활 중심의 진보정치에
헌신했다.

2008년 분당 사태 때 진보신당을 택했는데 뒤에 다시 통합운동에
앞장섰다가 뜻한 바 있어 통합민주당으로 합류하여 대변인으로 활약
하고 있다.

명절 때는 친구들과 꼭 인사도 오고, 가끔 정치적 판단이 필요할 때
는 나를 찾아 의논하기도 하는데, 내가 명확한 길을 제시하며 도움을
줘야 되는데 그러지 못해 늘 미안해하고 있다. 그러나 나는 용진이의
최종 판단을 언제나 존중한다. 그것은 고등학교 때부터 우리가 같이
귀하게 여겼던 자주적 인간에 대한 신뢰가 있기 때문이다.

2008년 용진이는 민주노동당을 떠나게 되었고, 나는 학교에 사표
를 내고, 다시 민주노동당으로 달려가게 되었다. 그때 나는 용진이에
게 편지 한 통을 썼는데 참고로 다음 장에 싣는다.

어쩌다 우리가 이렇게 됐니?

제자 용진이에게

오늘은 3월 16일

문래동 당사 창에 와서 부딪히는 오후의 봄볕이 참 따사롭구나

오늘이 일요일인데도

아침부터 회의다 인터뷰다 뭐다하며 시달리다가

오후에는 민심대장정 출정식 겸해서

구로시장을 한 바퀴 돌고 왔는데

아직도 그런 일들이 몸에 맞지 않아서인지

피곤하기만 하다

봄볕에 몸을 맡기고 잠시 눈을 감으니

불현듯 네 모습이 떠오르는구나

참 잘생긴 용진아

너는 지금 어디에 있니?

지금 이 시간 열리고 있는

진보신당 창당대회에 참가하고 있니?

아마 너의 그 멋진 말솜씨로
사회를 보고 있을지도 모르겠구나

용진아
어쩌다 우리가 이렇게 됐니?
네가 떠난 당사에는 내가 들어와 이렇게 자리를 지키고 있고
너는 새로운 둥지를 찾아 떠났으니
왜 우리가 이렇게 다른 곳에 있어야 되는지를 알 수가 없구나
오늘 거기 진보신당 창당 선언문에서 밝힌
"불안과 절망의 시대가 새로운 정치를 요구하고 있지만
소통과 성찰, 혁신의 실패로 시대의 요구에 부응하지 못했다"
라는 반성이 어찌 어느 한쪽의 일이며
"이명박 정부의 폭주와 신자유주의 야당에 맞서
진보진영의 폭넓은 연대전선으로
18대 총선에서 반드시 승리하겠다"
는 각오가 어찌 어느 일방의 일이냐를 묻고 싶구나
이런 종류의 내용이
민주노동당의 여러 행사에서도 그대로 되풀이되고 있으니
왜 우리는 같은 말을 다른 곳에서 따로 해야 되는지
정말 기가 막힐 뿐이다

용진아

너를 생각하면

많은 일들이 주마등처럼 떠오른다

1988년 네가 신일고 2학년일 때

나는 너의 담임이었고

그리고 그 다음해 내가 전교조 결성으로 해직되었으니

결국 나의 교단생활에서 너는

내가 마지막 담임한 학생이었다

생각해보면 너는 고등학교 시절부터 특별했었지

모든 일에 적극적이며

특히 학급이나 학교 전체 일에 관심이 많아

학생회 간부 일을 열심히 했지

자신보다는 남과 전체를 위해 애쓰는 너를 보며

앞으로 정치를 하면 참 좋은 일꾼이 되겠구나

혼자 속으로 생각하곤 했단다

그 다음해 너는 고3이어서

입시 준비하느라 다른 일을 곁눈질하기 어려운 때였는데

전교조 문제가 터지고 내가 구속되면서

파면 위기에 몰리자

너는 앞장서서 나를 지키기 위해 몸을 던졌다는 얘기를 뒤에 전해

들고 얼마나 미덥고 고마웠던지

내가 감옥에서 나왔을 때

너는 진로를 걱정하며 대학의 과 선택을 고민하고 있었는데

그때 둘이 같이 의논해서 사회학과를 택한 것은

지금 생각해도 잘한 것 같구나

너는 대학에 진학하고

나는 본격적으로 민주화운동에 몸을 던지고

1991년 국민연합 집행위원장으로 싸우다가 구속되어 재판을 받을 때

당시 대학교 2학년이었던 네가

나의 재판에 증인으로 나왔었지

폭력범으로 몰린 나를 위해

내가 학교에서 아이들을 가르칠 때

얼마나 폭력을 증오했는가를

너는 나도 기억 못 하는 사례를 들어가며

증언을 했었지

사실 증언의 내용도 중요했지만

그때의 그 엄혹한 상황에서

반정부 반체제 인사의 재판에 증인으로 나서는 그 자체가

너무도 힘든 일이었지

그런데도 넌 날 위해 당당하게 증인으로 나왔었다

그것도 학생의 몸으로

용진아

네가 그렇게 애를 썼음에도 불구하고

당시 노태우정권 사법부는

아이들의 어떤 체벌도 폭력이라고 거부했던 나를

폭력행위등처벌에관한법률 등을 적용하여

징역 2년 6개월 실형을 선고했으니

그때의 분위기를 알 것 같구나

그렇게 해서 나는 진주교도소로 징역을 살러 떠나고

너는 학생운동을 시작해 총학생회장까지 되었으니

너의 어려움 또한 얼마나 컸겠니

수배는 당연한 일이었고

결국은 또 감옥행이었으니

너와 나의 운명은 나이와 분야의 차이는 있었지만

우리 사회를 민주화시켜 바로 세워보려는 일념은 같았구나

그렇게 너와 나는 우리가 되어

비록 사제지간으로 나이 차이도 많았지만

같은 민주화운동 세력으로

동지가 되었지

그래 너와 내가 그렇게 동지가 되면서

난 얼마나 기분이 좋았던지

은근히 널 자랑하고 다녔고

너도 나를 그렇게 봐주는 것 같아

한없이 기뻤단다

그뒤 나는 나대로 전교조를 중심으로 교육운동을 계속했고

너는 너대로 학교를 졸업하고 전국연합 일꾼으로

본격적인 운동가로 발전했지

너의 그 넉넉함과 뛰어난 역량은

언제나 네가 있는 자리를 빛나게 했고

너를 아끼며 바라보는 우리의 희망이었지

너 같은 후배, 아니 젊은 동지가 우리 곁에 있다는 것이

얼마나 즐겁고 가슴 벅찬 일이었던지

그래서 나는 언제부터인가

이런 멋진 친구를 잘 키워 지도자로 자라게 하는 일이

내가 할 일이 아닌가 생각했단다

용진아

그런 나의 기대에 부응이라도 하듯

너는 참 멋지게 자라주었다

궂은일 마다 않고 험한 자리만 찾아가는 너였지만

언제나 운동의 원칙과 인간에 대한 믿음을

넉넉하게 견지했었지

유일한 진보정당인 민주노동당으로 자리를 옮겨

진보정치의 길로 들어선 것은

아주 당연하고 올바른 선택이었다

제대로 된 젊은 정치지도자의 탄생을 바라보는

나의 기쁨 또한 얼마나 컸겠니

너는 당 활동을 하면서도 가장 모범이었다

네가 태어나 살아왔던 너의 동네에 뿌리를 내리고

조급해하지 않고 꾸준히 밭을 일구어가는 너의 모습은

국민을 주인으로 알고 그들을 정치의 주인으로 세우는

풀뿌리민주주의의 모범을 보는 듯했지

그러면서도 당내에서는

젊은 나이에 대변인까지 맡아

탁월한 능력을 발휘했으니

얼마나 멋진 일이냐

그러면서도 너는 몸을 아끼지 않고

늘 투쟁의 앞장에 섰다가

가장 중요한 시기에 또 감옥을 갔으니

얼마나 화가 나고 답답했겠니

그런데도 너는 그 어려움을 넉넉하게 이겨내고

다시 일어설 수 있었으니

그게 바로 너의 실력이 아니겠니

네가 감옥에 있을 때 너의 지역위원회가 오히려

너를 중심으로 더 단결하며 당원을 늘렸던 일은

너의 정치인으로서의 면모를 잘 보여주었던 일이었지

그런데 용진아

너를 비롯한 우리 당원들의 뜨거운 노력으로

지난 총선에서 무려 10석이나 국회의원을 내면서

당은 오히려 속으로 멍들고 어려워지기 시작했으니

참 안타까운 일이었지

자리에 대한 욕심 때문에 정파 간의 갈등과 대립은 더욱 심해지고

성과를 당원이나 국민에게 돌리기는 커녕

자신의 인기와 명망성을 높이기에 급급했으니

어찌 당이 조용할 리 있겠니

지난 대선 기간에 보여준

당의 여러 정파의 대립이나

지도급 인사들의 행태는

진정한 진보정당의 모습과는 거리가 먼 것이었지

그 기간 동안 나는 한 걸음 떨어져서

노무현 세력의 몰락과 한나라당의 독주가 요구하는

보수 대 진보의 정치 구도를 만들기 위해

그래서 우리 민주노동당이 주동이 되는 진보진영이

진짜 야당이 되는 정치현실을 실현시키기 위해

진보대연합 운동을 펼친 건

너도 잘 아는 일이 아니니

우리 민주노동당이 이렇게 처참하게 쪼개지지 않고

더 큰 하나로 뭉쳐만 있었더라면

지금 조성되고 있는 정치정세에 비추어보면

이명박 폭주정권의 확실한 견제세력으로

국민들은 우리를 선택할 수밖에 없을 것이고

그렇게 되면 너의 당선을 포함해서

20석 이상은 확실히 확보하는 건데

그 모두가 물거품으로 날아가버렸으니

누구를 원망하고 누구를 탓하겠니

모두가 우리의 부족이요 못난 탓인 것을

그러나 용진아

너는 꼭 성공해야 한다

아니 꼭 성공할 수 있다

오늘도 너는 성공하고 있다

대선 기간 동안 너는

우리가 절차에 따라 뽑은 대통령 후보를

최선을 다해 당선시키기 위해

후보 대변인으로 피나는 노력을 했다

그러나 왠지 흔쾌하지 않았다

언제나 줄서기를 강요하는 그놈의 정파 때문에

어려움을 당하고 괴로워해야 했으니

이게 도대체 말이나 되는 일이니

선거가 끝나자마자 너는 바로 너의 지역구로 달려가

이른 아침부터 주민들을 만나기 시작했지

그렇게 뛰면서 나에게

후원회의 책임을 맡아달라는 부탁에

기쁜 마음으로 수락한 것은

이제 지역으로 돌아가 오로지 주민들을 위한 진정한 정치를 하는

너를 위해 내가 할 수 있는 일이

바로 그런 것이었기 때문 아니겠니

용진아

그런데 이게 웬 청천벽력이냐

대선 패배의 올바른 평가도 나오기 전

어처구니없는 종북주의 논란이 벌어지더니

결국은 탈당사태로까지 치달아

결국 당이 두 개로 쪼개지는 지경에 이르렀으니

이게 도대체 무슨 영문인지 정신을 차릴 수가 없구나

침몰하는 배를 그냥 구경하고만 있을 수가 없어

무조건 배에 뛰어오른 것은 그 배의 주인이 바로

나였다는 깨달음 때문인지도 모르겠다

어떻게 만든 배인데

그냥 떠내려가게 내버려둘 수 있겠니

그러면서 정신을 좀 차리고 살펴보니

너는 이미 배를 내린 뒤구나

그러나 너는 아주 어려운 순간에도 내게 연락을 해

너의 결심을 얘기했고

나는 안타까우면서도 그냥 듣기만 할 수밖에 없었다

그런 내가 미웠지만 어찌 하겠니

너는 이미 나보다 더 커버린 것을

결국 지금까지 언제나 함께 있던 너와 내가

이렇게 갈라져 따로 있게 되었으니

이게 무슨 일이냐

탈당 이후에 너는 새로운 당에서

다시 한 번 총선 후보 선출대회를 하면서

연락은 드려야 될 것 같다며 전화를 걸었을 때

간다고도 못 간다고도 못 하며 주저하는 나에게

선생님 오시지 않아도 돼요

라고 말하는 너의 그 마음이

나보다도 얼마나 더 아플까 생각하니

코끝이 시큰해와서

그래 알았다 행사 잘 치르라고 얼버무리며

얼른 전화를 끊어야 했던 그 일을

도대체 무엇으로 설명할 수 있겠니

용진아

우리 너무 마음 아파하지 말자

너와 내가 당분간 좀 떨어져 있지만

결국 그게 어디겠니

독점자본주의 신자유주의 저지전선에

비정규직을 없애고 노동기본권을 보장하는 전선에

한반도의 평화를 구축하는 전선에

노동자 농민 등 서민의 인간다운 삶을 보장하는 전선에

생태 환경 여성 장애인 성소수자 등을 보호하고 함께하는

새로운 진보의 가치를 확보하는 전선에

우리가 같이 서 있는 게 아니겠니

그래서 한나라 이명박의 폭주를 막고

민생을 돌보는 일을 함께 해야 하지 않겠니

우리가 힘을 합치지 않고 어떻게 그런 일을 할 수 있겠니

그러니 우리 서로 멀리 있다 생각 말고

언제나 가까이 있다고 생각하자꾸나

네가 어디에 있든 어떤 처지에 있든 무얼 하든

나는 지금까지 그래왔던 것처럼

그렇게 너의 곁에 너와 함께 있을 테니

너도 그렇게 하렴

용진아

오늘 내 마음이 너무 아파

횡설수설 말이 길어졌구나

용서해라

그리고 총선 끝나고 좋은 성과 가지고

늘 같이 찾아오는 너희 동기 놈들하고

기분 좋게 한 잔 하자꾸나

애기 엄마도 몹시 힘들겠구나

지금도 잘하지만 더 잘해라

어느 사이에 밤이 되었네

이 밤이 지나면 또 반드시 새날은 오리니

우리 그 희망 버리지 말고

끝까지 함께 가자

2008년 3월 16일 늦은 밤

언제나 네 앞에서 부끄러운 물범

교육민주화선언

몇 10년 만의 더위인지 며칠째 계속되는 열대야로 잠을 설치고, 힘들게 출근하는 후줄근한 아침 지하철, 주머니 속 손전화가 진동하며 번쩍, 정신을 차리게 한다. 삼성병원에 근무하는 장경이다.

"선생님, 건강 괜찮으세요? 요즘 날씨가 너무 더워서요. 걱정돼서 전화드렸어요."

경이는 언제나 예절 바르고 진지하다. 고등학교 때도 그랬다. 홀어머님 모시고 동생 돌보며, 경이는 소년 가장 같았다.

1986년, 장경은 신일고 3학년이었고 나는 교직 13년차 중견 교사가 되어갈 무렵이었다. 그해 우리는 3학년 6반 학생과 담임교사로 만났다.

잊지 못할 해였다. 내가 당시 교육운동의 하나로 활동하던 YMCA 교사회는 그해의 주제를 '교육과 민주화'로 정하고, 교수나 종교인, 문화예술인 등에 의해서 선도적으로 추진되던 민주화 선언을 우리 교사들도 전국적으로 하기로 결정했다. 서울YMCA 교사회 회장이었던 나는, 서울지역 교사들을 조직해서 민주화 선언에 최대한 나서게 해야 할 책임이 있었고, 그 후과가 무엇인가도 짐작하고 있었다. 교수 등과는 달리 교사가 그런 집단행동을 하면 돌아올 것은 뻔했다. 해직을 각오하지 않을 수 없었다. 그래서 나는 그해 2월 봄방학에 운전학원에 가서 1종 보통 운전면허를 땄다. 최악의 경우 택시 운전이라도 해야겠다는 배수진이었다.

그렇게 비밀리에 추진된 교육민주화선언은 그해 5월 10일을 발표일로 정했다. 우리는 비교육적인 과도한 촌지(돈봉투) 논란 속에 형식적으로 진행되던 스승의 날을 폐지하고, 교사들이 스스로 자신을 돌아보며 반성도 하고 새로운 다짐도 하는 '교사의 날'을 5월 10일로 정하고 그날 교육민주화선언을 발표하기로 한 것이다.

그해 나는 앞에서 쓴 것처럼 고3 담임을 맡았는데, 인문계 고등학교에서 3학년이란 대학입시에 몰두하는 시기로, 학생 스스로 자기 운명이 결정된다고 생각했기에, 공부 외의 다른 행동은 아예 거론조차 못할 때였다. 학교도 입학 성적을 높이는 것을 최고의 목표로 삼고 교사와 학생들을 다그쳤다.

고3 담임으로 나는 상당한 고민에 빠졌다. 특히 우리 반은 이과 중에서 우수한 학생이 가장 많이 모인 반으로, 학급 분위기에 따라서는 학교 전체의 입시 성적과도 밀접한 상관관계에 있었기에, 학교의 모든 시선이 우리 반과 담임인 나에게 쏠려 있었다. 더군다나 신일고의 교장은 이일천 선생님으로 내 고등학교 은사이셨는데, 입시교육에 특별한 능력을 가진 분으로 유명했던 터라 더욱 부담을 가지지 않을 수 없었다. 주입식으로 많은 시간과 노력을 투입하면 반드시 좋은 결과가 온다고 믿는 분이었다.

처음 부딪힌 것은 아침 자율학습이었다. 교장 선생님의 방침은 무조건 모든 학생이 한 시간 전에 나와서 담임 선생님 감독하에 자습을 하라는 것이었다. 나는 반발했다. 그건 자율학습이 아니라고 생각했기 때문이다. 나는 학생들에게 말했다.

"자율학습이란 스스로 하는 공부이다. 여러분은 고3이기 때문에 목표한 대학에 가려면 공부를 많이 해야 한다. 이제 여러분은 그 판단과 결단을 스스로 해야 한다. 자기의 운명은 스스로 개척해나가는 것이다. 학교에서는 여러분들의 그런 결단과 노력을 돕기 위해 많은 노력을 하는데 그 중 하나가 아침 자율학습이다. 그러나 나는 그것이 타율로 진행됐을 때는 큰 효과가 없다고 생각한다. 사람마다 몸의 리듬이 달라 어떤 학생은 아침에 일찍 일어나 공부하는 것이 효과적인 사람도 있고, 또 그렇지 않은 학생도 있다. 거기에 잘 맞춰 공부하는 것이 효과적이다. 그래서 아침에 공부하는 것이 몸에 맞고 효과적인 학생은 그렇게 하고, 저녁 늦게 공부하는 것이 효과적인 학생은 그렇게 해라. 그렇게 스스로 판단해서 결단하고 실천하는 것이 자율이 아니겠니?"

여기까지는 좋았다. 학생들도 환호했다. 그런데 절반 이상의 학생이 아침 자율학습에 나오지 않는 것이었다. 다른 학급은 꽉꽉 차게 모여서 진지하게 열심히 무엇인가를 하고 있는데, 우리 반만 절반 정도의 학생만 나와 그나마도 옆 사람과 얘기하는 등 분위기가 영 아니었다. 조금은 답답했지만 그래도 학생을 믿는 수밖에 없었다.

그런데 문제는 교장 선생님이었다. 아침 자율학습 시간에 복도를 지나다니며 분위기를 살피다 우리 반을 보고 기겁한 것이다. 반밖에 나오지도 않은데다 떠들고 있으니 말이 안 되는 것이었다. 더군다나 성적 좋은 학생이 가장 많이 모인 반인데.

"아니, 선생님 어쩌려고 이러십니까? 다른 반을 보십시오. 저렇게 모두 나와 열심인데 선생님 반만 저래가지고야 대학교 몇 명이나 가겠습니까? 요즘 교육운동이다 뭐다 하면서 딴 데 신경 쓰느라 아이들은 방치한 것 아닙니까? 아이들의 인생을 어떻게 책임지려 이러십니까? 믿고 맡긴 사람 입장도 생각해줘야지 학부모들 항의에 내가 할 말이 없어요."

교장 선생님의 질책에 할 말이 없었다. 그런 시각으로 보면 우리 반은 확실히 문제가 있는 건 분명했다. 그러나 다른 건 교육에 대한 철학이나 입장의 차이로 생각하고 이해할 수 있으나, 교육운동 때문에 학생들에게 소홀하다는 견해는 받아들일 수 없었다.

교육운동은 심각한 어려움에 빠져 있는 우리 교육을, 교사가 앞장서서 제대로 고쳐보자는 교사로서의 양심에서 출발하였고, 그것이 학교사회에 만연한 잘못된 촌지문화 등 부조리를 스스로 배척하고, 학생들을 어떻게 하면 보다 더 자주적이고 자율적인 태도를 가지게 힐 것인가에 초점이 가 있었기 때문에, 과도한 이념 지향이나 교사의 권리만을 추구한다는 주장이나 우려는 받아들일 수가 없었다. 더군다나 교육운동에 앞장선 교사들은, 방과 후에 모여 연구도 하고 공부도 하며 자신을 더 좋은 교사로 만들기 위해 애쓰는 일은 있었지만, 그것으로 수업에 소홀하거나 다른 학교 일을 게을리 한 적이 없을 뿐 아니라, 오히려 새로운 시각으로 더 학생에게 다가가는 노력을 했기에, 교장 선생님의 지적을 용납할 수 없었다.

나는 우리 반 학생들에게 솔직히 내 생각을 털어놓고 스스로 판단하도록 했다. 왜냐하면 그만큼 우리 반 학생들을 믿고 있었다. 모두가 장경이 같은 멋진 제자들이었으니까.

"얘들아, 난 오늘도 교장 선생님으로부터 걱정을 들었다. 고3인 너희들이 염려스럽다는 거다. 사실 나도 염려스럽다. 왜냐하면 교육을 통해 너희들은 스스로의 목표를 달성해야 하고, 고3은 그 1차 관문인 대학을 결정하는 중요한 시기이기에 그런 것 같다. 교장 선생님은 고3은 각자가 다른 생각은 모두 끊고, 무조건 공부만 해서 좋은 대학에 우선 들어가놓고 봐야 한다고 하시지만, 나는 생각이 좀 다르다. 무조건 시간만 늘려 공부만 한다고 되는 건 아닌 것 같다. 우선 나는 주어진 삶을 어떻게 살 것인가 목표를 정하고 그 목표에 맞는 대학을 결정하고, 다른 학생들과 함께 정보를 주고받으며 협동해서 스스로 공부하는 것이 훨씬 효과적이라 생각한다. 내가 하는 교육운동도 너희에게 도움이 됐으면 됐지 불필요한 건 아니니 안심해라. 교사들이 스스로 반성하며 학생들 잘 가르쳐보자는 운동인데 얼마나 좋겠니? 너희들이 오히려 그렇게 애쓰고 노력하는 교사들을 돕고 힘을 줘야 되지 않겠니? 나도 너희들 담임에 서울 YMCA 교사회 회장에 힘들지만 궁극적으로는 너희와 너희 후배를 위한 일이니 나를 도와줘야 하지 않겠니?"

학년 초에 조금 혼란스럽던 분위기도 잡혀가기 시작했다. 특히 자주적으로 공부하는 태도들이 눈에 띄게 늘고, 중요한 것은 학생들이 스스로 도우며 공부하는 모습이었다. 경이나 호석이 등 학급 임원들의 노력이 결정적 역할을 했지만, 수업이나 시험 문제에서 잘 모르는 것이 있으면, 과목별로 공부를 잘하는 학생을 정해 그에게 질문하고, 그도 모르면 그 학생이 모아서 담당교사에게 질문하고, 다시 그 학생이 전달하는 방식이었다. 그래서 쉬는 시간에도 우리 반 학생들이 교무실까지 찾아와 질문하는 통에, 담당 교사들이 귀찮아하면서도 즐거워하는 모습을 자주 볼 수 있었다. 성적이 눈에 띄게 향상되는 것은 당연한 결과였다. 처음에 없잖아하던 교장 선생님도 성적이 오르니 좋아하는 눈치였다.

5월이 왔다. 어려운 가운데도 교육민주화선언은 착착 준비되고 있었다. 5월 10일, 서울 YMCA 강당은 모여든 교사들로 발 디딜 틈이 없었다. 강당 밖에는 교육민주화선언을 막으려는 교장 · 교감 · 장학사 · 경찰 등으로 아수라장이었다. 이와 비슷한 일이 부산 · 광주 · 춘천에서도 벌어졌다. 이날 전국적으로 810여 명의 교사가 이름을 밝히며 교육민주화선언에 참여했다.

나는 서울 YMCA 교사회 회장으로 대회사를 했다. 전날 입시경쟁에 시달리다가 자살한 한 여학생의 예를 들며, 우리 교사 모두가 그 학생을 죽인 살인자가 되었다고 절규하며, 책임을 느끼고 교육을 바로잡기 위해 교사 모두 나서자고 외쳤다.

이어서 신정식 선생님이 교육민주화선언문을 낭독했다. 그날 발표된 선언문을 다시 읽어보면 그때의 주장이 지금도 비슷하다는 생각이 들어 안타까울 뿐이다.

① 헌법에 명시된 교육의 정치적 중립성 보장은 실질적으로 보장되어야 한다. 교육은 정치에 엄정한 중립을 지켜 파당적 이해에 악용되어서는 안 된다.

② 교사의 교육권과 제반 시민적 권리는 침해되어서는 안 되며 학생과 학부모의 교육권도 최대한 보장되어야 한다.

③ 교육행정의 비민주성·관료성이 배제되고 교육의 자율성이 확립되기 위해 교육자치제는 조속히 실현되어야 한다.

④ 자주적인 교원단체의 설립과 활동의 자유는 전면 보장되어야 하며, 이에 대한 당국의 부당한 간섭과 탄압은 배제되어야 한다.

⑤ 정상적인 교육활동을 저해하는 온갖 비교육적인 잡무는 제거되어야 하며, 교육의 파행성을 심화시키는 강요된 보충수업과 비인간화를 조장하는 심야학습은 철폐되어야 한다.

선언을 마친 우리 책임 맡은 교사들은 경찰에 쫓기는 신세가 되었다. 국민이나 여론으로는 많은 지지와 호응을 받았지만, 당국은 대대적인 탄압을 시작한 것이다. 나는 갈 곳이 없어 신일학교로 숨어들었다. 갈 데가 거기밖에 없기도 했지만, 설마 학교까지는 경찰이 들어오지 못하리라는 생각에서였다.

며칠을 숨어 지내는 사이에 15일 스승의 날이 되었다. 우리는 대신 교사의 날을 주장했지만, 당국은 오히려 스승의 날 행사를 잘 치르도록 지시했다. 하루를 쉬면서 행사만 하게 했다.

신일고는 스승의 날 아침부터 묘한 분위기가 형성되기 시작했다.

1986년 교육민주화선언이 있었고 그해 나는 해직을 각오했다.
마침 고3 담임이었는데 우리 반 아이들을 비롯해 고3 학생들이 연좌시위를 해서
나의 징계를 막았다. 교장 선생님 등 주위에서는 입시가 걱정된다고 했지만,
아이들 스스로가 열심히 해서 입학성적도 무척 좋았다.
졸업 때 내가 하나씩 선물한 빨간 넥타이를 메고 함께 기념 촬영을 했다.
왼쪽 두 번째가 장경이다.

당국의 탄압 속에서 중징계를 강요당하고 있는 이수호·신정식 선생님을 위해 뭔가를 해야 하는 게 아니냐는 분위기였다.

학생들이 술렁이는 사이에 교사들이 먼저 일어났다. 교사들은 전원 회의실에 모여 치열한 토론을 거친 결과, 신일고의 교사 전원은 본교 교사 두 분의 교육민주화선언 참여가 교사로서의 행동에 전혀 문제가 없는 것으로 보고, 만약 학교가 두 선생님을 징계하면, 두 선생님과 끝까지 행동을 같이하겠다는 결의문을 채택하고, 교장을 통해 재단에 전달했다.

교사들의 이런 책임 있는 행동은 학생들의 동요를 막았다. 그리고 스승의 날 행사는 시작되어 잘 진행되는 듯했다. 마지막 순서로 학급 대항 이어달리기가 시작됐다. 학생대표 네 명에 마지막은 담임이 달리는 사제동행 경기였다. 1, 2학년이 끝나고 3학년 차례가 되었다. 나는 달리기도 썩 잘하지 못하는데다, 교육민주화선언 후유증으로 심신이 피로한 상태여서 걱정하고 있는데, 우리 반 대표가 오더니 걱정하지 말란다. 자기들이 열심히 뛸 테니 마지막 조금만 뛰어달라며 나를 위로했다. 릴레이는 시작됐고 웬일인지 우리 반 학생들이 정말 잘 뛰었다. 마지막에 내가 뛰며 다른 반의 추격을 받았음에도 당당히 1등으로 들어갔다. 그런데 마치 이것이 신호인 양, 스탠드에서 응원하던 우리 반 학생들이 모두 운동장으로 뛰어나와 나를 에워싸더니 행가레를 치는 게 아닌가. 나는 하늘 높이 올라가며, 아찔한 기분과 함께 참 행복하다는 느낌도 들었다.

축하 이벤트는 거기에서 끝나지 않았다. 스탠드로 올라가지 않고 줄을 맞춰 운동장에 앉더니, 언제 준비했는지 모두 주머니에서 마스크를 꺼내 끼고는 자연스럽게 침묵시위에 들어가는 게 아닌가. 그러자 3학년 다른 반 학생들도 뛰어내려와 말없이 줄을 맞춰 앉는 것이었다. 일순간에 일어난 일이라 선생님들이 말리고 어쩌고 할 틈도 없었다. 아마 미리 치밀한 준비를 한 것 같았다.

부랴부랴 다른 학생들을 들여보내고 선생님들이 침묵시위를 하는 학생들 앞에 섰다. 학생대표에 의해 전달된 요구사항은 간단했다. 이수호 선생님은 잘못한 게 없으니 어떤 징계도 안 된다는 것이었고, 그것을 교장이 직접 약속하라는 것이었다. 그러고는 말없이 운동장에 앉아 있기만 했다.

담임인 내가 가서 이런저런 얘기를 했지만 마스크를 긴 채 침묵으로 일관할 뿐이었다. 신일고 출신으로 선배이면서 교사인 이호욱 선생(현 신일고 교장)이 나섰다. 학생자치회 지도교사이기도 했지만 선배이기도 해서 학생들에게 인기와 지도력을 모두 갖춘 분이었는데, 학생들은 묵묵부답이었다. 오로지 교장 선생님이 직접 와서 어떤 징계도 하지 않겠다는 약속을 하라는 것이었다.

그러는 사이에 시간이 흘러 어떻게 알고 왔는지 경찰이 교문을 에워싸고 있었다. 교장 선생님은 답답해하면서도 선뜻 학생들 앞에 나서지 못했다. 혼자 판단내리지 못하는 것 같았다. 급히 어디로 연락을 하고, 또 주변에 있는 분들과 무엇인가를 의논하더니, 드디어 교장 선생님이 학생들 앞에 섰다.

"여러분, 참 고맙다. 자기 선생님을 위해 이렇게 불이익을 무릅쓰고 행동할 수 있다는 것이 얼마나 대단한 일이냐. 여러분이 자기 선생님을 사랑하는 만큼 나도 내 제자를 사랑한다. 여러분들이 다 내 제자지만, 이수호 선생님이 여러분과 같은 고등학교 시절 내가 그 학교 교사였다. 직접 가르친 제잔데 내가 어떻게 징계할 수 있겠느냐? 어떤 어려움이 있더라도 여러분의 스승이며 나의 제자인 이수호 선생님의 징계는 막겠다. 그러니 이제 나를 믿고 일어서라.”

교장 선생님의 절절한 얘기를 들으며 고개를 숙이고 훌쩍거리던 학생들이 한두 명씩 일어나기 시작했고, 눈물이 가득한 눈으로 나를 쳐다보던 장경의 그 얼굴을 나는 오늘도 잊을 수 없다.

그뒤 당국의 압박이 있었지만 내 징계는 이루어지지 않았다. 교장 선생님은 학생들과의 약속을 지킨 것이다. 그렇게 되자 형평에 따라 다른 교사들도 징계가 어렵게 되었다. 우리 반 학생들은 기막힌 전술로 나도 구했지만, 전국의 많은 선생님들을 구한 것이다. 그러나 노태우 정권은 결국 교육민주화를 주도한 교사를 탄압하여 부당 전출 등을 시켰다. 노웅희 선생님은 해병대 출신이라 하여 백령도로 보내고, 김민곤 선생님은 어상천으로 쫓아 보내는 웃지 못 할 일이 벌어지기도 했다.

내가 담임했던 3학년 6반은 그뒤 성적이 너무 향상되어 엄청난 입시 성적을 거두었다. 자주와 자율, 그리고 협동해서 하는 공부가 얼마나 중요한가를 보여주었다.

그해 나는 우리 반 학생들 덕에 택시 운전사를 면했다. 그리고 졸업 때 나는 깨끗하고 열정적으로 살고자 빨간 넥타이 하나씩을 선물했고, 우리는 모두 그 넥타이를 메고 졸업식에 참석했다.

다시 법정에서

2009년 7월 3일, 아직 상근자들이 출근도 하지 않은 이른 시간, 영등포 경찰서 수사관들이 전교조 본부 사무실을 덮쳤다. 법원이 발행한 압수수색 영장의 집행이었다. 수사관들은 연락을 받고 달려온 상근자들의 저지를 제압하면서 책상 위에 있는 개인용 컴퓨터 본체와 따로 보관된 서버를 무차별로 떼어서는 들고 가버렸다. 전교조의 두뇌가 뽑혀지는 순간이었다.

이명박 정부 들어서며 민주노조운동과 비판적 시민운동은 극심한 탄압을 받아왔다. 그 중에서도 전교조와 민주노총은 아예 뿌리를 뽑아버리려는 듯 모든 보수세력을 총동원하여 초토화 작선에 나섰다.

민주노조운동의 중심인 민주노총에 대해서는 공기업의 일방적 단협 해지 등 노동기본권 자체를 말살하는가 하면, 전교조에 대해서는 온갖 이념공세 등을 퍼붓다가 그것도 안 먹히자 공무원의 정당 활동 금지 조항을 들고 나와 그동안 아무 일도 없었던 민주노동당과의 관계를 트집 잡아 학살에 나신 것이있다.

만약 검찰의 주장대로 교사인 전교조 조합원의 정당 가입이 확인되면 그 교사는 파면이 불가피한 상태가 되어버리니 전교조 결성 당시의 대량 해고가 재현되는 일촉즉발의 위기 앞에 놓이게 되었다.

압수 수색한 서버를 분석해서 1차로 1,800명의 교사가 2010년 5월 6일자로 기소되었다. 기소 내용은 공무원인 전교조 교사가 정당법을 위반하고 민주노동당에 가입하여 정당 활동을 했다는 것과 불법으로 정치자금을 기부함으로 정치자금법을 위반했다는 것이다. 압수한 서버를 분석해서 당원 명부에서 전교조 교사임과 당비에 해당하는 일정액을 매달 납부한 증거를 확보했다는 것이었다.

그것이 법원에 그대로 받아들여져 실형을 받게 되면 해당 교사는 파면이 불가피한 상황이었다. 전교조는 민변의 권영국·신인수·강영구 변호사 등을 내세워 적극 방어에 나섰다. 법리를 개발하고 유리한 증거를 확보하기 위해 최선의 노력을 기울였다.

1심 재판부가 서울중앙지법 제23형사부로 결정되고 재판 기일이 잡히면서 구체적 준비가 진행되던 어느 날 나는 본부 정진후 위원장으로부터 재판 일로 의논하자는 연락을 받고 한걸음에 달려갔다.

신인수 변호사는 판사 출신답게 냉철하고 논리적이었다.

"위원장님, 이 재판의 내용상 핵심은 우리 교사들이 민주노동당에 당원으로 가입하지 않았다는 것을 입증해야는데 민주노동당이 당원 관리를 애매하게 해서 그게 무척 어렵습니다. 그런데 마침 위원장님께서 2008년 학교를 떠나실 때 당에 가입하기 위해 학교에 사표를 냈다는 기사가 있어서 확인하려 뵙자고 했습니다. 만약 그것이 사실이라면 그보다 더 좋은 증거는 없습니다. 위원장님 같은 분도 당에 가입하기 위해서는 학교에 사표를 내야 한다는 것을 보여주셨거든요. 다시 말씀드려 현직을 유지하면서는 당원이 될 수 없다는 반증이니까요."

나는 2008년 민주노동당이 분당 사태 때 비대위로 가기 위해 당원 가입이 필요했고 그렇게 하기 위해서는 사표를 내지 않을 수 없어서 사표를 쓰면서 전날 밤 아내에게 긴 편지를 쓴 일이 있다. 이게 어떻게 알려져 어느 인터넷 매체에 실렸던 것 같은데 그 편지를 변호사들이 찾아낸 것이다.

변호사들은 그 내용이 사실이라는 것을 확인하더니, 그 편지를 증거로 제출할 테니 그날 증인으로 꼭 나와주었으면 좋겠다는 것이었다. 기꺼이 그러라고 했다.

사실 나도 위원장 시절 노동자의 정치세력화와 진보정치의 발전을 위해 최선을 다해야 된다고 생각하고 조합원들을 설득하고 독려하여 법이 허용하는 범위 안에서 할 수 있는 일을 다하자고 호소했고, 그 호소에 따라 많은 교사들이 소액의 정치 기부금도 내주고 했는데, 그 것을 이번에 검찰이 다 문제 삼았으니 내게도 책임이 있는 일이었다.

그리고 얼마가 지난 뒤 재판이 시작됐고, 내 증인심문 날로 결정되어 출석할 법정을 알려주면서, 변호사가 지나가는 얘기처럼, 판사는 홍승면 부장판사인데 재판을 성실하고 정확하게 잘하는 것으로 정평이 나 있다고 귀띔해주었다.

그 얘기를 들으며 나는 갑자기 가슴이 통탕거리며 뛰는 것을 느꼈다. 아니 홍승면이라니, 얼마 전까지 서울중앙지법에서 영장발급 판사로 이름을 날리던 그 판사란 말인가. 바로 그 사람이라는 얘기를 변호사로부터 들으며 여러 가지 생각이 한꺼번에 떠올랐다.

승면이, 그는 내가 신일중학교에서 가르쳤던 제자였다. 중학교 때도 원체 똘똘하고 반듯해서 선생님들이 재는 커서 법관이 됐으면 좋겠다 했는데, 실제 그렇게 된 경우였다. 승면이가 사법고시에 합격하고 연수 성적이 좋아 판사가 된 뒤, 법원으로부터 인정받아 승승장구한다는 얘기를 듣고 얼마나 기뻐했던가. 영장판사 시절 무슨 일인가로 통화를 하며 참 대견하구나 느끼기도 했는데, 중요한 우리 전교조 재판의 주임판사라니, 내가 증인으로 나가는 그 재판의 판사라니, 한편으로는 기분이 좋으면서도 한편으로는 기가 막히기도 했다.

나는 승면이와의 관계를 아주 가까운 몇 분 외에는 얘기하지 않기로 했다. 괜히 구설수에 오르는 것도 싫었지만 만에 하나 재판에 영향을 미칠까 염려되었기 때문이다. 나는 사제지간이란 특수 관계가 혹시라도 재판에 영향을 미쳐서는 안 된다고 생각했던 것이다. 그건 승면이도 마찬가지였으리라. 승면이도 증인 채택할 때 분명히 나인 줄 알면서도 조금도 흔들리지 않았으리라는 것을 확신한다. 승면이는 학생 때부터 그런 아이였으니까.

나는 변호사를 통해 내 첫 시집 『나의 배후는 너다』를 보냈다. 편지를 쓸까도 하다가 아닌 것 같아 속지에 헌사 몇 마디만 써서 보냈다. 승면이로부터도 아무 연락이 없었다. 전화 한 번쯤 할 수 있을 텐데 하다가 고개를 저었다. 그렇게 침묵 속에 증인심문의 날을 기다렸다.

그날이 왔다. 피고라는 이름의 교사들 90명이 대법정에 가득한 가

지금은 부장판사가 된 제자 홍승면(가운데)과 찍은 졸업기념사진.
홍 판사는 우연히 전교조 조합원의 민주노동당
후원 관련 사건을 맡았는데 증인으로 법정에 출석한
나와 만나는 일이 벌어졌다. 홍 판사의 정확한 판결로
전교조 교사들의 집단 해직은 면했다.

운데 나는 증인으로 판사 앞에 불려나갔다. 나는 우리 선생님들 사이로 나가며 마음이 너무나 아팠다. 교사의 정치적 자유와 관련해서, 세계 어느 나라도 다 허용되는 이런 정도의 일로, 교사를 죄인으로 몰아 법정에 세우는 이명박 정부의 천박함에 한숨만 나왔다.

나는 판사 앞에서, 아니 제자 앞에서 오로지 사실만을 얘기하겠다는 선서를 했다. 눈을 맞출 수가 없었다. 힐끗 보니 승면이도 얼굴이 상기돼 있는 것 같았다.

변호사는 정중하게 교사의 정치적 자유에 대한 내 소견도 묻고, 위원장으로서 조합원들의 제한된 정치행위에 대해서도 확인하고 하더니, 핵심인 내가 학교에 사표를 내고 정당에 가입한 사실을 확인하고 그걸 입증하기 위해 그때 '사표를 쓰며'라는 아내에게 쓴 내 편지 중 해당 부분을 읽으며 질문하기 시작했다(다음 장에 전문을 싣는다).

신인수 변호사는 편지를 읽으며 울먹이는 듯했다. 나는 속으로 철철 울었다. 승면이의 얼굴을 쳐다볼 수가 없었다. 다른 길에 있었지만 그래도 내 삶의 역정을 잘 알고 있는 승면이도 속으로 아마 울었으리라. 피고 아닌 피고로 법정에 앉아 있던 선생님들도 어깨가 들먹이고 있었다.

증인 심문이 끝났다. 판사는 이례적으로 증인에게 하고 싶은 말이 있으면 다 해보라 한다. 나는 비로소 판사의 눈을 똑바로 쳐다보며 일어섰다. 그도 눈을 피하지 않았다.

"존경하는 판사님! 기회를 주셔서 너무 고맙습니다. 저는 교사로 평생을 살아왔습니다. 전교조 위원장이나 민주노총 위원장 등 여러 가지 일을 많이 해왔지만 그 모두가 이 시대 교사의 사명과 역할이라고 생각했습니다. 여기 계신 모든 선생님들도 그런 마음으로 제자들 앞에 서고 또 사회를 위해서도 뭔가 보탬이 되는 일을 하며 살아왔습니다. 진보정치를 발전시키기 위해 소액의 기부를 한 것도 그런 맥락이었습니다……."

나는 갑자기 울음이 북받쳐 올라 말을 이을 수가 없었다. 이를 악물었다.

"만약 그것이 죄라면, 그것을 권하고 관리한 당시 위원장인 제게 죄가 있습니다. 죄를 물으시려면 저에게 물으시고 이분들은 빨리 제자들이 기다리고 있는 학교로 돌려보내주십시오."

더 말을 이을 수가 없었다. 생각해보니 자신이 너무 한심했다. 60이 넘어 인생 황혼 길에 들어선 놈이 새파란 젊은 판사 앞에서 말도 제대로 못하고 눈물이나 짜다니…….

그러나 한편으로 자세히 살펴보면 법복을 단정하게 입고 단 위에 앉아 있는 판사는 판사이기 전에 제자이고 귀엽고 자랑스러운 우리 승면이가 아닌가. 이제는 우리 사회의 중심이 된 중견 판사인 제자에게 눈물을 좀 보인들 그게 뭐 그리 큰 흠이 되겠는가 생각하니 마음이 편안해졌다.

판사는 수고했다는 말 외에 다른 말이 없었다. 다음 기일을 예고하고 돌아서 나가는 승면이의 뒷모습이 그렇게 넉넉하고 편안해 보였다.

2011년 1월 26일 1심 선고가 있었다. 1차 180명 모두에게 당원 가입과 관련된 정당법 위반에 대해서는 면소와 무죄 판결이 내려졌다. 실질적으로는 모두 무죄 취지였다. 당 후원금과 관련된 정치자금법 위반에 대해서는 벌금 최저형인 30만 원~50만 원이 선고됐다. 모두 교사의 신분을 유지하는 데는 아무 문제가 없었다. 지역에 따라 2차, 3차 기소가 이루어졌으나 판결은 홍승면 판사의 1차에 준하는 것이었다. 2심이 시작됐지만 1심 홍승면 판사의 정교한 법적용을 뒤집지는 못하고 있다. 이명박 정부가 검찰을 앞세워 전교조 교사를 대대적으로 목을 자르려는 시도는 무산되는 것 같다.

사표를 쓰며

아내에게

벌써 33년 하고도 3개월이 지났네요

내 교사로서의 삶의 시간들이 그렇게 흘렀네요

그 해, 1974년 시월 마지막 날

경상북도 울진군 근남면 제동중학교 교문을 들어서던

그 깊은 가을날 오후, 흙먼지를 날리며 바람이 몹시도 불었지요

그날, 이백여 명 전교생 앞에서

반갑습니다

여러분 만나러 멀리서 왔어요

한 번 멋지게 잘해봅시다

이렇게 인사하며 시작한 교사생활이 벌써 그렇게 되었네요

그리고 아흐레 만에 결혼식을 올렸으니

우리가 함께 산 날수도 그만큼이나 되었네요

그때 내 나이 스물일곱, 당신은 스물다섯

참 씩씩하고 고왔지요

나는 오늘 사표를 쓰려 합니다

아름답고 안타깝고 아쉬웠던 교단 33년의

마침표를 찍으려 합니다

그렇게 뜨겁게 시작한 교직

평생을 평교사로 지내며 아이들 박수와 노래 속에서

정년 퇴임식을 맞으려 했던, 소박하지만 가장 컸던 그 꿈을

이제 접으려 합니다

3년을 못 참고 스스로 떠나려 합니다

학교 교정과 교실, 아이들의 재잘거림, 웃음소리가 눈에 밟힙니다

안타까워하는 동료교사들의 얼굴도 주마등처럼 스칩니다

그러나 가장 아픈 것은 당신입니다

어쩌면 나보다 더 나의 교사생활을 사랑했으니까요

돌아보면

울진 제동중학교에서의 3년은 내 교단 첫사랑이었지요

수업하다 학교에서 도망친 아이를 잡으러

산으로 들로 헤매던 일이며

결석한 아이를 데리러 몇 십리 산길을 자전거로 달리다 넘어져

무릎이 까지고 피가 배어 나와도

아이들만 보면 웃음이 나오고 힘이 솟았지요

당신은 신혼에 시부모까지 모시고

낯선 시골생활에 몸, 마음이 몹시도 힘들었지요?

제동중학교 정문에서 아내와 함께.
나는 늘 아이들이 있는 학교로 돌아가고 싶다.

학교와 아이들밖에 모르는 남편이 얼마나 야속했겠어요

3년 만에 옮긴 서울 신일중·고등학교도 참 좋은 학교였지요

넓은 교정과 울창한 뒷산도 아름다웠지만

'믿음으로 일하는 자유인'이란 교훈과 함께

맥맥이 흐르고 있는 고상한 교풍이 더 멋졌지요

그러나 보충수업, 자율학습, 과외 등 비교육적 행태도 문제였지만

관료화된 국가 중심의 교육 통제와 억압은

정말 참기 어려웠습니다

군사 독재의 산물이었지요

광주민중항쟁에 이은 전사회적 민주화투쟁은 역사의 필연이었습니다

교육계의 민주화운동도 싹이 트기 시작하고

1986년에는 전국적으로 교육민주화선언이 있었고

앞장섰던 나는 해직의 위기에 몰리고

우리 반 아이들이 주동이 된 연좌시위가

나를 구했지요

그해 벌써 나는 무모하게도 해직을 각오하고

그에 대비해서 택시 운전이라도 할 요량으로

운전면허 학원에 다닐 때도

당신은 불평 한 마디 않고 믿고 따라줬지요

아직도 어린 세 아이를 혼자 키우면서 말입니다

80년대 초에 시작된 교육민주화운동이 본격화되면서

87년 민주항쟁을 지나

89년에는 드디어 법외노조인 전국교직원노동조합이 결성되고

나는 감옥으로 끌려갔지요

덤으로 해직까지 당하는 건 당연했고요

당신은 어린 셋을 데리고 혼자가 되었고

전교조에서 주는 생계지원비 30여만 원이 수입의 전부였지요

세 아이 키우며 옥바라지까지 하면서도

그러나 당신은 언제나 당당했어요

남편에 대한 믿음과 교육민주화운동의 자부심 때문이었겠지요

그러나 속으론 얼마나 힘들었겠어요

자신에 대해서야 말할 것도 없고

아이들 먹고 싶은 것도 마음놓고 사주지 못하는

그 마음이 오죽했겠어요

그래도 티 안 내고 잘 참아주었지요

정권만 바뀌면 세상도 좋아지고 복직도 하리라 했던 기대는 무너지고

해직이 10년이나 이어지고

그 사이에 돈 되는 일은 팽개치고

전교조 서울지부장, 부위원장, 수석부위원장, 위원장을 지내고

이제는 돌아와 아이들 앞에 서는가 했더니

또 민주노총 사무총장, 위원장까지 하고 나니

어느덧 나이는 육십이 되어버렸네요
아비 얼굴 한 번 제대로 보지 못하고 자란 아이 셋은
그래도 큰 탈 없이 자라
큰애는 학생운동에 이어 참세상 만드는 사회운동에 참여하여
제 몫을 다하고 있고
둘째는 임용고시 합격하고 역사교사가 되어
나와는 전교조 부자조합원으로 집회나 시위 현장에서 가끔 만나니
그 기쁨이 얼마나 큰지요
막내는 중국까지 가서
제가 돈 벌어 먹고살며 공부까지 하고 있으니
이런 기특한 일이 어디에 또 있겠어요
참 나는 복도 많다 기뻐하며 생각해보면
이 모든 일이 하나도 거저 되는 일은 없으니
그 모두가 당신 애쓴 결과이지요
해직 10년 동안 애 키우느라 당신 한 일 생각하면
나는 쥐구멍밖에 찾을 게 없지요
남의 식당 주방 일이며
또 직접 가게를 경영하며 당한 어려움과 고생
그걸 어찌 다 헤아리겠어요

당신은 내가
합법화된 전교조의 위원장을 지내고 학교로 복귀했을 때

가장 기뻐했지요

평범한 한 교사로 살면서

어려운 아이들을 도와주고 그들과 함께하는 삶이

내게 가장 잘 어울리고 아름다운 삶이라 여겼지요

그런 당신이 내가 민주노총의 부름을 받고 사무총장으로 간다 했을 때

교사도 노동자니 노동자가 잘사는 세상 만들어보겠다는데

어찌 말릴 수 있나며

웃음으로 보내주었지요

속으로 몰래몰래 울면서요

민주노총 위원장 시절

시너까지 뿌려지는 대의원대회장을 지켜보며

얼마나 또 안타까워했나요

그놈의 정파가 무언지

상대방이 하는 일은 무조건 반대하고

딴죽을 걸고 방해하고

그래도 제 맘대로 안 되면

단상을 점거하고 폭력을 휘두르고

우리가 함께 만든 규정과 절차를 무시하고

모든 민주주의를 파괴하면서

자기만 옳다고 주장하며

동지의 가슴에 칼을 꽂는

그놈의 정파 간의 대립

그러고도 노동운동이니 진보니 하면서

제 잘난 척만 하며 살고 있으니

그러면서 노동해방이니, 민중해방이니

주둥아리만 놀리고 있으니

한심한 노릇이 아닐 수 없지요

그걸 어떻게 하면 좀 완화시켜볼까

어떻게 하면 좀 크게 단결시켜볼 수 있을까

고민하며, 참으며, 별짓을 다했지만

결국 내게 돌아온 것은 자진사퇴였지요

못난 위원장과 운명을 같이하며 총사퇴를 한 동지들과

기자회견도 제대로 못 하고 민주노총 건물을 나서며

나는 혼자 생각했어요

이제 내 시대는 가는구나

미안하고 안타깝지만 이제 모든 일을 후배들에게 맡기고

겸손하게 물러서서 뒷바라지나 해야지 했지요

그렇게 하며 돌아온 상처투성이인 나를

당신은 따뜻하게 안아주었지요

안타까워하거나 노하지 말아요

당신은 최선을 다했잖아요

스스로를 속이거나 남을 속이지 않았잖아요

이젠 모든 것 잊어버리고 그냥 좀 쉬어요

그렇게 위로하며 힘을 주었지요

다음날부터 백날 동안 백 편의 시를 쓰며

나는 나를 잃지 않으려 안간힘을 썼고

당신은 넉넉한 마음으로 나를 지켜봐주었지요

그리고, 다시 학교로 돌아가 나는 아이들 앞에 섰어요

나는 교사였으니까요

전교조 위원장일 때도 민주노총 위원장일 때도

해직을 당해 길거리에 있을 때도

국민연합 집행위원장으로 수십만 명을 호령할 때도

나는 언제나 교사였어요

그 시대가 요구하는 다양한 교사의 역할을 나는

맡겨진 자리에서 실천할 뿐이었지요

아이들은 언제나 가장 깨끗하고 솔직한 나의 선생이었어요

수업을 하며 상담을 하며

그들에게 배우는 기쁨이 얼마나 큰지

나는 늘 즐거웠지요

그러면서 그렇게 같이 있는 사이에

그들도 나에게서 뭔가를 배울까

그리고 그것이 그들의 기쁨이 될까

생각하면 가슴이 뛰었지요

다시 정치의 계절이 돌아오고

삭발과 붉은 띠, 투쟁의 상징이지만 마음을 모으고
결의를 다지는 수단이기도 하다.

노무현의 몰락 속에 한나라는 꽃을 피우고

보수의 독주는 하늘을 찌르고

이명박은 신이나 깨춤을 추는데

우리는 뭐하냐고 그냥 앉아서 죽느냐고

후배들은 나를 찾아와 윽박질렀어요

위기의 또 다른 이름은 기회라고 나를 몰아세우며

이때야말로 우리 정치가 비로소

보수 대 진보로 크게 갈라질 것이라고

아니 그렇게 갈라 세워야 한다고

안타까워했지요

그래서 우리는 진보의 범위를 넓히고 크게 단결하고

그 가치도 시대에 맞게 새롭게 하기 위해

'새진보연대'를 만들었어요

정범구랑 임종인이랑 같이 고민하며 재미있었지요

대선이 시작되고

거짓말쟁이 사기꾼 이명박이 활개치는데

한 번 떠난 민심은 백약이 무효라

발을 동동 굴러도 소용없고 온갖 노력을 해도 꿈적도 않더니

결국 우리는 참패하고 말았지요

참패의 책임을 지고 지도부는 물러가고

비대위를 꾸려 당을 수습하려는데

느닷없는 종북 논쟁이 벌어지며

정파 간의 대립이 극에 다다르는가 싶더니

드디어 분당 사태에 이르게 되었어요

당은 타이타닉호가 되었고 서서히 잠겨가고 있었지요

대선 기간 당 밖에서

진보대연합 추진을 위해 이런저런 일을 하고 있던 나는

갑자기 가슴이 저리며 아파오기 시작했어요

도저히 참을 수가 없었어요

나는 그때서야 비로소 내가 누구인지 깨닫게 되었어요

내 핏줄 속으로 흐르고 있는 피가

어떤가를 알 것 같았지요

나는 타이타닉호로 달려갔어요

무조건 뛰어올라야 한다 생각했지요

민주노동당은 우리 노동자가 노동자의 정치세력화를 위해

직접 나서서 만든 당이잖아요

그래서 우리 민주노총 노동자들은

스스로 당의 주인이라 믿고 있지요

나는 민주노총의 간부로 교육을 할 때마다

그렇게 가르쳤지요

강조하고 강조하고 또 강조했지요

민주노동당이야말로 우리의 꿈과 희망을

현실화시킬 수 있다고 말입니다

주인은 제 집에 불이 났을 때

나는 2004년 민주노총 위원장이 되어 취임식에서 깃발을 힘차게 흔들었다.
조직의 단결과 사회적 대화를 내걸고 당선되었으나 중도 사퇴하고 말았다.

구경만 하고 있진 않지요

온갖 노력을 다해 불을 끄지요

불을 끄기는커녕 몰래 기름을 끼얹고

제 보기에 쓸 만한 물건을 챙겨 도망치는 놈은

주인이 아니지요

도둑이지요

지금이야말로 주인과 도둑이 뚜렷해지는 때인 것 같아요

나는 불타며 침몰하고 있는 민주노동당호로

무조건 달려갔어요

내가 그 배의 주인이었던가 봐요

내 핏줄 속으로 진짜 노동자의 피가 흐르고 있나 봐요

너무 기뻤어요

배에는 아직 많은 주인들이 타고 있어요

힘들고 지쳤지만 힘을 모아 불을 끄고 있어요

배를 살리기 위해 가진 것 모두 내던져서 균형을 잡고 있어요

나도 다 던져야 하나 봐요

요 며칠 당으로 출근하기 위해 아침 일찍 나서는 나를 보는

당신의 눈길이 너무 아파요

부디 몸이며 마음만은 상하지 말라고

오로지 건강만 걱정하는 그 마음이

너무 고마워요

그런데 당 활동을 하기 위해선 더 던져야 되나 봐요

당을 살리기 위해서는 가장 귀한 것을 버려야 한데요

그래서 오늘

내 삶의 모든 것이었던 교직을 버리려 합니다

경제력 10위로 선진국의 문턱에 있다는 우리 나라는

아직도 교사의 정치적 자유가 없어서

당 활동을 하려면 교직을 버려야 한데요

많이 주저되고 많이 아프네요

그냥 외면하고 피하고 싶은 생각이 끊임없이 피어올라요

이런 나를 당신은 언제나 따뜻하게 손잡아주었지요

걱정하지 말아요

살림이야 걱정되지만

해직 십 년도 살았잖아요

연금 못 타면 어때요

우린 아이들 이제 다 컸잖아요

우리 둘이야 뭘 한들 못 살겠어요

우리 가진 기 모두 다 거저 받은 거예요

그냥 거저 주어버려요

우리야 얼마나 많은 복을 받았나요

전교조며 민주노총이며 위원장까지 했으면

그보다 더 큰 복이 어디 있어요

그 모든 게 모두 이름 없는 조합원들이 준 거니

이제 모든 것 그들에게 되돌려줘요

고마워요
기쁜 마음으로 사표를 쓸게요
너무 아쉽고 안타깝지만 학교를 떠날게요
그리고 가벼운 마음으로 민주노동당호로 달려갈게요
배가 다시 바로 설 때까지
그 배 진보의 바다로 내일의 희망을 향해
힘차게 나아갈 때까지
배를 지킬게요
아!
보세요.
벌써 새벽이 밝아오고 있어요

2008년 2월 28일 새벽에

민혁이 아빠

이 친구 정말 아름다운 후배다. 능력도 뛰어나고 부지런하다. 회의에서는 말을 아끼지만 꼭 필요한 말은 군더더기 없이 깔끔하게 한다. 거기다 요리 솜씨까지 뛰어나 등산이나 여행을 할 때는 더욱 빛이 났다. 작년 겨울에 대륙횡단열차를 타고 시베리아를 가로질러 바이칼 호수까지 같이 갔다 온 일이 있었는데, 일주일 내내 기차 속에서 기진맥진해 있을 때, 말없이 끓여주던 그 라면 맛은 아마 영원히 잊을 수 없으리라.

그 친절한 멋쟁이가 언제부터인가 우울해 보였다. 짙은 눈썹 아래 빛나던 맑은 눈망울이 흐릿해 보이기도 했다. 요즘 이렇지 않은 사람이 어디 있으랴. 특히 아직도 운동권 언저리에서 벗어나지 못하고 나 같은 놈이나 자주 만나는 놈이 어디 정상이겠는가? 나도 연대책임이 있는 것 같아 안타까운 마음으로 눈치만 살피고 있는데, 막걸리잔을 마주한 어느 날 스스로 입을 여는 것이었다.

"선생님, 제 둘째가 중2인데요. 아무래도 김딩이 안 돼요."

막걸리 한 잔을 단숨에 벌떡벌떡 마시더니 술상이 무너지게 한숨만 쉬며 말을 못했다. 나도 벌떡벌떡 마실 수밖에.

중학생이 되면서 키도 갑자기 크고 목소리도 변하고 해서 사춘기구나 했는데, 아들 민혁이가 결국 이 사춘기 성장통의 덫에 걸려버렸다는 것이다. 늘 늦게 들어가는 죄로 야단을 치거나 뭘 물어보는 것도 힘들었는데, 그사이 애는 훌쩍 커버린 것이다. 중2가 된 어느 날 별거 중인 엄마가 학교에 불려갔다 온 후 모든 게 드러나게 되었다. 민혁이가 그 학교 일진이었다.

이 친구 그 다음부터의 행동은 놀라웠다. 자기의 그 바쁜 일정을 민혁이에게 맞추기 시작했다. 민혁이 친구들을 다 만나보더니 드디어는 그 부모들도 만나기 시작하는 것이었다. 그러고는 아이들을 데리고 여행도 하고 등산도 하며 그놈들 친구가 되는 것이었다. 말을 들어봤더니 같이 술도 마시고 담배질까지 한단다. 속으로 피눈물을 흘리며.

한반도에 전쟁이 일어나지 않는 게 이 중2 때문이라는데, 이 무서운 중2 일진들과 함께 이 저녁에도 그는 어느 후미진 골목에서 인생을 얘기하고 있을까? 이렇게 부슬부슬 비라도 내리는 저녁이면 그 후배가 보고 싶다. 말없이 시원한 막걸리 한 잔 마시고 싶다.

아침 신문을 집어들며

어제는 백기완 선생님 팔순 잔치가 있었다.

본 행사 깔끔하게 끝나고 그래도 그냥 헤어지기가 아쉬운 사람들끼리 빈대떡 집으로 뒤풀이 겸 2차를 간 것은 그래도 괜찮았다. 3차부터는 목소리도 커지고, 했던 말을 되풀이하며 상대방의 말꼬리를 잡고 횡설수설하더니, 결국은 시비가 붙는다. 짜증이 나기 시작한다.

2차 끝나고 가버리지 못한 게 후회됐지만 그래도 오늘 행사를 준비한 사람으로 오랜만에 나온 분들을 그냥 두고 가버리기가 뭐해서 뭉그적거리다가 결국 잡혀버린 것이다.

술집을 옮기고, 알아서 떨어져나갈 사람 빠지고, 남은 사람끼리 옆 손님이야 있든 말든 노래를 불러제낀다. 그 다음부터는 기억이 잘 안 난다. 몇 집을 더 다녔는지 그 노래방은 어떻게 가게 됐는지 끊어졌다 이어졌다 한다.

거의 새벽 다섯 시나 되어 현관 앞에 도착해, 벌써 던져놓고 간 조간 신문을 집어들며 번호 키를 누르는 그 참담함이란……. 내가 나이가 몇인데 아직도 이렇게 살고 있나, 창피하고 부끄러울 뿐이다.

문제는 그 다음이다. 내일이 돼버린 오늘, 나는 열한 시까지는 중앙일보 건물에 있는 교원소청심사위원회 앞까지 가야 한다. 교육과학기술부(교과부)로부터 부당면직을 당한 세 선생님을 구해달라는 소청서를 제출하는 기자회견에 가기로 했으니 무조건 가야 한다.

문제는 오늘 같은 어제까지 쓰기로 한 원고가 둘인데, 그건 또 어찌할 건가? 대충 씻고 컴퓨터 앞에 앉았는데 머릿속은 왕왕거리기만 한다. 포기할 수밖에.

세 시간쯤 자고 일어났다. 생각보다 머리가 맑다. 이런 횡재가 어디 있나. 그렇게 학대를 했는데도 몸은 나를 용서하고 있다. 너무 고맙다.

기자회견장까지 가려면, 아침밥을 포기하면 한 시간쯤의 여유가 있다. 한 꼭지는 쓸 수 있겠지, 컴퓨터로 돌진한다. 대충 생각해둔 얼개가 있는데 생각처럼 풀리지가 않는다. 느긋하지 않으니 될 리가 없다. 시간이 가는 것보다 더 초조한 것을 나는 보지 못했다. 결국은 빈손, 서둘러 대충 물을 끼얹고 나올 수밖에.

조연희·박정훈·이형빈 세 선생님이 흐린 봄 하늘 아래 바람을 맞으며 서 있었다.

지난 3월 1일자로 서울시교육청에 의해 교육공무원으로 임용되었다가 하루 만에 교과부 이주호 장관에 의해 직권취소가 되어 부당하게 면직되었다. 학교로 발령을 받아 담임도 배정 받고 미리 가서 담당 교과도 협의하고 출근 준비를 다 했는데, 개학 전날 저녁에 직권취소가 되어 하루짜리 교사의 기록을 세운 것이다. 누구는 기네스북에 올라갈 일이라고 우스갯소리를 했지만 본인들은 피눈물이 나는 일이다.

박정훈은 10년 만에, 조연희는 8년 만에 천신만고 끝에 복직하는 것인데, 그것도 발령까지 받았다가 취소됐으니 오죽하겠는가?

기자들은 거의 없었다. 우리 사회는 이 정도로는 꿈적도 하지 않는 것 같다. 그도 그를 것이 지금 시청광장에는, 수백 명이 정리해고되고 그 후유증으로 20명 이상이 스스로 목숨을 끊고 있는 쌍용자동차를 비롯하여 수천 일을 길거리에서 농성하며 싸우고 있는 재능교육 비정규직 노동자 등이 희망광장 투쟁을 열흘도 넘게 하고 있는데, TV 방송은 말할 것도 없고 신문도 한 줄 보도하지 않는 게 현실이다.

세 교사를 대표해 조연희 선생이, 정말 아이들에게로 돌아가고 싶다고, 확성기로 거리가 떠나가게 울먹거리며 외쳐도 지나가는 사람 누구 하나 쳐다보지 않는다.

기자회견이 끝나고 참가한 단체의 대표들은 옷의 먼지를 털며, 오늘은 어디로 밥을 먹으러 가나 주최 측의 눈치를 보고 있다. 나도 얼른 밥을 먹어야, 광화문 이순신 동상 앞에서 진행되는 중증장애인 활동보조인 확충을 위한 일인시위에 가야 하는데, 조바심이 난다.

어젯밤을 새다시피 한 속쓰림이 시작되고, 나는 괜히 백 선생님이 원망스러웠다.

나는 교사인가

나는 요즘 내가 교사인 것이 부끄럽고 원망스럽다. 교실은 '붕괴'되고 학교는 '무능'하다고 공공연히 떠들고 있는 요즘, 거기 대해 반론은커녕 변명 한 마디 못 하는 자신이 한심스러울 뿐이다. 취업과 결혼과 출산을 포기한 '삼포'의 시대, 그 주원인이 잘못된 교육 때문이라고 핏발선 눈으로 바라보는 젊은이들의 눈동자가 두려울 뿐이다. 시키는 대로 밤낮 가리지 않고 공부밖에 한 것이 없는데, 그래서 대학이라도 졸업하면 최소한의 장래는 보장되는 줄 알았는데, 수없이 이력서만 쓸 뿐 누구도 책임져주지 않는 이놈의 세상이 답답할 뿐이다.

이런 답답함도 있고 해서, 페이스북에다 교육 문제의 글을 가끔 올렸더니, 내가 알 만한 어느 퀵서비스 노동자가 내 담벼락에 애타는 글을 올렸다.

제 딸아이 학교에서 벌어지는 일입니다. 국가에서 실시하는 일제고사를 준비하라고 여러 가지를 학교에서 시킨다고 하기에 뭘 시키느냐고 문자로 보내라 했더니 아래의 문자가 왔더군요.

"6학년은 원래 등교시간인 8시 40분까지 등교를 8시 30분까지 등교로 바꾸어 공부를 하고 학습지를 품. 계발활동(부서활동) 2주에 한 번 2시간씩 금요일마다 하던 것을 모두 그만두고 수준별 영어 학습 활동시간이 됨. 실과·미술을 격주로 하고, 실과·미술 시간에 국가고시 준비를 함. 즉, 한 달에(실과·미술 합쳐서) 8시간이던 시간이 4시간이 되고 나머지 4시간은 국가고시 준비를 하게 됨(재량[컴퓨터]는 6학년 되고 나서는 아예 안 함. 원래 안 하는 건지는 잘 모름). 수학문제집을 자기 수준에 맞춰 사와서 매일(토·일 빼고) 2장씩 풀어 채점해오기가 숙제가 됨. 학습지(아침시간 등에 푸는)는 4·5·6학년 수준으로 품. 최근은 100점을 제외하고 남아서 틀린 문제를 이해할 때까지 품. 계속 남겨서 품(못하는 애들은 계속 품. 내 친구는 5시 다 돼가도록 집에 못 감. 계속 남기는 것처럼 보임. 내 친구가 나오고 나서 보니, 못 푸는 애들은 계속 풀고 있었음). 배움 공책. 수학·국어를 매시간 끝나고 정리함. 요약노트 같은 것, 이 역시 정리 못 하면 남음."

한심합니다. 미술이 얼마나 중요한 과목인데……게다가 컴퓨터도 안 가르치면서 무슨 스마트폰 수업인가요? 이런 멍청한 짓거리를 하는 이유가 국가에서 시행하는 일제고사에서 탈락하는 학생 숫자를 낮추기 위한 것이라니 정말 한심합니다. 수순이 떨어질 것으

로 보이는 학생을 선별하고 그에 맞는 지도방법을 생각하는 것이
아니라 아이를 공장에서 물건 찍듯이 공부시키는 짓거리 하라고 일
제고사 만들었나요? 이런 짓거리 못 하게 만들어야 하는데 아이에
게 혹시라도 불이익이 생길까봐 학교에 항의하기가 두렵습니다. 이
런 식으로 아이들을 볼모로 선생님과 학생을 괴롭히는 교육방식은
없어져야 합니다.

이 글에 대해 고맙게도 경기도의 어느 교사가 댓글을 달았다.

어느 학교인지 말하기 곤란하시지요? 그 학교 감사를 서울교육청
에서 나갔으면 하네요. 또 이번 총선과 대선에서 반드시 승리하여
일제고사를 폐지하도록 해야지요. 아이들 죽이는 굿판을.

나도 뭐라고 한 마디는 해줘야 될 텐데 안타깝고 답답하기만 하다.
시험 점수로 아이들 줄 세우는 것, 이 일만은 막자고 그동안 그렇게
싸워왔는데, 아직도 일제고사는 초등학교까지 실시되고 있고, 그 부
작용으로 정상적 교육과정이나 학교 일정까지 무시하며 자행되고 있
는, 이런 반교육적 행태를 어찌해야 하는가? 도대체 조금이라도 생각
있는 교사는 다 어디로 가고, 전교조는 무얼 하고 있는가? 결국 그 화
살은 내게로 돌아온다. 부끄러울 뿐이다.
이렇게라도 댓글을 달아야겠다.

미안합니다. 이것은 저를 포함한 우리 교사들의 무책임에서 비롯된 씻을 수 없는 잘못입니다. 변명이 있을 수 없습니다. 교사들이 최소한의 올바른 교육적 관점과 교사로서의 양심과 책임감 그리고 용기만 있어도 이런 일은 학교에서 일어날 수 없습니다. 또 이럴 때 단결해서 이런 문제에 제대로 대응하기 위해 만든 전교조가 직무를 유기하고 있기 때문입니다. 부디 저희들을 꾸짖고 벌해주시기 바랍니다. 아울러 우리 교육의 그 많은 잘못의 한몫은 분명 우리 교사의 것입니다. 그렇기 때문에 그 해결도 교사에게서 시작돼야 합니다. 아무리 엉킨 실타래라도 실마리를 찾아 풀어나가면 풀립니다. 우리 교사가 그 실마리입니다.

홍희덕을 생각한다

나는 레즈비언 대통령을 원한다. 나는 그가 에이즈에 걸렸고, 국무총리는 의료보험도 안 되는 동성애자이며, 백혈병을 피할 수 없는 오염된 쓰레기들이 바닥에 뒹구는 어딘가에서 자란 인간이었으면 좋겠다. 나는 이 나라 대통령이 16살 때 낙태를 했으며, 마지막 애인은 에이즈로 죽었고, 눈을 감으면 자기 품에서 죽어간 애인의 모습이 늘 떠오르는 그런 여자였으면 좋겠다. 나는 이 나라의 대통령이 냉난방이 안 되는 집에서 살았고, 병원에 가기 위해, 가족생활보조연금을 타기 위해, 고용안정센터에서 구직을 하기 위해 줄을 섰던 사람이었으면 좋겠다. 실업자였고, 해고당했었고, 성적으로 학대당한 적이 있으며, 동성애자라는 이유로 쫓겨난 적이 있었으면 좋겠다. 나는 그가 어느 후미진 골목에서 밤을 새운 적이 있고, 강간에서 살아남은 자였으면 좋겠다. 누군가와 지독한 사랑에 빠졌었고, 상처 입었으며, 많은 실수를 저질렀으나 거기서 교훈을 얻은 사람이었으면 좋겠다. 나는 이 나라 대통령이 흑인 여자이면 좋겠다.

그가 썩은 이빨들을 가졌으면 좋겠고, 병원에서 나오는 맛없는 식사를 먹어본 사람이면 좋겠다. 그가 마약을 경험해보았고, 시민 불복종을 실천해본 사람이면 좋겠다. 그리고 나는 왜 내가 요구하는 것이 가능하지 않은지 알고 싶다. 왜 사람들은 우리로 하여금 대통령은 언제나 꼭두각시이며, 창녀의 고객이며, 결코 창녀 자신일 수는 없다는 사실을 믿게 한 건지 알고 싶다. 왜 그는 항상 사장이며 결코 노동자일 수는 없는 건지, 왜 그는 언제나 거짓말쟁이며, 언제나 도둑이고, 결코 처벌되지는 않는 건지 알고 싶다.

나는 경향신문 파리 통신원인 목수정 씨가 그의 칼럼에서 인용한 조에 레오나르드의 위의 글을 읽으며 가슴이 떨렸다. 2010년, 처음으로 스웨덴 의회에 극우정당이 진출하게 되었을 때, 스웨덴 여성 예술가들에 의해 대중 앞에서 낭독이 시도된 이후, 이 글을 시위 현장에서 낭독하기는 운동으로 발전하여 핀란드 · 에스토니아 · 덴마크 · 스페인 · 프랑스 등으로 확산되고 있다 한다.

여기에 대해 목수정 씨는 덧붙인다.

우린 언젠가부터 민주주의의 꽃이라 하는 선거를 우리 중에 가장 잘나가는(!!) 인물을 뽑는 인기투표로 여기게 되었다. 가장 돈을 잘 벌고, 가장 부모 백이 든든하며, 가장 번득이는 학력을 가졌고, 가장 높은 곳까지 단시간에 올라간 누군가를 마치 우리의 거울인 양 뽑아서, 그의 영광의 생애에 화룡정점을 찍는 데 가세하는 게, 그것이

투표였던가? 우리가 실행하고자 하는 간접 민주주의란 나를 비롯한 주변 사람들의 민의를 가장 잘 대변해줄 사람을 고르는 게 아니던가. 출구가 보이지 않는 막막한 고난의 긴 터널을 걷고, 쓰디쓴 소외와 굴욕을 겪어본 사람이 우리의 뜻을 가장 잘 대변할 수 있지 않을까. 마사지 걸을 잘 고르는 지혜를 만인 앞에서 설파하는 자가 대통령이 될 수 있다면, 그에게 마사지를 해준 아가씨가 대통령이 되는 것도 가능한 사회여야 한다는 사실. 그럴 때, 우린 감히 민주주의를 한다고 말할 수 있다는 사실, 왜 우린 진작 생각조차 하지 못했던가.

이번 선거에서 나는 이 사람만은 꼭 당선돼야 한다고 생각한 후보가 있었다. 의정부시에서 출마한 청소부 출신 홍희덕이었다.

홍희덕은 시골에서 태어나 가난 때문에 초등학교를 겨우 졸업했다. 땅이 없어 남의 농사만 짓다가 도회지로 나가 날품팔이 막노동을 비롯해서 먹고 살기 위해 안 해본 일이 없을 정도로 힘든 삶을 살았다. 그러다가 운이 좋아 의정부시 청소 용역업체에 취직하여 환경미화원이 되었다. 말이 좋아 환경미화원이지 청소부로 똥푸기 등 온갖 궂은 일을 하면서도 언제 목이 잘릴지 모르는 간접고용 비정규 노동자였다. 자신을 지키기 위해 노동조합에 가입했고 노조활동을 열심히 하여 노동조합 간부가 되었다.

내가 민주노총 위원장 시절 그는 민주노총의 산하조직인 경기도 연합노조의 위원장이었다. 18대 총선을 앞두고 당시 민주노동당은 분당 사태를 맞았고 나는 진보정치를 살려야 한다는 생각으로 민주노동당

2005년 제115주년 세계노동절 전국노동자대회에서.
비정규 노동자의 열악한 삶을 개선하는 일은 여전히 우리 사회가 당면한 큰 과제이다.

의 비상대책위원회에 결합했다. 당시 비대위는 비례후보 공천권을 가졌는데 노동부문 담당이었던 나는 비정규 노동자의 몫으로 홍희덕을 추천하여 2번으로 출마시켰다. 분당의 후유증으로 한두 석도 당선을 기대하기 어려운데 당의 최고 간판스타가 비례후보로 나서야 당 지지율도 올릴 수 있지 않겠느냐며 우려도 많았지만 나는 생각이 달랐다.

우여곡절 끝에 홍희덕을 포함한 다섯 명이 당선되어 국회로 들어갔다. 최초의 청소부 출신 국회의원이었다. 그러나 우리 사회나 정치권은 그를 주목하지 않았다. 오히려 뭘 제대로 하기나 할까하며 비아냥거렸다.

4년이 지났다. 그는 회의에 충실히 참가하면서도 지구 여섯 바퀴 반에 해당하는 거리를 투쟁 현장으로 뛰어다녔다. 쌍용자동차 조합원들이 77일간이나 공장점거 파업투쟁을 벌여 위기에 처했을 때, 가장 먼저 공장 앞으로 달려가 천막을 치고 단식투쟁으로 싸움의 물꼬를 튼 사람도 바로 홍희덕이다. 시민단체와 출입기자들에 의해 3년 연속 우수 국정감사 위원으로 뽑힐 만큼 의정 활동에도 충실했다.

그러나 불행스럽게도 노동계나 소속 당에서는 그를 크게 인정하는 분위기가 아니었다. 19대 총선이 시작되고 야권 단일후보가 되어 사학재단 소유자며 미국 유학파 대학총장 출신 홍문종과 맞붙게 되었다. 너무나 대비되는 싸움이었다. 처음에는 그 지역 맹주인 홍문종이 압승할 것으로 예상했다. 그러나 시간이 갈수록 홍희덕으로 민심이 돌아서기 시작했다. 오차범위 안에서 혼전을 벌이는 양상으로까지 발전했다.

그런데 이해하기 힘든 것은 그런 상황에서도 중앙당이나 노동계에서 전폭적 지원을 하지 않는 것처럼 보였다. 나는 몇 번인가 지원을 갔는데 그때마다 왠지 쓸쓸하고 힘들어 보였다.

왜 그랬을까? 내가 그 오묘한 현실 정치판을 어이 알겠는가? 다만 나라도 더 열심히 최선을 다하지 못한 것이 부끄럽고 안타깝고 죄스러울 뿐이다.

홍희덕은 결국 5% 정도 차이로 아깝게 졌다. 이게 우리의 현실이다. 노동운동의 현실이고 진보정치의 수준이다.

이제 우리도 집회를 하며 조에 레오나르드의 글을 낭독해야겠다. 다시 새롭게 겸허하게 출발해야겠다. 그동안의 노력으로 우리는 이미 95% 고지에 올라와 있지 않은가? 정상이 보인다. 모두 힘을 내자.

일어나라, 이병우!

지난 5월 5일 어린이날 갑자기 쓰러진 전교조 서울지부 이병우 지부장이 열흘이 지나도록 아직도 깨어나지 못하고 있다. 보라매병원 중환자실에 잠자듯 누워 있지만, 그는 목숨을 건 사투를 벌이고 있다.

일어나라, 이병우!

대학 시절 학생운동에서 노동운동·교육운동으로 전체 삶을 바쳐 온 이병우, 이렇게 맥없이 주저앉을 수는 없지 않은가!

이병우는 교사가 되어 아이들을 잘 가르쳐, 좀더 나은 세상을 만들어야겠다는 생각으로, 80년대 초 사범대학에 입학했다. 학생이었지만 독재 정권에 맞서 투쟁에 나섰고, 그것이 문제가 되어 국립 사대였지만 졸업을 하고도 임용에서 제외되었다. 독재 국가로부터 원천 해고가 된 것이다.

그를 처음 만난 것은 1999년 가을, 내가 민주노총 사무총장으로 부름을 받고 노동운동의 최전선에 나섰을 때였다. 그는 민주노총에서 교육을 담당하는 노동운동의 핵심 간부였다. 비록 학교 교실은 아니었지만 노동자를 대상으로 교육을 하는 또 다른 교사였다.

그뒤 민주화의 진전에 따라 전교조와 함께 싸워서, 미발령이나 발령 보류자들도 복직의 기회를 얻게 되었다. 그때 그는 나를 찾아와 복직의 뜻을 밝혔고, 나는 노동운동 활동가로 중요한 몫을 하고 있는데 아깝지 않느냐고, 노동운동을 본격적으로 더하는 것이 어떠냐고 권해보았다.

그때 이병우는 아이들을 잘 가르치는 것이 꿈이었는데, 그 꿈이 이루어지게 됐으니 학교로 가서 아이들을 열심히 가르치고, 때가 되면 다시 노동운동 전선에 서겠다는 다짐을 했고, 나는 기꺼이 그 결심에 동의했다.

학교로 돌아간 이병우는 정말 아이들 가르치는 일에 푹 빠졌다.

그러던 그가 작년에 서울지부장이 되어 다시 교육운동의 최전선에 섰다. 과로와 스트레스 속에 몸은 망가져갔고, 지난 3월 곽노현 교육감이 어렵게 임명한 조연희 등 세 교사를, 교과부가 하루 만에 해고한 데 항의하여 교과부 앞에서 농성을 벌이며 싸우다가, 몸을 더 상하게 되었다.

조직의 배려로 휴식을 취하도록 했으나, 심장 관상동맥이 막혀가고 있는 줄도 모르고, 5·1절, 어린이날 행사 등에 참여했다가 심장마비로 쓰러진 것이다. 다행히 응급처치를 잘해 위기는 넘겼으나 열흘이 넘도록 정상을 되찾지 못하고, 억지로 잠든 채 가쁜 숨만 내쉬고 있다.

일어나라, 이병우!

우리가 이렇게 주저앉을 수는 없지 않은가!

나는(앞줄 가운데) 전교조 활동을 하면서 억울하게 해직된 교사들의
복직을 위해 온 나라 걷기를 하는 등 노력을 기울였다. 내 오른쪽이 작년에
암으로 갑자기 돌아가신 박순보 선생님(당시 부산 지부장)이다.

아이들과 교사들은 오늘도 저렇게 새로운 길을 찾기 위해 몸부림치고 있는데, 아직도 전교조는 할 일이 많은데, 올바른 길을 같이 찾고 길이 없으면 만들어서라도 가야 하지 않겠는가.

그 앞자리, 지부장 자리가 비어 있다.

한 달쯤 지난 뒤 이병우 지부장은 깨어났다. 그러나 쓰러지면서 당한 뇌손상과 의식 없이 지냈던 한 달 이상의 근육 손상 등을 되살려내기 위해 재활치료에 전념하고 있다. 반드시 쓰러지기 전의 모습으로 돌아오리라 믿는다.

내게도 이런 친구 하나 있으면

한 편의 시를 사랑할 줄 아는 그

곽노현, 그는 시를 참 좋아하는 것 같다. 그의 친구 강경선―아! 내게도 이런 친구 하나 있으면 얼마나 좋을까!―교수의 주선으로 화해를 위해 박명기 교수를 만났던 날, 그날따라 갑자기 때 아닌 눈이 내리고, 맥줏잔을 주고받으며 술에 취하기보다는, 박명기 교수가 토씨 하나 틀리지 않고 읊은 김용택의 긴 시 「그 여자네 집」에 흠뻑 취했던 그 밤, 그는 박명기를 동생으로 받아들이기로 한다. 야릇한 운명으로 자기와의 관계 속에서 엄청난 빚쟁이가 되어, 어려움을 당하고 있는 동생이 하나 생긴 것이다. 그의 어려움을 자기 어려움으로 알고 도와주어야 할 동생이 생긴 것이다.

1심 판결은 곽노현이 박명기와 그런 특수한 관계에 있었기에, 일반적 관계라면 상상할 수 없는 거액인 2억 원을 주지 않았느냐고, 그것이 바로 곽노현이 박명기의 사퇴로 당선됐기에, 고마운 마음과 함께

은연중에 '대가의 인식'이 있었지 않았겠는가고 추측한다. 그렇다. 곽노현은 결과적으로 박명기가 자기와의 관계 속에서 어려움을 당했기에 마음이 아팠고, 같은 교수로 형편을 잘 알았기에 도와주고 싶었고, 박명기가 읊는 시를 들으며 마음의 눈물을 흘린 것이다. 특수 관계라면 그것이 특수 관계다. 그는 한 편의 시를 사랑할 줄 아는, 이 시대에서는 보기 드문 감수성이 예민하고, 남의 어려움을 외면 못하는 착한 사람이었다.

공판중심 재판에 충실한 1심 재판부는, 사건의 사실관계를 거의 완벽하게 복원하고, 곽노현의 행위를 재구성하는 데는 성공한 것처럼 보였으나, 그의 마음만은 제대로 읽지 못했다. 아니, 제대로 읽지 않았다. 오히려 곽노현의 진실을 외면했다.

왜 그랬을까? 왜 교육감으로 도덕적으로는 칭찬받을 일이지만 법적으로는 교육감 직을 버려야 하는 중형을 선택해야 했을까? 왜 법의 논리에도 맞지 않고 법관의 양심에도 부끄러운 그런 판결문을 그렇게 장황하게 써야 했을까?

방청객을 울린, 사랑으로 충만한 사람

나는 2009년을 거의 용산 철거민 참사 현장에서 보냈다. 당시 민주노동당 최고위원이었던 나는 용산 참사의 진상 규명과 책임자 처벌, 재발 방지와 유족 및 그 지역 철거민들에 대한 적절한 보상을 위해, 당을 대표하여 참사 현장에서 농성을 하며 싸웠다. 나는 그 싸움을 하

며 거의 하루에 한 편씩 시를 써서 인터넷 매체에 연재를 했는데, 그해
11월 그 시들을 모아 시집을 냈다. 끝나지 않는 싸움에 조금이라도 힘
을 싣고, 유족이나 함께 싸우는 분들을 위로하고, 잊혀져가려는 용산
참사를 많은 사람들에게 알리기 위해서였다.

그 시집 제목이 '사람이 사랑이다'였다. 나는 이 시집을 용산을 잊
지 말아달라는 간곡한 마음으로 몇 분에게 보내드렸다. 당시 곽노현
교수도 그 중 한 사람이었다.

그날
포근한 눈조차 얼어붙어
마른 강추위 몰아치던 날
하늘로 오르는 망루에 올라
여기 사람이 있다
소리치며 불탈 때
나에게는 그 외침이 왜
여기 사랑이 있다
라고 들렸을까?
　• 졸시, 「사람이 사랑이다」에서

얼마 뒤 곽노현 교수를 만났을 때, 그는 내 시집 이야기를 끄집어내
며, "언제 그렇게 시를 쓰셨나?" "시가 참 좋더라" 하면서 칭찬을 아끼
지 않는 것이었다. 그 얘기를 들으며 '아, 이분이 정말 시집을 읽었구

나’ ‘정말 시를 상당히 좋아하는구나’라고 생각했다.

시는 사랑이다. 시를 좋아하는 사람은 사랑으로 충만한 사람이다. 눈물이 많다. 또 시는 정의로움이다. 시를 좋아하는 사람은 언제나 당당하다. 적당히 타협하거나 굴복하지 않는다.

선거 운동을 할 때나, 당선되어 교육감 직을 수행할 때도 그의 근간을 이루는 것은 사랑과 정의로움이었다. 그런 것이 한꺼번에 녹아나는 것이 그의 표정과 태도였다. 언제나 맑으면서도 군더더기가 없다. 그런 말투가 냉정함으로 보여 오해를 살 때도 있었지만, 맺고 끊는 것이 분명한 행동은 투명함 그 자체였다. 지저분하거나 구질구질한 것은 아예 용납하지 않았다.

박명기 교수의 어려움을 보고 선뜻 거액을 내놓은 것은 이러한 그의 성품에 기인한다. 옳다고 생각하고 한 번 하기로 했으면, 따지지 않고 원칙대로 곧바로 실천에 옮기는, 어찌 보면 단순해 보이지만 명쾌한 그의 태도가, 선의마저 의심하는 우리 사회와 갈등을 일으킨 것이다.

나는 1심 재판 동안 여러 번 방청을 하면서, 곽노현의 사랑을 바탕으로 한 순수함과, 정의가 깔려 있는 열정을 보았다. 그는 구속된 상태로 검찰의 혹독한 조사를 받으면서도 그 고결함을 잃지 않았다.

자기에게 불리한 진술을 하지 않을 피의자의 권리를, 누구보다 잘 아는 법 전문가였음에도, 그는 자신의 유불리보다는 사건의 실체와 진실을 선택했다. 담당 변호사들이 누누이 말렸음에도, 그는 자신의 판단과 의지를 굽히지 않았다. 그러면서 그는 법의 완결성과 법관의 양심을 의심하지 않았다. 그 진정성은 재판 내내 방청객을 감동시켰고 재판부를 설득하는 데 성공했다.

검찰의 발표로 사건이 알려지면서, 그 실체적 진실이나 엄격한 법 적용의 검토보다는, 검찰에 의해 왜곡된 법 감정에 따라 자의적 예단을 했던 언론들도, 재판이 진행됨에 따라 보도 태도가 달라진 것은, 곽노현이 보여준 공판에서의 진정성과 진지함 때문이었다.

재판이 진행될수록 우리는 곽노현에게 사로잡혀갔다. 아니 매료되어갔다는 표현이 더 적절할지도 모르겠다.

우리는 곽노현의 더함도 덜함도 없는, 초지일관의 흔들림 없는 진술에서 사실과 진실의 힘을 느꼈다. 또한 박명기에 대한 조건 없는 사랑에 터 잡은, 선의의 부조에 대한 자기 확신의 견결함에 감동했다. 그래서 우리는 곽노현의 무죄를 확신했다.

1심 재판부도 판결문에서 검찰의 공소 내용을 배척하고 곽노현의 진술과 주장을 받아들였다. 이른바 기소의 핵심 내용이 되었던, 후보 매수를 위해 금품을 제공하기로 한 후보 단일화 과정에, 곽노현은 처음부터 개입하지 않았을 뿐 아니라, 그 범죄행위의 공소시효가 끝나는 시점까지도 몰랐다는 사실이 확인되었다. 여기에서 이미 곽노현에게 씌어졌던 선거법에 의한 후보매수죄는 적용할 수 없게 되어버렸다. 무죄가 확인되는 순간이었다.

그런데도 1심 재판부는 제공한 돈이 액수가 많아, 선의의 부조로 보기 힘들다는 자의적 판단과, 박명기가 그 돈을 단일화 약속을 이행한 대가의 마음으로 받았다고 추정되기에 유죄가 된다고 보며, 교육감의 지위 박탈에 해당하는 벌금 최고형을 선고하기에 이른다.

한마디로 1심 재판부는 비겁했다. 1심 재판부는 미리 유죄 추정을 해놓고, 재판 진행 과정에서 드러난 무죄 입증을 인정하면서도, 짜맞추기식 판결을 한 것이다. 보기에는 그럴듯하게 공판 중심주의의 재판 진행으로 사실을 재구성해놓고도, 진보교육감에 대해 무조건 비판하는 보수적 여론과, 그 여론을 등에 업고 교육청이나 법원 등으로 몰려다니며 악의에 찬 집단행동을 하는 세력과, 그뒤에 도사리고 있는 조중동 등 보수 언론에 굴복한 것이다. 결국 곽노현에게 도덕적인 파렴치, 무죄일 수밖에 없는 유죄라는 형용모순의 내용 불일치 판결을 내린 것이다.

그랬기에 2심에 대한 기대는 컸고, 전열을 가다듬어 1심에서 확인된 사실에 기초하여 더 정교한 법 논리로 대응했다. 그런데 2심 재판부는 처음부터 무성의했다. 증인이나 증거의 채택, 재판 기일의 확보 등에서, 이미 결론이 난 것을 가지고 왜 그리 애타게 구느냐는 태도로 일관했다.

그러한 태도에 힘이라도 싣듯, 일단의 극우 무리들은 교육청 정문을 가로막고 교육감의 출근을 방해하는가 하면, 심지어는 담당 판사의 집까지 찾아가 난동을 부리기까지 했다. 결국 급속도로 진행된 2심은, 놀랍게도 박명기의 형량을 낮추고 곽노현의 형량은 오히려 높여, 기계적으로 비슷하게 형량을 맞추는 꼼수를 부려 보수적 여론에 부응하는 모습을 보였다. 좀더 세밀한 검토와 진지한 법 적용을 기대했던 우리의 기대가 일순간 무너져내리고 말았다. 우리는 법과 양심보다는

기회주의적 태도의 우리 나라 법원과 판사들에 대해 절망할 수밖에
없었다.

교육자치의 싹을 틔운 진보교육의 선구자

이제 대법원의 마지막 판결을 기다리고 있다. 우리 나라 법원이 위
로 올라갈수록 더 보수적이고 기회주의적인 걸 알지만, 곽노현은 절
망하거나 불안해하지 않는다. 그는 우리 법의 완결성과 진정성, 그리
고 법관의 양심을 포기하지 않는다. 그걸 포기하는 순간 법치국가로
서 우리 나라의 정당성은 없어지기 때문이다.

법을 전공하고 법을 가르치는 법학 교수로서도 그렇지만, 법에 기
초해서 제도가 만들어지고, 그 제도의 우수성과 교사의 양심에 따른
헌신성으로 이루어지는, 우리 나라 보통교육의 서울 수장으로서도 도
저히 양보할 수 없는 지점이다. 그것을 포기하는 순간, 자기 삶 전부를
부정해야 하는, 절대 양심의 소유자이기 때문이다.

그동안 우리 나라의 교육 자치는, 헌법에 명시된 교육의 자주성과
독립성, 정치적 중립성에 따른, 지방교육자치법의 근거에 따라 이루
어져왔다. 그러나 권위주의 국가 이래 지방자치의 재정자립도 미흡과
중앙 정부의 과도한 통제 등으로, 형식적으로 시행되어왔다. 그러다
가 교육감의 주민 직선이 시행되고, 진보교육감이 등장하며, 제대로
된 교육자치의 싹이 트기 시작했다.

무상급식이라는 보편적 복지를 화두로 던지며, 경기도의 김상곤 교

150

육감을 필두로 등장하기 시작한 진보교육감들은, 학생인권조례의 제정이나 혁신학교 운영 등으로 잠자고 있는 우리 나라 보통교육을 깨우기 시작했다. 변화를 싫어하는 보수 집단의 강한 반발이 있지만 진보교육감들의 강한 의지와 추진력으로 밀고 나가고 있다. 신자유주의 시장경제 중심의 무한 경쟁교육에서, 협력과 돌봄의 공동체를 중심으로 한 인간 교육으로 방향을 틀고 있다.

그 중심에 서울교육이 있고, 그 앞자리에 곽노현 교육감이 있다. 곽노현 교육감이 키를 잡은 거대한 서울교육은, 여러 가지 어려움을 무릅쓰고 더 큰 민주와 진보의 바다로 힘차게 나갈 준비를 하고 막 출발하려는 때, 예기치 않은 덫에 걸린 것이다.

곽노현 교육감은 갑자기 구속당하는 어려움을 겪으면서도, 서울교육을 혁신학교를 중심으로 혁신해 나가는 데 더 열심히 일했다. 혁신학교의 수를 늘리고 지원할 수 있는 제도의 정비와 예산을 확보했다. 좋은 선생님들이 모일 수 있도록 인사상 배려도 아끼지 않았다. 또한 서울시의회와 협의하여, 2014년까지의 구체적 비전과 계획을 세웠다. 이제 교육감은 열심히 뛰어다니며, 교사들을 격려하고 현장의 문제섬들을 확인하며 힘차게 추진하는 일만 남았다. 실제로 요즘 곽노현 교육감은 혁신학교를 필두로 현장 방문에 여념이 없다.

이미 어려운 가운데서도 곽노현 교육감은, 서울교육의 새로운 방향과 목표를 설정하고 힘차게 출발했다. 모든 교사들과 직원, 그리고 학생들이 한마음이 되어 앞으로 나가기만 하면 된다.

한 편의 시를 좋아하며 읊을 줄 아는, 그 가슴에 사랑과 의로움이 가득한 곽노현 교육감, 그는 이미 우리 서울의 영원한 진보교육감이다. 그는 앞으로 어떤 어려움이 닥치더라도, 그 따뜻하고 맑은 마음으로 거뜬하게 헤쳐 나갈 것이다. 우리 나라 교육을 이끄는 서울교육의 맨 앞에는 진보교육감 곽노현이 언제나 당당하게 서 있을 것이다.

다시 용산에서

빼앗긴 땅에 봄은 오지 않는다

2009년 1월 20일 새벽 용산에서의 학살이

두 달을 넘기며

계절은 바뀌어 봄이 되었는데도

아직도 구천을 떠도는

시커멓게 불에 타고

일방적 부검으로 난도질당하고

또다시 꽁꽁 얼어붙은 채

냉동고에 갇혀 있는

어울하고 분한 영혼들과

기가 막혀 울음도 막혀버린

감옥에 있는 자식과 영안실의 가족들

그리고 함께 싸우는 가난한 이웃들이

모두 모여 굿판을 벌인다

황해도 진오귀 큰굿을 한다

큰 만신 춤사위가 흐린 하늘을 덮더니
유족들 소리 없는 통곡 흐르는 눈물
봄비 되어 내리기 시작하고
어제의 어둠은 오늘의 또 다른 절망으로
허울 좋은 뉴타운 용산 4구역
허물어진 골목길을 덮어오고 있다

확실히 하자
2009년 1월 20일 새벽 용산학살의
명백한 원인제공자이자 최종명령권자요
그래서 분명한 직접책임자인
이명박 대통령에게 묻는다
대통령 이전에 유수한 기독교 교회의 장로요
집권여당의 책임 있는 정치인으로서
그래도 한 가닥 양심이 있다면
가슴에 손을 얹고 대답해야 한다
삼성 등 개발을 빙자한 투기자본이
공사기간의 단축을 위해
용역깡패를 동원해
가옥주나 세입자를 몰아내려고
온갖 불법과 탈법을 저지르며
갖은 패악질을 하며 심지어 생명까지 위협할 때

당신은 어디 있었는가?

국민을 단속하고 보호해야 할 경찰과 구청직원들은

오히려 용역깡패들과 한 패거리가 되어

철거민들을 괴롭히는 데 앞장서지 않았는가?

참다 참다 도저히 견디지 못한

쫓겨나도 갈 곳도 없는 동네사람 몇이

이웃을 대표해서 스스로를 볼모로

허물어져가는 건물 옥상으로 올라가

마지막으로 이 세상과 당신을 향해

억울함과 분함을 눈물로 호소할 때

당신은 어떤 생각을 했는가?

그들을

보호하고 지켜야 할 생명으로 생각했는가?

아니면 체제 구축이나 유지에 방해되는

제거의 대상으로 생각했는가?

나는 의심하지 않을 수 없다

금융 사기범의 용의가 분명했음에도

국민경제를 살린다는 더 큰 거짓말에 속아

국민들은 당신을 대통령으로 뽑았고

대운하사업이나 747공약이다

사기가 또 드러날 것 같자

국민의 입과 귀를 막기 위해

KBS와 YTN을 짓밟아 재갈을 물리고

MBC를 겁박할 때부터 나는 보았다

이미 당신은 정상적인 이 나라

국민의 대통령이 아니었다

특히 지난해 여름부터 타올랐던

그 수백 만의 촛불을

그 순수한 촛불의 외침을

결국은 공적으로 몰아세우고

수단방법 가리지 않고 탄압의 칼을 휘두를 때도

우리는 눈치챘다

120용산학살도 결국은 그 선상이었다

그 옥상 위의 우리 이웃은 당신에게는

구조의 대상이 아니라 제거의 대상이었음이 분명했다

그랬기에 용역깡패들이 불을 지르며 위협할 때도

못 본 척했고

그 혹한의 날씨에 물대포를 쏠 때는

경찰과 깡패가 어깨 나란히 하고

얼려 죽이려 하지 않았는가?

대통령인 당신께 다시 묻는다

그 불쌍한 당신의 국민이

무엇인가 당신께 호소하기 위해

그 옥상으로 올라가

그냥 끌려 내려오지 않으려고
시너 통을 안고 스스로를 인질로 삼아
목숨을 담보로 발버둥칠 때
그들을 이해하고 설득할 노력을
단 한 번만이라도 해봤는가?
불행스럽게도 없었다
아니 필요한 것이 아니었다
당신의 지휘권 아래 있는 경찰 책임자 김석기는
청와대의 직접 명령이거나
아니면 당신의 마음을 읽고
당신이 좋아하는 불도저식 밀어붙이기 속도전으로
단숨에 제압해야 한다는 생각뿐이었다
그렇지 않고서야 어떻게
그분들이 옥상에 올라간 지
하루도 되기 전에
그 겨울 매서운 추위에
그것두 아직 해도 뜨지 않은 미명 그 어둠 속에서
선전포고도 없이
적을 향해 대포를 쏘듯
그렇게 엄청난 물을 퍼부었겠는가?
많은 양의 시너와 화염병이 있는 것을 알면서
그리고 그 많은 사람이

그 좁은 망루에 갇혀 있는 걸 알면서

테러 진압 특공대를 컨테이너에 싣고

이동식 크레인으로 그 높은 곳까지 끌어 올려

옥상으로 직접 투입시키는

이런 위험천만의 무모한 군사작전을 폈겠는가?

그것도 위험에 대비해서 반드시 설치해야 할

보호 장비도 없이 저질렀으니

당신에게는 정말

그 옥상에 있었던 사람은 과연 누구였냐고

또다시 묻지 않을 수 없다

보잘것없고 단순하며 평범한 상식으로

분명히 말한다

전쟁이라도 이럴 수는 없다

누구의 것이든 인간의 생명은 귀한 것이다

어떤 목적을 위해서도

인간의 생명이 가볍게 취급될 수는 없다

확실하게 하자

그날 새벽의 일은 명백한 학살이다

수백 보를 양보해도

그것은 미필적 고의의 살인이다

김석기를 비롯한 경찰이

직접 살인을 저질렀다

그날 새벽 수많은 사람들과

언론의 카메라가 지켜보고 있었다

그들은 현장에서 외쳤다

거기 사람이 있어요

물대포 제발 그만 쏘세요

특공대 올라가면 다 죽어요

거기 시너가 있어요

경찰도 위험해요

그러나 경찰 누구도 이 외침을 듣지 않았다

드디어 특공대 컨테이너는 망루를 치고

망루는 불이 붙고

불길에 싸인 사람들이

애절하게 구호를 요청하고

옥상에서 뛰어내리고

많은 사람들이 갇힌 망루에서는

시뻘건 불길이 넘실거리고

경찰특공대는 쇠몽둥이로 망루를 내리치고

망연자실 사람들과 카메라는

구경만 할 수밖에 없었던

아 참담하고 참담한 학살의 현장

2009년 1월 20일 새벽 용산이여!

다시 묻는다

그때 대통령 당신은 어디에 있었는가?

그런 일이 일어났는데도 당신은

당신의 충복 김석기를 비롯한

그 관계자를 비호하기에 바빴다

그것 하나만으로도 우리는 이 학살에

당신도 구체적으로 깊숙이 개입하고 있음을 알았다

그러니까 당신은 지금까지도

그렇게 억울하게 죽은 망자나 유족을 위해

그 흔한 유감표시 한 마디조차 안 하고 있다

아니 할 수가 없을 것이다

오히려 당신은 당신의 행위를 정당화하기 위해

제2 제3의 범죄를 저질렀다

또 다른 충복 검찰을 동원

모든 잘못을 불 타 죽은 이웃에게 뒤집어씌웠다

죽은 자를 죽인 자로 만들고

정말 죽인 자는 더욱 기세 등등

남은 자를 괴롭히며 감옥에 가두는

이런 천인공노할 일을 저지르도록

뒤에서 사주하고 있었다

아!

봄은 오는가?

쫓겨난 집들과 불 탄 옥상

부서진 살림살이들과 해골을 그려놓은 붉은 낙서

비에 젖고 있는 국화 한 송이

어느 시인이 노래했던가?

빼앗긴 들에도 봄은 오는가라고

분명히 말한다

뉴타운 재개발 용산 4지구

이 빼앗긴 땅에는

아직 봄은 올 수 없다

억울한 영령들 구천에 떠돌고 있는 한

죄 없는 이웃들 감옥에 묶여 있는 한

살인한 자 살인죄로 감옥에 처넣고

그 원한 풀고 그 명예 회복하지 않는 한

개발 앞세워 살던 사람 내쫓고

투기자본 재벌들 손 안 대고 코 풀고

뭐 빠지게 일해도

몸 누일 방 한 칸 장사할 구멍 하나 못 만드는

이런 뭐 같은 세상 뒤집어지지 않는 한

봄은 오지 않는다

아니 올 수가 없다

그렇다

봄도 누군가가 만드는 것

우리도 우리 손으로 우리 봄을 만들어야 한다

봄을 만들기 위해

민중의 가슴 가슴에 씨를 뿌려야 한다

누구나 땀 흘려 일하는 세상

누구나 평등하게 잘사는 세상

그런 세상 만드는 씨를 뿌려야 한다

보라

어느 날 봄비 온 뒤

땅속의 씨앗들 일시에 싹이 나

산과 들 언덕과 계곡

단숨에 온 땅을 푸르게 바꾸듯이

우리 민중의 가슴의 씨앗들

일시에 돋아나

이놈의 세상 확 바꾸는 것

그게 진짜 봄이다

그런 봄 우리 만들어

용산 4지구 푸르게 뒤덮는 날

그때 우리 신명나게 노래 부르고

춤 한 번 걸판지게 출 수 있어야 한다

노나메기 대동세상 얼쑤!

큰굿판 바야흐로 흐드러지고
만신들 영령들 유족들 이웃들
함께 어울려 돌아간다
비는 더욱 세차게 내리고

2009년 3월 21일 밤, 용산

유치장에서 씁니다

용산참사 제대로 해결해야만 합니다

참 어처구니없는 일입니다. 가슴 아픈 일입니다. 부끄럽고 창피한 일입니다. 우리 나라가, 우리 사회가 아직도 이 정도밖에 안 되는가 생각하면 한숨이 납니다. 용산 참사는 조금이라도 건강하고 염치나 상식이 있는 사회에서는 일어날 수도 없고, 일어나서도 안 되는 일입니다.

어쩔 수 없어서, 살기 위해 마지막 대화라도 해보기 위해 망루에 올랐습니다. 수십 년 살던 삶의 터전에서 쫓겨나 지렁이도 밟으면 꿈틀한다는 심정으로, 이 매정한 사회를 향해 마지막 외침이라도 하려고, 그렇게라도 하면 조그만 관심이라도 가져줄 것 같아서, 그래서 망루에 올랐습니다.

정보 담당 경찰관은 재판에 증인으로 나와 눈물을 훔치며 증언했습니다. 그때 대화를 할 수 있는 기회를 마련해보지 못한 것이 천추의 한이라고.

이명박 정권의 명을 받은 김석기 경찰청장은 대화를 하거나, 설득을 해야 할 시간에 특공대를 준비시키고 테러진압 훈련을 시키고 있었습니다. 그 추운 겨울에 건설사 용역들과 함께 물대포를 쏘며 차근차근 섬멸을 준비하고 있었습니다. 하루도 지나지 않아 철거민 5명과 경찰 1명이 죽으면서 진압작전은 성공적으로 끝났습니다.

그뒤 과잉진압의 증거를 인멸하기 위한 경찰과 검찰의 비열한 행태는 더 말하지 않겠습니다. 자기들이 해놓은 수사기록마저 3천 쪽이나 법원의 명령에도 끝까지 내놓지 않는, 아니 내놓지 못하는 이유가 무엇인지 누구나 알고 있는 일이 아닌가요.

용산문제를 해결하기 위해, 아니 용산의 본질과 실체, 그 원인과 책임을 규명하기 위해 우리는 최선을 다했습니다. 유족들은 불에 타고 난도질당한 시신을 10개월째 끌어안고 울부짖으며 싸우고 있습니다. 종교인들과 문화예술인들이 나서고 시민과 노동자가 나서고 정치인들도 함께 했습니다. 양심 있는 국민 모두가 나섰습니다.

그래도 후안무치의 이 정권은 꿈적도 안 했습니다. 오히려 더 짓밟고 깔아뭉개고 있습니다. 용산의 '용'자만 나와도 (그렇게 강조하는) 법과 원칙, 민주주의는 어디로 가고 폭력이 난무하는 무법천지가 됩니다. 집회도, 일인시위도, 삼보일배도, 종교행사도, 단식농성도, 심지어 주변에 서 있기만 해도 짓밟고 잡아삽니다.

나도 한 정당의 간부를 떠나 이 땅에 사는 평범한 한 시민으로 그동안 용산문제로 당한 수치와 모욕을 이루 말할 수 없습니다. 내가 이런 정도니 다른 관련자들은 어떻겠습니까.

어제 열두 시 나는 정부종합청사 정문 앞에서 다른 대표자들과 기자회견을 했습니다. 이제는 해결하라고, 10개월을 맞고 있는 유족들

용산 참사의 해결을 촉구하며 경찰과 대치하고 있다.
"용산문제를 어떻게 해결하고 넘어가느냐가 우리 사회의 수준을 결정할 것이다."

이나 영령들에게 정운찬 총리가 한 약속을 지키라고 호소했습니다. 그리고 그 자리에 우리 다섯이 앉았습니다. 그러면 최소한 총리실에서 누구라도 나와서 사정도 알아보고 대화도 시도하고, 청사 안으로 들어가서 얘기하자고 그렇게라도 해야 하는 것 아닙니까. 그게 민주공화국의 상식이 아니겠습니까.

그러나 우리에게 돌아온 건 경찰의 군홧발이요, 다짜고짜 폭력적으로 우리를 들어 닭장차에 내팽개치는 일이었습니다. 힘이 없으니 당할 수밖에요. 이 거대한 제도적 폭력 앞에 법대로 하자, 우리 얘기를 좀 들어달라는 목소리는 짓밟히는 가랑잎보다 못한 존재였습니다. 경찰서에 끌려와 현행범으로 구금당하고, 피의자로 조사를 받고…… 조직의 대표이자 목사님이 두 분, 정당의 최고 간부가 두 분, 노동단체 대표가 한 분. 이들이 다른 일로 왔다 해도 형이 확정되기 전까지는 최소한 거기에 맞는 예우가 뒤따라야 그것이 품위 있는 사회가 아닌가요. 진보연대 대표이자 목사님인 이강실 대표를 "아줌마, 뭐가 불만이에요"라고 윽박지르며 무슨 잡범 대하 듯하는 그 모습은 우리 사회가 아직두 얼마나 천박한가를 충분히 보여주고도 남는 것이었습니다.

다 좋습니다. 그런 수모를 당하고 사존심이 상하더라도 용산문제만 제대로 해결되면 됩니다. 우리의 이런 수모가 용산을 위해 도움이 된다면 그보다 디한 것이라도 마나하지 않겠습니다. 내가 염려하는 것은 일선 경찰의 이런 행태가 경찰 간부, 검찰, 청와대, 정운찬 총리, 이명박 대통령의 인식, 태도와 무관하지 않다는 것입니다. 그 썩은 윗물이 그대로 여기까지 흐르고 있는 데 문제가 있습니다.

이제 용산 학살은 해결되어야만 합니다. 발생원인, 진상규명, 책임자 처벌, 적절한 배상과 보상, 사후대책 등이 차례로 이뤄져야만 합니다. 그냥 대충 넘어간다면 우리 사회는 언제나 이렇게 천박할 수밖에 없습니다. 민주공화국이나 민주주의를 말할 수 없습니다. 이 문제는 한 정권의 문제를 넘는, 민주주의를 발전시키는 역사적 문제입니다. 이 나라가, 아니 우리 사회가 이 문제를 어떻게 해결하고 넘어가는가가 우리 나라와 우리 사회의 수준을 결정하는 것입니다. 아무쪼록 한 발자국이라도 앞으로 나가는 사회가 되기를 기대해봅니다. 지금 경찰서 바깥에서 밤을 새며 촛불을 들고 저항하고 있는 그분들이 그나마 우리 나라의 품위를 지켜주고 있습니다. 한없는 감사와 존경의 뜻을 전합니다.

2009년 10월 27일
광진경찰서 유치장에서

누가 법을 어기는가
검사의 위법·월권을 고발한다

광화문 정부종합청사 앞에서 기자회견을 하고 길거리 노숙단식 농성에 들어갔다가 10여 분 만에 경찰에 의해 끌려 이곳 광진경찰서 유치장에서 두 번째 아침을 맞았다. 이른 시간인데 수사과 조사관 몇 명이 찾아왔다. 어제까지 우리를 조사하던 분들이다. "검찰의 지시라 어쩔 수 없다"며 "한 번 더 조사를 받고 진술을 하면 선처하겠다"는 것이다.

기가 막혔다. 벌써 몇 번째 조사인가. 그 간단한 사건(?)에 우리는 여기에 끌려오자마자 조사요구를 받았다. 우리는 법에 따라 변호인 참여 조사를 요구했고 3시경까지 온다는 연락을 받고 기나렸다. 교봉 문제로 3시가 돼도 변호인이 도착하지 않자 검사의 재촉이라며 빨리 조사를 하자고 난리였디. 우리는 조사에 응해 인적사항 등 기본조사를 마치고 혐의 내용 진술에 대해서는 변호사와 협의 후 진술하기로 하고 법에 따라 묵비권을 행사했다.

1차 조사는 그렇게 끝났고 5시경 변호사가 도착해 우리는 변호사와 의논한 후 신고의무가 없는 기자회견 및 노숙농성에 참여한 것만 인정하고 나머지 질문에 대해서는 묵비권을 행사하기로 했다. 이번 조사에도 그랬지만 이렇게 연행되면 연행 이유와 관계 없는 다른 사항을 조사하는 일이 있기 때문이다. 2차 조사가 끝나고 우리는 유치장에 입감되었다.

우리는 너무나 단순한 일에―경·검이 늘상 주장하는 폭력사태 등의 행위도 없이―졸지에 끌려왔기 때문에 조사가 끝나면 바로 석방되리라 생각하고 있었다. 그래서 무조건적인 유치장 입감은 과도하다고 생각하고 항의했다. 그랬더니 조사관은 검찰지시를 받아야 하니 어쩔 수 없다며 결국 우리를 유치장에 처넣었다.

철창 안에서의 하룻밤이 가고 아침이 되었다. 10시가 넘어 수사 경찰관들이 왔다. 석방 지휘서를 갖고 왔나 했더니 조사가 미흡하니 다시 조사를 받아야 한다는 것이었다. 너무나 단순한 일에 무슨 조사가 필요하냐고 항의했으나 검찰 지시니 어쩔 수 없다는 앵무새 대답이었다. 경찰 조사를 받아본 경험이 있는 사람은 느꼈겠지만 때론 경찰관이 안쓰럽고 불쌍하다는 느낌도 많이 든다. 옳든 그르든 검사 한 마디에 쩔쩔 매며 한 마디 말도 못 하는 경찰은 이런 행태와 관행이 옳은 일인지 생각하지 않고 그저 불만 속에 억지로 일을 진행할 뿐이다.

우리는 수사관들의 간곡한 권유로 3차 조사에 응하기로 했다. 채증한 사진을 확인하는 수준에서 각자의 소신에 따라 조사를 받았다. 법에 따라 묵비권을 행사하기도 했다. 조사가 끝나면 조사를 받았다는 확인을 위해 지문까지 찍었다. 이제 조사는 끝났다. 경찰관도 더할 것이 없다고 확인했다.

　우리는 다시 입건되었고 출소를 기다렸다. 그런데 그사이 함께 연행된 최헌국 목사님만 석방지시가 내려왔다. 이유인즉 조사에 잘 응했기 때문이란다. 조사관과 검사에게 묻는다. 그렇다면 나는 조사에 잘 응하지 않았다는 것인가. 조사 시작 전에 고시한 묵비권 행사가 위법이란 말인가. 아니면 그것으로 미흡하다는 말인가. 피의자의 석방 여부가 피의사실 여부인가 아니면 조사받는 태도인가. 그러면 미란다 원칙 고지는 왜 하는가. 정말 담당 검사는 이 조사만으로는 피의 사실을 이해하지 못할 만큼 아둔한가. 무엇인지 정말 알고 싶다.

　이참에 정말 어처구니없는 일 하나 밝히고 가자. 우리가 끌려온 첫날 저녁 갑자기 최 목사님이 불려나갔다. 돌아오더니 혀를 차며 난감해했다. 수사과장이 석방 지휘서를 보여주며 "지금 경찰서 앞에 와서 항의하며 촛불집회를 하는 사람들을 무마해주는 조건으로 출감하라"고 했다고 한다. 기가 막혀 그냥 돌아왔다고 했다.

　이건 또 무슨 해괴한 일이냐. 동일범의 석방 여부가 피의사실에 있지 않고 다른 조건으로 가능하다는 얘기인가. 고분고분 말 잘 듣고 자기들 일에 협조하면 석방할 수도 있다는 비끼로 우리를 이간질시키고 법질서를 유린해도 되는가.

　다시 한 번 검·경에게 묻는다. 피의사실과 관계 없는 것으로 피의자에게 조건부 석방을 제안했다면 그것은 돈이나 다른 뇌물을 갖고 오면 풀어줄 수도 있다는 것과 법리적으로 무엇이 다른가. 그걸 거부한다고 다시 수감하는 것은 실세로는 피의사실과는 상관없이 제안거부로 수감하는 것인데 이에 대한 조사는 했는가.

둘째 날 저녁 무렵 수사관들이 다시 유치장으로 왔다. 성실하게 조사에 임하면 석방할 수도 있다는 검사의 메신저였다. 다시 한 번 그 검사에게 묻는다. 묵비권 행사는 피의자의 권리가 아닌가. 우리는 이미 성실히 조사를 받았으므로 새로 더 조사받을 것이 없다고 하자 어쩔 수 없다며 경찰은 돌아갔고 우리는 또 하룻밤을 이유도 없이 철창 안에서 지내게 됐다. 그런데 다음날 아침 법적 구금기간 48시간을 4시간 남겨놓고 검사는 또 수사관을 우리에게 보냈다. 이제 좀 반성했으면 고분고분 대답하고 몇 시간이라도 빨리 나가라 한다. 이 검사는 자기의 권한을 남용해 우리 대표들을 약올리고 능멸하고 있는 것이다. 정말 이래도 되는가.

결국 나는 48시간을 다 채우고 풀려났다. 아니면 말고 식의 묻지마 체포·연행·구금이 난무하고 있는 이 상황을 어떻게 받아들이고 이해해야 하는가. 명색이 정당의 최고위원인 나한테조차 이 정도이니 일반 시민들에게는 오죽하겠는가. 1,500명 이상의 무고한 촛불들을 아무 곳에서나 불법 연행·구금했으니 그 제도적 횡포가 어떤 것인가를 잘알 수 있지 않은가.

우리 대표 다섯 명이 그렇게 연행되어 철창 안에서 능멸을 당하고 있을 때 같은 장소에서 행사 주변에 서 있던 용산범대위 실무자 등 8명을 불법 연행해서 관악서에 구금했다고 한다. 이 모든 지휘는 중앙지검 공안부 강수산나 검사가 한다. 이명박 정권 시대에 이명박과 코드를 맞추고 충성경쟁을 벌이고 있는 참으로 불쌍한 사람 중 하나다.

구태여 이름을 밝히는 것은 우리가 그의 이름을 잊지 않기 위함이요, 나를 불법으로 체포·구금하고 능멸한 행위에 대해 끝까지 법으로 그 진위를 밝혀보려는 의지의 표현이다.

2009년 10월 29일 01:08
광진경찰서 유치장에서

슬픈 시대의 비겁한 자들

기자회견이 왜 집회인지 답하라

미디어법, 용산 그리고 비겁한 판사들

이명박 시대가 되면서 비겁한 사람들이 늘어가고 있다. 권력을 가지고 있거나 주변에 있는 사람들이 더 심한 것은 말할 것도 없다.

며칠 전 미디어법을 심의 판결한 헌법재판소 판사들을 보라. 야당 의원들이 제기한 국회통과 과정에서의 문제점들에 대해서는 모두 위법이라고 제대로 판결을 했다. 그런데 정작 전체에 대해서는 우리는 모르는 일이라고 비겁하게 발을 뺌으로 결국은 앞의 위법 사항이 아무 문제가 없는 것이 되어버렸다. 이건 그럴 듯한 궤변의 수준도 못 되는 말 그대로 비겁한 행동이다. 비겁한 행동을 하는 데는 반드시 원인이 있다. 노골적인 외압에 굴복하거나 알아서 기는 행위이다. 그 시대의 분위기를 나름대로 읽고 거기에 순응하는 것이다. 양심과 지조를 저버리고 부당 권력의 시녀를 자처하는 것이다. 일제 시대 지식인들의 훼절과 친일도 다 그렇게 시작된 게 아닌가.

사법부의 비겁한 행위는 여러 형태로 나타나고 있다. 합리나 친절을 가장하는 경우다. 용산 참사와 관련된 재판의 경우다. 재판장은 노무현 시절 공안 사건을 소신 있게 판결한 판사답게 마치 피고인들의 주장을 적극적으로 경청하고 진지하게 심리하는 것으로 보였다. 검찰이 수사 기록 3,000쪽의 제출을 거부했을 때도 제출토록 결정하는 등 다소 적극적인 태도를 보이기도 했다. 그런데 어느 순간 꺾이기 시작했다. 막무가내로 제출을 거부하는 검찰에 아무 제재를 가하지 않은 것은 말할 것도 없고, 겨우 '불이익을 주겠다'는 애매한 태도를 취하면서 비겁한 행동을 시작했다.

새로운 변호사의 요구에 따라 김석기 등을 증인으로 채택하는 등 재판 과정에서의 절차적 적극성을 보여주는 듯했다. 그래서 철거민 측 변호인들을 비롯한 피고들, 증인들은 최선을 다했다. 그런데 김석기를 비롯한 경찰 간부나 그 위의 개입을 입증할 증인들의 증언은 이뤄지지 않았다. 핵심 증인이 출석하지 않는다거나 증거 제출이 미흡해 판단이 어려우면 재판 기일을 늦추어서라도 제대로 판단하고 판결하는 것이 당당한 태두이다. 그러나 비겁해지기 시작한 재판부는 법정 기일을 핑계로 졸속 판결을 감행했다.

3,000쪽을 제출하지 않으면 불이익을 주겠다는 엄포는 엄포로 끝났다. 판결 요지 설명의 모두에 '아쉽다'는 한 마디로 넘어갔다. 재판장은 판결문을 읽으며 내내 비통한 얼굴이었다. 그렇게 많았던 철거민 측 증인이나 증거는 모두 배척하고 검찰의 주장은 100퍼센트 인용하는 이른바 유신 3공 시절 검사의 공소장을 판결문이라 제목을 바꿔

토씨 하나 바꾸지 않고 앵무새처럼 되풀이했다. 다만 유신 시절 판사들이 그렇게 하면서도 고압적이고 뻔뻔했다면 지금의 판사들은 마치 고민하고 고뇌하는 듯, 나도 어쩔 수 없다는 듯, 비열한 태도를 노골적으로 보이는 것이다. 지난 민주화 10년, 겨우겨우 가지기 시작했던 법관의 독립성과 양심이 이명박 시대에 다시 훼절되고 있는 모습이다.

청와대에 가까이 가지 못하는 용산 유가족들

나는 지난 달 30일 용산 재판 판결과 미디어법 관련 헌법재판소의 판결에 항의해 청와대 앞에서 기자회견을 하고 다시 경찰에 불법 연행되어 도봉경찰서 유치장에 처박혔다. 청와대 인근 청운동사무소 앞은 억울한 단체나 개인들이 청와대에 항의하거나 억울함을 호소할 때 사용되는 장소이다. 청와대 정문 앞 분수대 광장이 있고 거기는 중국 등 외국인 관광객을 비롯 누구나 자유롭게 왕래하는 곳인데 유독 표현의 자유에 의한 특정한 의견 표현은 불허되기 때문에 어쩔 수 없이 그곳에서 기자회견도 하고 농성도 벌이는 것이고 경찰도 허용해왔다. 그런데 유독 용산 문제만은 그곳에 접근도 못 했다.

그날도 유족들과 함께 범대위 대표들은 기자회견을 하기 위해 그곳으로 가던 중 효자동 입구 대로에서부터 이유 없이 경찰의 제재를 당했다. 천신만고 끝에 그곳에 도착해 가까스로 기자회견을 했다. 경찰이 집회라고 주장하는 구호도 외치지 않고 겨우 기자회견을 마치면서 기자들의 사진촬영을 위해 우리의 의사를 구호로 축약해 주먹을 뻗으

명동성당에서 기자간담회를 하고 있다.
용산범대위 수배자들이 성당 내 영안실에 피신해 있으면서
우리는 거기서 회의 등을 할 수밖에 없었다.

며 크게 외쳤다. 그때 아니나 다를까 경찰의 경고가 있었다. 우리는 상관없이 기자회견이 끝났으므로 해산했다. 기자회견은 그것이 전부였다. 그뒤 한참 시간이 지난 후 우리 단식 농성자 대표 4명은 인도에 나란히 앉아 이명박 정권에 항의하는 농성에 들어갔다. 그리고 우리는 잡혀왔다. 주변에 있던 세 사람도 함께 모두 일곱 명이 도봉경찰서로 체포 · 연행, 구금된 것이다.

체포적부심을 신청하다

분하고 억울하고 답답했다. 우리가 법적으로 할 수 있는 일이 없을까 고민하던 중 민변의 김승교 변호사와 의논하여 체포적부심을 신청하기로 했다. 체포의 부당함을 구제받기 위해 마련된 체포적부심은 제도상의 한계 등으로 거의 활용이 되지 않는 법이다. 불법 체포가 되었다고 판단될 때 변호사의 조력을 받아 법원에 적부심 신청을 해야 하고 그 적부심도 24시간 안에 이루어지도록 되어 있어서 결국은 법적 구금시간인 48시간을 실제로 다 채우게 된다거나 만약 기각이 되면 재판시간은 구금 시간에서 제외되기 때문에 실제 구금 시간이 연장되는 모순을 가지고 있다.

그런데도 우리 일곱 명이 구태여 체포적부심을 신청한 것은 우리가 비록 48시간을 넘겨 영창을 살더라도 우리의 행위가 정말 체포요건이 되는지 판단받고 싶었다. 기자회견과 집회의 차이, 그리고 기자회견이든 집회든 그 주변에 있던 사람들까지 마구잡이 연행, 구금하는 경찰의 과잉 불법체포에 대해 법원은 어떤 판단을 하는지 알고 싶었다. 그런데 그동안 억울한 체포에 대해 체포적부심을 신청하면 검찰은 적부심이 이뤄지기 전에 비겁하게도 석방해버림으로써 실제 적부심을 무력화시킨다. 그래서 실제 적부심이 이뤄지는 사례는 크게 많지 않다는 것이다.

용산범대위 대표자들이 부담을 안고 도전을 해봤다. 왜냐하면 이것은 앞으로의 용산 투쟁이나 다른 문제에도 많은 영향을 주기 때문이다. 적부심 재판을 받으러 가는 길은 멀었다. 비 내리는 시월의 마지막 날 주말 오후 길은 막혔지만 길가의 은행나무 가로수 잎은 노랗게 물들어 있었고 닭장차에 탄 우리는 모두 착잡했다.

판사들의 머릿속에서 사라진 법의 정신

대한민국에서 살아가기가 이렇게도 힘든가. 서로 말은 하지 않았지만 졸지에 주말 계획을 망쳐버린 우리 일곱과 졸지에 날벼락을 맞은 도봉경찰서 호송 경찰과 10여 명도 얼굴에 많은 사연들을 담고 있었다. 서초동 중앙지법에 도착해 지루하게 기다려 적부심 심리가 시작되었다. 법에 따라 모두 따로 해야 한단다. 나는 맨 먼저 법정에 섰다. 판사는 친절했다. 경찰이 보내준 현장 사진을 일일이 컴퓨터를 이용해 화면에 크게 확대해 보여주는가 하면, 쟁점이 생기면 즉석에서 대법원 판례까지 검색해 띄워주고, 말도 자유롭게 하게 하는 등 외형으로는 거의 심리가 현대화 · 민주화된 듯한 느낌이있다.

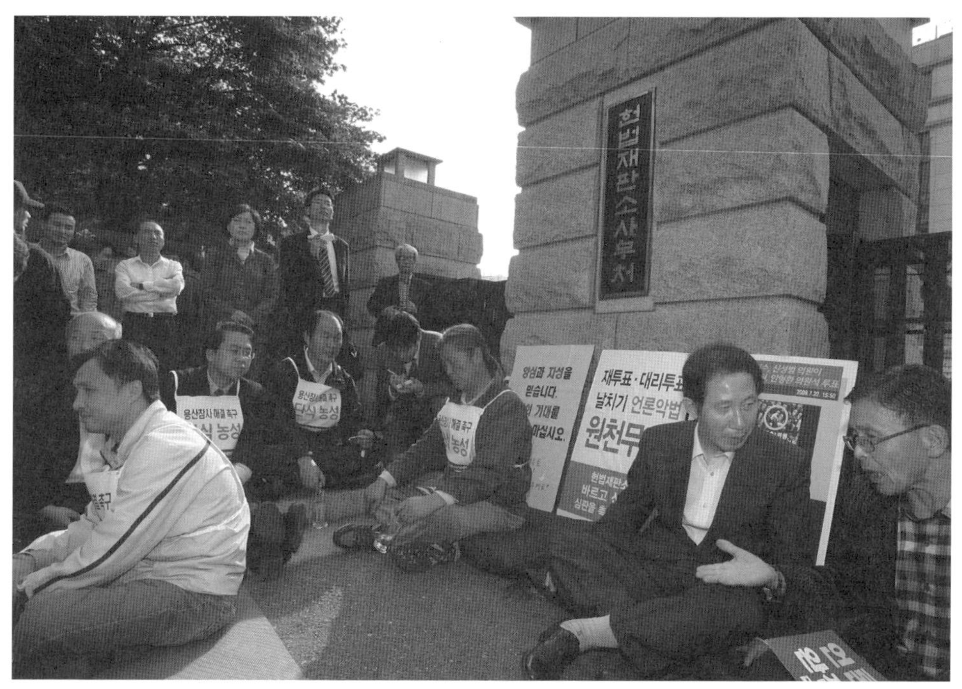

헌법재판소 앞에서 언론 관련법 재판 판결에 항의하고 있다.
돌아가신 김근태 전 의원과 최헌국 목사 등의 얼굴이 보인다.

　문제는 법관들의 법에 대한 태도였다. 법의 취지는 어디로 가고 오로지 그 형식적 문구에 매여 있는 태도가 너무 답답했다. 집시법은 국민의 기본권인 집회와 시위를 적극적으로 보호함으로써 그 기본권이 잘 발휘될 수 있도록 하는 것이 기본정신이다. 그런데 법 정신의 최후 보루인 법관마저 끊임없이 제재하고 억제해 위축시키는 쪽으로 생각하고 태도를 취하는 데 놀라지 않을 수 없었다. 정말 조문 중심의 폐쇄된 법치주의에 실망을 넘어 절망하지 않을 수 없었다.

　지루하게 개개인에 대한 심리가 모두 끝나고 한 시간 반쯤 지나 판결 내용이 내려왔다. 판결문을 보지 못해 구체적 언급이 어려우나 기자회견을 집회로 인정하고 참여 정도에 따라 판단한 내용 같았다. 기자회견과 농성 주변에 있었던 단순 참가자 3명은 석방, 적극 참여자 가운데 목사님 한 분 석방, 나머지 집회 및 시위 전력이 있다고 그들이 주장하는 단식농성자 3명에 대해서만 기각 결정을 내린 것이다.

　비겁했다. 심리과정에서도 드러난 것처럼 현행 집시법에 의하면 기자회견이 비록 집시법의 금지 범주에 든다 하더라도 폭력이나 현저히 공공질서를 해칠 행위가 아니면 구속 사유가 아니기 때문에 체포 구금할 필요가 없다. 위법행위가 있으면 긴단히 인직사항을 확인한 후 소환, 조사하면 된다. 경찰은 현장 채증사진 한 장으로도 얼마나 많은 촛불 시민들을 소환 조사해 입건하지 않았나.

　더더욱 비겁한 것은 같은 행위에 대해 차별 대응하는 것이다. 행위 내용이 다른 사람은 그렇다 치자. 똑같은 행위를 한 것을 조사과정에서의 태도나 직업, 전력 등을 문제 삼아 차별 내용하는 것은 경찰·검찰·법원 모두의 과도한 자의적 판단 범위다. 법원이 중형을 선고할 때 유사한 범죄 행위의 전과나 또는 다른 사회에 대한 선행 등을 고려해 형량을 가감하는 것은 법관의 법과 양심에 따른 재량이라고 할 수 있지만 현행범의 체포 구금에 적용될 때는 이쁜 놈은 봐주고 미운 놈은 때려잡는 결과로 나타난다. 그래서 힘센 놈, 돈 많은 놈, 권력 있는 놈은 잡혀가지 않고 가난하고 억울하고 아는 게 모자라는 사람만 별 것도 아닌 일에 무조건 잡혀가 체포·연행·입감·구속 상태에서 자기 방어도 제대로 못 하는 사이에 억울한 벌금을 물고 옥살이를 하는 것이다.

왜 명확한 답을 하지 않는가

이번에 우리는 법원에 집시법의 범위와 체포·구금의 부당성에 대해 그 원칙과 실제 적용의 문제점을 온몸을 던져 제기했다. 그런데 법원은 엉뚱하게도 이것도 저것도 아닌 애매한 판결을 내렸다. 마치 헌법재판소의 판결처럼.

도대체 무엇인가. 기자회견은 집회인가. 불특정 다수를 대상으로 하지 않거나 피해를 주지 않는 농성은 체포의 대상인가. 왜 명확한 답을 하지 않는가. 법적으로는 문제없는데 그 중 기분 나쁜 놈은 체포해도 괜찮다는 것이 이번 적부심 판결인 것 같다. 이건 검찰의 눈치를 보는 것인가. 언제부터 검찰이 법원의 위에 있었나. 이런 의문들을 떨쳐버릴 수가 없다. 우리 사회는 이명박 체제 이후 새로운 권력 재편이 이뤄지고 있다. 독재 체제가 구축되고 있다. 그에 발맞추어 법원은, 아니 법관들은 비겁해지고 있다.

단식 일주일째, 철창 안에서 시월의 마지막 밤을 보내는 마음이 바깥에 내리는 빗소리 때문에 우울한 것이 아니라 우리 사회가 퇴행하는 모습에 슬프다. 나는 슬프면 화가 나고 화가 나면 또 슬프다.

2009년 11월 2일 11:42
도봉경찰서 유치장에서

2
페이스북 친구들과 교육을 말하다

드디어 '학교 무용론', '교육 불가능의 시대'가 입에
오르내리고 있다. 어느 현장 교사의 지적처럼
"지금 학교가 존재하는 것은 다른 이유가 없다.
국가는 거둔 세금을 써야 하고, 교사는 월급을
받아야 하며, 학생은 졸업장을 받아야 하고,
부모는 아이를 맡길 때가 없기 때문이다"라는 말이
가슴을 친다. 어찌 할 것인가? 원인 분석도 필요하고
근본 대책도 필요하다. 그러는 사이에도 아이들은
죽어가고 학교는 망가지고 있다.
교사들이 먼저 나서자. '교육의 질은 교사의 질을
넘지 못한다'라는 말을 다시 한 번 마음에 새기자.

• 「교육의 질은 교사의 질」

청소년의 반대말은 자유

비만보다 더 심각한 결식

또 한 번 반짝, 어린이 공원이나 외식 등으로 어린이날은 갔다. 특히 올해는 진보당의 부정선거와 부실 저축은행이 문을 닫는 사태로 우리 사회는 극심한 스트레스를 겪었다.안타까운 것은 어린이 건강이다. 비만과 결식이 어린이를 죽이고 있다. 어린이 비만은 75~80%가 성인병의 주범인 성인 비만으로 이어지고, 어려서부터 열등감과 우울증에 빠지게 하는 등 그 병폐가 심각한데, 우리 어린이 7명 중 1명은 비만으로 나타나고 있다.

어린이 비만은 주로 식생활습관 등 환경 요인에 의해 유발되는데 2010년 조사에선 빈곤층이 많은 서울 중랑구(16.5%)가 서초구(11.3%)보다 5% 포인트 높이 나와 빈곤의 척도가 되기도 한다.

비만보다 더 심각한 건 결식이다. 주 5일 수업에 따라 초등생 31%가 토요일 점심을 굶거나(11만 명 정도) 혼자 먹는다고 한다. 또 중학생 18.3%는 일주일에 5일 이상은 아침을 안 먹는다고 한다. 비만으로 병들어가는 아이들과 밥 굶어 시들어가는 아이들은 오늘날 병든 우리 사회의 단면이다. 아이들은 우리의 미래, 우리의 미래가 병들고 죽어가고 있다.

5월 7일

♥ 120명이 좋아합니다.

 **김태식** 비만과 결식, 이것이 말해주는 바가 있겠지요. 극단적인 삶의 모양새, 바로 그 지점. 왜 이 모양 이 꼴일까요. 누구는 잘 먹어 비만이고, 누구는 못 먹어 굶주리고,… 시방 한국의 현주소라고 해도 그닥 문제될 거 없을 것 같아요.

 **신순영** 내 배가 부르면 남 배고픈 줄 모른다고 정말로 밥 굶는 아이들이 많더군요. 그런데 그 사실을 모르는 사람도 많고요. 무상급식의 필요성에 대해서 나쁘게 받아들이고 아까워하며 달갑지 않게 생각하는 사람들도 많아요. 굶는 아이들에 대해서 정보매체는 통계적으로만 발표하기 때문에 피부에 와 닿지도 않겠지요. 이혼 가정이 너무 많다보니 아버지에게 맡겨진 아이들이나 경제력이 전혀 없는 조부모에게 맡겨진 아이들이 학교 안 가는 날은 많이 굶어요. 이런 아이들을 위해서 정부 차원의 지원과 제도가 하루빨리 만들었으면 하는 간절한 바람입니다.

그리고 부끄럽지만 타 지역보다 우리지역 춘천에서는 아직도 무상급식 실현이 잘 안 되고 있어요. 민병희 교육감 님은 무상급식을 실현하고자 무지 애를 쓰는데 춘천시장이 협조를 안 해주고 있어요. 오세훈 서울시장이 온 나라에 창피당하고 집에 돌아간 것 보고서도, 여당이 총선 공약으로 아이들 밥 먹이는 문제 들고 나온 거 보고서도 저렇게 고집 피우고 예산편성을 강원교육청에만 떠넘기고 협조를 안 해주고 있으니 참 기가 막힙니다.

 **이수호** 문제는 아이들 비만이 빈곤과 결식 등과 관계가 있다는데 더욱 심각한 문제점이 있는 거죠? 그렇지 않아도 값싼 패스트푸드 음식은 아이들에게는 통제가 어려운 먹거리인데, 정성스럽게 준비된 음식이 아니라 돈 몇 푼 주며 알아서 해결하게 하는 등, 보호받지 못하는 아이들의 결식과 폭식, 값싸게 파는 음식을 함부로 사 먹는 식습관 등이 결국은 아이들을 망치게 되는 거죠.

 문장주 소득격차, 가족붕괴, 복지정책 미숙 등 이 모든 문제가 해결되는 나라 만들어주시기 바랍니다.

 이진호 어린이 식사 문제는 전적으로 우리 기성세대에 문제가 있지 않나 생각한다. 사회 양극화로 가정은 풍비박산이 되고 정신적·물질적 스트레스로 인하여 우리의 보배 학생들의 건강권은 공중에 떠 있다. 이것은 기성세력의 문제로 양극화에 사활을 걸고 싸워야 한다. 아이들의 미래가 병들어가고 죽어가고 있으면 치료하고 수술해서 건강하게 살게 해야 한다. 해결방법은 교육혁명에 있다.

먼저 가르쳐야만 앞서 가는가

우리 나라 사교육 수요는 대부분 선행학습에서 비롯된다. 남보다 먼저 가르쳐야 한 발이라도 앞서 갈 수 있다는 맹목적인 믿음이 아이들을 학원으로 내몰고 있다. 사교육 전문 교육운동단체인 '사교육걱정없는세상'에 따르면 학원이나 과외, 학습지 등을 통한 선행학습은 다양한 형태로 최대 2~3년 앞선 진도의 공부를 가르치고 있는 것으로 나타나 있다.

그러나 이러한 과도한 선행학습은 엄청난 사교육비는 말할 것도 없고 학원 스트레스 등 건강을 상하게 하며 학습효과도 크게 없다는 것이다. 또한 선행학습은 정상적인 진도에 맞춰 공부하려는 다른 아이들과 교사의 수업권을 침해하는 불법행위이다. 우리 나라의 경우 선행학습이 사교육시장의 지배적인 관행으로 자리 잡고 있어 학교교육 침해 등 피해가 심각하기 때문에 불가피하게 법률로써 금지할 필요가 있다는 것이 중론이다.

5월 16일

♥ 139명이 좋아합니다.

이선희 선행학습을 하는 아이들이 공부를 더 잘하지는 않는 것 같아요. 단지, 맘이 좀 편할려나?

김남운 결국 평가의 기준이 명확해지면 좋을 듯합니다. 학교시험이 너무 어려우니까 추가 공부시간을 확보하자는 측면이 있는 거예요. 현실적으로 중·고등 수학의 경우 대부분 사교육을 통해 선행학습을 했는데, 효과가 있다 없다 말할 수 없거든요.

김태희 이미 외국에서는 한국의 사교육시장이 인권 박탈이라고 경고한 바 있죠! 국제적 망신입니다. 신경병적 도가니가 되어가는 대한민국~ 이게 바깥에서 보는 이 나라죠!

김병국 이익단체가 정치에 미치는 영향은 별것 아님에도 지금 다수당은 학원재벌들의 눈치 때문에 법제화 안 하겠죠. 물론 생계형 소규모 영세 학원들도 마찬가지일 테고요. 애들 키우는 학부모로서, 저의 봉급은 지금 사교육 수준을 감당하리만치 넉넉은 하지만 그런 차원이 아니라, 이 미친 사교육 좀 없어졌으면 하는 바람입니다. 공교육 영역의 현장 선생님들께도 감히 분발을 부탁드립니다. '범죄와의 전쟁'에 경찰·검찰이 앞장선다면, '사교육과의 전쟁'에는 누가 앞장서야 할까요?

이수호 이러한 선행학습 때문에 학교교육이 혼란에 빠지고 그래서 시험문제가 어려워지고… 이렇게 악순환되면서 결국 모두가 피해자가 돼죠. 이 악순환의 고리를 어디선가는 당장 끊어야 합니다.

김병국 현장에 계신 선생님들께서 나서야 하는 게 아닐는지 싶습니다. 이수호 선생님께서 앞장서셨던 전교조는 지금 어디서 무엇을 하고 있는지 알 길 없습니다. 전임 위원장님들 국회 진출시키려고 만든 조직 아니지 않습니까. 거대담론으로 정치투쟁하는 모습은 이번

통진당 문제 이전에 이미 실패였습니다. 하방하여 현장에서 참교육의 변화를 이끌어내는 초심을 기억했으면 합니다. 학부모로서 현장 선생님들의 변화된 모습을 기대합니다. 과연 그리 할까는 의구심이 앞섭니다만 변화에 대해 열렬히 지지하고 응원할 것입니다. 사교육과의 전쟁은 정부나 국회에 기대하기 어렵습니다. 하방하셔야 합니다.

임대호 전문가들이 그렇게 생각하면 법으로 규제하는 것도 괜찮네요.

이수호 김병국 님 지적 고맙습니다. 현장 교사들이 발 벗고 나서서 사교육과의 전쟁이라도 벌여야 합니다. 그런 기반 마련을 위해 같이 노력합시다.

이선희 그렇다고 사교육 기관더러 선행학습 하지 말라고 법으로 정하고 강제한다면 효과가 있겠습니까? 그것은 근본 원인을 보지 않은 임시방편에 지나지 않습니다. 지금 열시 이후 학원수업 금지시키니까 학원에 안 보내고 과외시킵니다. 단속과 파파라치를 피하는 다양한 방법들이 개발되어 자행되고 있습니다.

이처럼 학원 선행학습 금지법을 만들면 더욱 불법적이고 탈법적인 선행학습을 부추기는 결과밖에 없을 것입니다. 아마 신행학습이 보편적으로 금지되었으니 우리 아이만 비밀리에 하면 되겠지리고 생각하는 학부모가 많을 겁니다. 교육의 양극화를 줄이는 것이 아니라 더욱 키우게 될 것입니다. 제발 그런 피상적 인식으로 정책이 남발되지 않았으면 좋겠습니다. 이런 법을 좋아할 사람은 정해져 있습니다. 일선 학교 교사입니다. 그들은 말하겠지요. 수업 편하게 할 수 있고 아이들이 자신들의 말을 절대 진리로 알고 듣는다면 공교육은 정상화된다고요. 그것은 공교육 정상화가 아닙니다. 교사 편의주의이지요.

학교 교사들이 학원 강사나 과외 선생이 가르치는 것을 못 따라가

자꾸 체면이 깎이니 공교육 정상화를 구실 삼아 선행학습 금지법 만들자는 주장을 한다는 생각을 해보지는 않았습니까? 더 숙고하시어 근본적인 문제점을 발견하고 그에 따른 해결책을 제시하는 오피니언이 되었으면 좋겠습니다. 저는 우리 나라 교육의 철학 부재가 더 근본적 문제라 봅니다. 이것으로 말미암아 여타의 모든 문제가 발생합니다. 그러니 여기에 대한 고민 없이 다른 것들만 건드린다면 반드시 실패할 수밖에 없습니다.

 Okyeong Woo 공감하지만 현상의 본질은 획일적인 교육과정을 토대로 한 총점제 평가가 대입과 연결되는 것이니, 그걸 바꿔야 하고 기득권을 내놓아야 하는 어려움에 정책이 필요하다는 것입니다

 김진철 조심스럽기는 합니다만… 이선희 님의 말씀 중 이 부분은 조금 걸립니다. "학교 교사들이 학원 강사나 과외 선생이 가르치는 것을 못 따라가니" 이런 인식이 맞다면, 지금 우리는 학교 폐지, 학원 증설/학원비 반값/학원비 지원/바우처 지급 운동을 벌여야 하지 않을까요? 저는 기본적으로 사교육은 교육이 아니라는 생각을 갖고 있습니다. 제대로 된 공교육을 하지 못하는 현실에 대한 성찰은 너무나도 절박한 일이지만, 입시에서 우수한 성적을 거두기 위해 소수를 대상으로 하는 훈련(=사교육)과 혼동해서는 곤란합니다.

 조성범 글쎄 법으로 해결될까?

 김진철 물론 선행학습 금지법안에 대한 이선희 님의 글에는 절대 공감합니다.

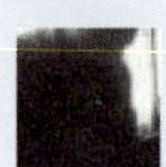 황용주 지당한 말씀입니다. 저도 명퇴 후 좀 가르쳐봤는데 보통 심각한 현상이 아니란 사실을 발견하고 그만두었습니다. 제가 볼 때는

이것은 병입니다. 여기에 초점을 맞추면 전교조 활동에서 여론을 유리하게 형성하는 데 많은 도움이 되리란 생각이 듭니다.

 이선희 그렇다고 제가 사교육을 활성화하자든가 사교육은 어쩔 수 없다는 식의 회의주의를 주장하는 것은 결코 아닙니다. 우리 나라 교육 시스템이 아직도 일제 치하에서 만들어진 근대적 방식에서 벗어나지 못해 이런 문제가 발생하는 것이지 선행학습을 금지시키는 법안이 있고 없고에서 문제가 발생하는 것이 아니라는 점입니다.
사회 전체는 여전히 학벌 중심의 권력 구조입니다. 학교교육조차 그에 종속되어 있습니다. 우리 사회의 무한경쟁 시스템은 얼마나 강도가 높은가요! 이런 것들을 내버려둔 채 지엽적으로 선행학습 금지법이니 열시 이후 수업 금지 규정이니 아무리 만들어도 소용없다는 말씀입니다.
저는 사교육만 교육이 아닌 것이 아니라 현재 공교육도 교육이 아니라는 생각을 가지고 있습니다. 이것은 옳고 저것은 그르다는 식의 흑백논리에서 벗어나야 근원적인 문제점이 보이겠지요. 지금 공교육이나 사교육이 아이들에게 가르치는 것이 똑같습니다. 아니 공교육에서 가르치는 것이 질적으로는 오히려 함량 미달입니다. 이런 상황에서 억지로 사교육 억제책을 쓰는 것이 과연 효과가 있겠느냐는 말씀을 드린 것이고요. 이 문제의 해결책도 바로 이 지점에서 출발해야 한다고 판단합니다. 지금의 공교육을 전면 부정하지 않고는 지금의 사교육 문제도 결코 해결될 수 없다는 것이지요.

 이영주 학원이나 과외는 선행이 아니라 수업을 따라가지 못하는 학생들을 위한 건데… 시험성적으로만 판단되는 교육시장에서 사교육 규제가 가능할른지ㅜㅜ

 김태식 학원 참 문제지요. 선행학습은 더 문제지요. 왜 그렇게 되었을까요? 제 생각엔 정치경제의 하부체제로서 교육은 정치경제를 장

악한 넘덜한테 놀아나게 되어 있습니다. 그럼 정치경제를 장악한 사람덜의 생각은 무엇인가요? 돈을 물 쓰듯 하면 그게 그만큼 효과가 있어서 정치적·경제적 지위를 고스란히 이어갈 수 있다는 거지요. 왜 선행학습이 필요합니까. 이건 순전히 경쟁이란 사다리구조에 연결되어 있습니다. 왜 교과서가 어려운가, 왜 시험문제가 어려운가 하는 것도 이와 같습니다. 시험문제가 어려워야만 줄을 세울 수가 있는 거지요. 1등부터 꼴찌까정요. 이 정도면 되었다는 '보편교육'이 되지 않는 까닭과 주욱 연결되는 구조입니다. 시험과 평가에서 시험기제의 속성이 그렇기도 하지만 우리는 '보편교육'을 할 수 없는 구조이지요. 왜 당연히 줄을 세워서 그 줄로 대학도 가고, 대학도 줄을 세워, 그 줄로 취업도 나가고 그렇게 되어 있잖아요. 그러니, 다른 나라보다 수학이나 과학이나 모든 과목이 졸라 어렵습니다. 그 어려운 걸 배우기 위한다는 명목으로 학원을 보내는 거지요. 결론을 말씀드리겠습니다. 우리 나라 교육은 '시험으로 줄을 세우기 위해 존재하는 교육이고, 보편교육이란 당최 설자리가 없는 떨거지 교육'이라는 것입니다. 정치경제를 장악하고 있는 1% 넘덜한테, 99%의 선량한 국민이 매어 있는 형국이란 얼마나 서글프고, 성질이 나는 일인지 다들 이해하실 줄 압니다.

 박운의 경쟁… 이 말이 인생의 전부처럼 되어버린 현실이 남보다 조금 더 일찍 시작해야 한다는 생각으로 발전하여 '내 아이만큼은…' 특별히 생각하다 보니 결국은 2~3년 선행학습이라는 데까지 왔나 봅니다. 경쟁이 아닌 협동 사회로 나아가지 않는다면 더 이상 대한민국의 교육이 정상으로 돌아갈 확률은 없어지는 것입니다.

 정준희 저는 학원강사 입장에서 사교육이 단점만 있는 건 아니라고 봅니다. 과목이 사탐인지라 시험을 한 달 정도 앞두고 들어오는 아이들이 꽤 있는데요, 다들 하는 말이 학교 수업을 알아듣지 못하겠다고 합니다. 그래서 차근차근 외울 것과 흐름으로 볼 것을 구분해

주면 아이들이 좋아하고, 성적도 잘 나오구요. 물론 40명 정도를 수업하는 것과 저처럼 4명 정도를 수업하는 것과는 차이가 있겠지만요^^ 그리고 아주 지엽적인 지식을 묻는 문제를 출제하는(예를 들면, 척화비에 씌어있는 한자를 쓰라는 문제) 교사의 자질이 의심스러운 경우도 많구요^^

김진철 님, 학원강사도 저처럼 스승의 날 되면 졸업생이 찾아오고, 학부모께서 선물이나 식사대접을 해주는 경우도 있습니다. 제가 아이들이 힘들어하는 걸 어떻게 쉽게 할까 치열하게 고민하고, 아이들을 제 자녀처럼 대하고, 항상 비판의식을 놓지 않기 때문에 가능한 일입니다. 아이들 얘기를 들어보면 수업시간에 자는 아이들을 나무라지도 않는다는데, 그것이 참된 스승의 자세라고 보십니까? 솔직히 80년대 말 이후 사범대는 성적 안 돼서 가는 거였고, 97학번 이후 사범대에 진학한 사람들은 외환위기 땜에 안정된 직장을 얻으려고 진학한 게 아니던가요?

 이선희 교육의 목표는 크게 세 가지가 있다고 봅니다. 첫째 지식 교육, 둘째 사회화 교육, 셋째 존재론적 교육. 근대식 교육은 일제 치하에서 시작되었고 그 근대식 교육은 첫째와 둘째만을 교육의 목표로 삼습니다. 권력자의 말 잘 듣는 똑똑한 인간을 만드는 것이 필요하지 '어떻게 살아야 하나?', '왜 그렇게 살아야 하나?'를 묻는 존재론적 문제는 가르쳐서는 안 될 내용이 되어버렸지요. 지식이 많아서 암기를 잘해서 계산을 잘해서 지식인이 되고 판·검사가 되고 의사가 되는 교육을 일제 치하 때 시켰는데 아직도 그러고 있는 겁니다. 과연 이것이 교육을 통해 가르쳐야 할 것들입니까?

무엇보다 중요한 것은 존재론적 교육입니다. 아이들에게 살아가는 방법론을 가르치지는 않고 지식과 사회 지배이데올로기만 잔뜩 암기시키니 학교폭력이 끊이지 않고 일진과 왕따와 자살이 있는 것 아닙니까? 이것만이 어린 학생들이 배워야 할 전부인 것으로 학교에서 가르치니 사교육을 해서라도 경쟁의 승자가 되기 위한 온갖 노력

을 경주하는 것 아닙니까? 그래서 앞서도 말씀드렸지만 지금의 공교
육을 부정하지 않고는 사교육 문제도 해결될 수 없다고 한 것입니다.
제가 말씀드리는 대안인 존재론적 교육은 무슨 저의 기발한 아이디
어가 아닙니다. 원래 한반도 역사 이래 계속 있어 왔던 것입니다. 서
당·서원 등에서 오늘날의 지식교육이 행해졌겠습니까? 물론 지식
교육을 하지 말자는 것이 아닙니다. 지식 교육, 사회화 교육만큼 존
재론적 교육에 더 많은 비중을 두자는 것입니다. 그러려면 먼저 교
육의 국가 독점부터 풀어야 합니다. 대학 자율화 논의는 80년대부터
있었음에도 아직 제자리걸음입니다. 대학이 자율화되어야 교육이
국가 독점에서 풀려날 수 있습니다.

 **이수호** 이선희 님의 의견에 공감합니다. 존재론적 고민과 철학이 없
는 기능 위주의 교육, 한 걸음 더 나아가 경쟁에서 상대에게 이기기
위한 교육을 학교에서조차 시켜온 후과를 지금 우리가 치르고 있는
것입니다.

 **안정희** 중학생들과 이 문제로 몇 번 이야기를 나누었는데… 다른 친
구들이 모두 학원에 다녀서 불안하답니다. 자기만 뒤처지는 것 같아
서 스스로 학원 보내달라는 친구들이 중2 때부터 늘어난다고 하구
요. 초등학생들의 경우 저희 지역은 서민들이 사는 구도심이라 한
부모 가족, 혹은 경제적 여유가 없는 분들이 있는 지역이기에 초등
생들의 경우 학원을 다니는 경우가 반/반인데… 저희보다 경제적
사정이 나은 옆 동네만 가도 거의 80~90% 학습 관련 학원에 다닙니
다. 이유는 맞벌이라서 아이들을 맡길 데가 없답니다. 위 의견과 약
간 동떨어진 것도 같지만, 초·중·고등학교마다 학원을 가는 이유
가 다른 것 같습니다. 대상 학생들에 대한 보다 심층 있는 연구조사
를 통해 학원과 학교와 학습을 함께 고민했으면 합니다.

청소년의 노동인권교육

88만원 세대, 3포 세대로 표현되는 이 시대 청년들을 위해 '청년고용촉진법'과 같은 법률이 있음에도 공공기관이나 지방 공기업의 상당수가 청년 의무고용을 외면하고 있는 가운데, 요즘 부쩍 늘고 있는 청소년 알바는 근로기준법과 인권의 사각지대로 내몰려 있다.

중앙대 산학협력단의 2011년 청소년 아르바이트 실태조사 보고서에 따르면 응답자의 22.2%가 급여를 늦게 받거나 금액도 적었다고 답하고 있다. 더욱 심각한 것은 업주나 손님으로부터 당하는 인권침해인데, 폭언과 폭행을 당한 청소년은 23.3%나 되었다. 그 중 27.7%는 업무로 인한 부상과 질병, 11.6%는 부당 해고, 심지어 6.0%는 성추행이나 성폭행까지 당했다는 응답이다.

이런 심각한 현실 앞에서 우리는, 일선 학교현장에서 청소년을 지도하고 있는 수리고등학교 조성범 교사의 절박한 외침에 귀를 기울여야 한다.

"아르바이트 청소년의 권리보장을 위한 법률적 · 제도적 정비가 필요하다. 동시에 청소년을 대상으로 한 노동인권교육을 강화해야 한다. 최저임금을 현실화하고 고용노동부의 상시적 근로감독이 강화돼야 한다. 무엇보다 정규 교과과정에 노동인권교육을 포함하는 등의 총체적 대안 마련이 시급하다."

5월 17일

102명이 좋아합니다.

 박종철 노동인권이 존재하는지조차 모르는 우리 나라 국민들이 불쌍합니다. 급여를 주는 사람의 말을 마치 왕의 명령처럼 여기라는 굴종만을 강요하는 사회 분위기 때문에 벌어지는 참상이라고 생각합니다. 학교에서 노동인권과 더불어 노동3권까지 교육을 상시적 · 의무적 교육으로 만들어야만 할 때입니다.

 신순영 제가 일하는 직장에는 서울의 괜찮은 학교를 졸업했거나 지방 국립대를 졸업한 젊은 사람들이 임시 알바를(단순직) 몇 달씩 하다 가는데 알바를 하고서 목표한 대로 돈을 모으고 난 뒤에도 뾰족한 수가 없어서 방황을 하더라구요. 참 안타까운 현실이죠. 아침 9시부터 저녁 11시까지 주5일 근무하면 120만 원 정도… 4대 보험 없고 퇴직금 없고 일하다 맘에 안 들면 그 자리에서 해고당하고… 그렇다고 정규직 사원에 뽑히기는 하늘에 별 따기… 일에 지치고 영혼까지 지칩니다. 가엾은 88만원 세대.

 서동현 부산 지역은 교육청에서 고등학생들의 아르바이트 권리구제 체계를 마련하도록 했습니다.

 이수호 가장 급한 것이 학교에서 노동3권을 포함한 노동의 본질과 의무, 권리 등 노동교육이 체계적으로 실시돼야 할 것 같습니다. 노동이야말로 인간 삶의 근본이니까요.

 서동현 넵~! 급한 특성화고의 관리자와 진로담당교사의 연수는 15시간 했으나 학생들에게 하기로 한 노동기본권 및 산재안전, 성희롱 예방 등의 교육은 소식이 없습니다. 좋은 소식을 기다려 봅니다.

현장실습생들의 노동현실

　'직업교육훈련촉진법'이란 허술한 법 때문에 매년 10만 명이 넘는 고등학생들이 현장실습생이란 이름으로 기업의 인권 사각지대에서 노동을 착취당하고 있다. 지난 해 12월 기아자동차 광주 공장에서 쓰러진 김민재 군도 고3 실습생이었다. 김 군은 백혈병 발병이 잦은 도장 공장에 투입되어 주당 최대 70시간 이상을 초과근무는 물론 야간 업무까지 도맡았다가 과로 및 중독으로 쓰러져 아직도 일어나지 못하고 있다. 졸업 후 취업을 미끼로 기업은 최소한의 노동인권도 무시한 채 고등학교 학생을 값싼 노동력으로만 활용했고, 학교는 취업률 높이기에만 급급할 뿐이었다.

　많은 특성화고등학교나 실업학교들이 고교 졸업 후 취업을 위해, 교육과정의 하나로 재학 시 현장실습을 내보내는데, 현장실습생은 노동자가 아니라는 고용노동부의 해석으로, 법정 근로시간과 최저임금도 보장받지 못하는 극단적 상황으로 몰리게 된 것이다. 이를 개선하기 위한 제도적 보완 노력이 진행되다가 이명박 정권 들어서며 중단되었는데, 기업에 대한 규제 철폐가 이유였다니 기가 막힐 뿐이다.

5월 21일 오후 2:34

조형일님 외 95명이 좋아합니다.

 김진철 2011년 12월 17일, 기아자동차에서 현장실습을 나갔던 한 고등학생이 뇌출혈로 쓰러지는 일이 있었습니다. 그 학생이 쓰러진 주된 이유는 주당 52시간이 넘는 노동과 10시간 맞교대, 계속되는 휴일노동 탓이었습니다. 현장실습은 취업에 앞서 산업현장에서 원하는 실무를 익히고 배우기 위함입니다. 이런 취지를 도외시하고 현장실습을 이윤추구 도구의 하나로 여긴 기업과 관리감독을 방치한 학교가 그 학생을 쓰러뜨렸다고 해도 과언이 아닙니다.

 명등룡 신자유주의의 극단의 희생입니다. 김민재 군 빨리 회복되기를!!

 성해용 총체적 부패 상황입니다. 부패를 극복하는 데 가장 중요한 것은 최고지도자의 의지입니다. 그런데 MB부터 부패에 대한 개념마저 없으니…

 이수호 정권을 바꾸는 것이 그래도 정답인데 그나마도 어려워져가는 것 같아 안타깝네요.

 신순영 정권을 바꿔야 되는데 못 사는 노동자, 하층계층이나 빈민계층들이 더욱 정치에도 관심 없고 그런 계층의 삶을 개선시켜줄 정당을 뽑지 않고 오히려 반대 정당에 표를 줍니다. 참 이해가 안 되었는데, 얼마 전 어떤 기사를 본 적이 있어요. 못 사는 빈민계층일수록 정치보다는 지금 당장 한 끼 밥을 해결해주는 사람이나 연탄 몇 장을 갖다주는 사람에게 마음이 쏠린다고… 그렇군요, 이해가 되었습니다. 어려운 사람들에게 쌀과 연탄을 가져다주는 것이 비록 어떤 목적을 가진 위선적인 행동일지라도.

과도한 경쟁교육을 막아야

우리 나라 교육의 가장 큰 문제점은 과도한 경쟁교육이다. 인성이나 정서, 건강까지 무시해버리는, 이 성적으로 줄세우기 교육은 입시교육으로 연장되어 사교육의 엄청난 폐단으로까지 나타나고 있다. 그런데 이 신자유주의 시장 경쟁교육의 수단이 국가수준의 일제고사이다. 다음달 6월에 일제고사가 예고되자 벌써 일부 학교는 이에 대비한 성적 올리기 블랙홀로 빠져들고 있다. 전교조가 중심이 되어 대안을 가지고 이 일제고사에 반대하며 올바른 학교교육을 확립하기 위한 싸움을 벌인다니 다행한 일이다. 부디 이럴 때 모든 교사들이 단결하여 경쟁을 통한 줄세우기 교육을 막아 학생들을 사교육으로부터도 해방시켜 몸과 마음이 건강하게 자랄 수 있도록 했으면 좋겠다.

5월 22일

조형일님 외 112명이 좋아합니다.

 신평호 그 경쟁 또한 선의가 아니고, 이미 극과 극으로 나뉜 불공정 경쟁입니다. 불공정 경쟁을 원천 봉쇄하고, 학생들 저마다 각 분야에서 재능을 발휘하도록 교육현장이 바뀌어야 한다고 봅니다 ^^

 박종철 학생들의 다양성과 창의력을 죽이는 암기 위주의 일제고사는 나라의 미래를 망치는 지름길입니다. 다양한 대안이 전교조에 의해 제시되고 있음에도 나 몰라라 하며 일제군국주의적이고 독재주의적 발상인 일제고사에 집착하는 세력에게 발상의 전환을 요구합니다.

 Jiny Jang 글만 보고 말하자면 제가 국가라도 전국 일제고사는 볼 것 같아요. 예전 학력고사처럼 같은 시험을 전국 학생이 똑같이 쳤을 때 그 점수 서열을 본다는 건 평등하게 같은 기회를 주고 그 결과를 보는 것이지 다른 건 아니라고 봐요.

 이봉우 현 국가주도로 행해지고 있는 교육이 궁극적으로는 거대자본의 노예화를 획책하는 수단으로 이용되는 현실이 안타깝습니다. 16년 교육을 마치면 일부는 대기업의 노동자가 되어 조금은 여건이 좋은 노예가 되고 다수는 도태되어 비정규직이라도 비비고 들어가야 할 참담한 현실이죠. 여기에 근본적인 문제가 있다고 생각합니다.
자본이 교육을 장악하여 앞으로 발생될 노예노동자를 양산하는 시스템을 구축완료하는 동안 노동계는 노동자의 교육적 가치추구에 완전히 손뗀 것 아닙니까? 근본적으로 어릴 적부터 노동자적 가치에 대한 교육이 없었기에 노동자 결속이 더욱 더 힘들어질 수밖에 없으며, 현실이 절대 다수인 노동자를 지켜주지 못하여 자본에 복종하는 노예노동자로 이어지는 답습을 한다고 생각합니다.
교육현장을 장악하여 근본적인 노동운동, 즉 노동교육의 브나로드 운동을 우선적으로 전개해야 한다는 생각입니다. 힘없는 노동자가 두서없이 적어봤습니다. 죄송스럽습니다.

204

 이수호 건강한 노동과 노동자의 눈으로 교육을 바라보며 실천하려는 태도와 운동은 꼭 필요합니다. 거기는 평등·정의·평화의 가치와 함께 더불어 사는 공동체 등이 다 녹아 있으니까요.

 이옥중 어른이 꼭 해결해줘야 할 문제! 일제고사로 인한 현장에서의 파행은 끊이지 않고 있습니다.

 이수호 소극적 대안은 거부하는 것입니다. 아이들에게 독약을 주라고 하면 교사는 우선 그 독약을 빼앗아버려야 합니다. 그 다음은 좋은 음식을 먹여야죠. 평가란 가르친 교사의 책임이며 권리이자 의무입니다. 가르친 교사의 목표에 따라 다양한 방법으로 이루어져야 할 것입니다. 국가수준의 일제고사는 거기에 맞춰 가르칠 수밖에 없는 또 다른 국가 이데올로기 강요의 수단이 되는 거죠.

'청소년'의 반대말은 '자유'

　대구에서 고교생 1명이 또 스스로 목숨을 끊었다. 지난해 12월부터 6개월 만에 벌써 10번째이다. 왜 유난히 대구가 많은가? 얼마 전 자퇴한 한 학생은 "(교사 · 학부모로부터) 맞으면서 공부해야 한다는 억압적 · 폭력적 분위기가 강하다"고 말한다. 대구 청소년문화센터 '우리세상'의 김형수 사무처장은 최근 입시 성적을 높이기 위해 대구에 등장한 이른바 '기숙사 정책'을 비판하며, "학생들을 일체의 (외부)접촉으로부터 끊어버리겠다는 지역 교육 당국의 정책 때문에 대구의 왕따, 학교폭력, 자살 문제 등이 심각한 수준에 이르렀다"고 말했다.

　'청소년'의 반대말은 '자유다'라는 말이 아직도 우리의 머리를 끄덕이게 하는 한 우리 청소년은 불안할 수밖에 없다. 청소년의 자유는 자율을 바탕으로 한 소통과 인권감수성에서 나온다. 타인을 배려하고 타인의 처지를 이해함으로써 인간에 대한 외경심을 높이는 감성은, 스스로를 귀하게 여기는 자존감을 키우는 바탕이다.

　대학 입학을 볼모로 경쟁을 통해 청소년을 억압하는 정책과 풍토는, 결국은 우리 청소년을 폭력적으로 만들고 스스로 좌절하게 할 뿐이다.

6월 4일

 **노정호** 지나친 경쟁 위주의 교육정책이 주범이군요. 가장 보수적인 지방에서 가장 치열한 경쟁을 시키니 죽는 아이들이 늘어가겠지요.

 **박병우** 고인의 명복을 빕니다. 참담합니다. 이 사회가 학생들에게 강요하고 있는 것이 무엇일까요? 무서운 현실입니다.

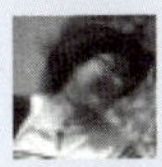 **김미금** 교과서에 나오는 각 시기별 발달과업. 청소년 시기는 자아정체감을 형성해야 하고 직업에 대해 탐색하고 또래들과 문화를 우선으로 하는 질풍노도의 시기~~ 이런 과제를 깡그리 무시하고 오직 대학만을 위한 도구로 아이들을 이용하는 우리 나라 교육정책, 국가적 손실~~기숙사형 정책에 반대~~학업스트레스 엄마의 따뜻한 목소리가 깃든 가정이 최고~~지금 행복한 아이가 나중에도 행복하다~~돈 주고도 못 사는 행복을 경험하지 못한 청소년이 어른이 되어서도 행복을 모르는 이 나라의 현실~~

 **이화열** 저들은 그럴 거다. 똑같이 하는데 누군 자살하고 누군 성공한다고. 고로 자기들 문제가 아니라 자살한 학생이 문제라고. 심약해서 죽었다고. 정말 그렇게 생각할 거다. 그래서 그들이 교육행정의 수장으로 있는 한 자살하는 학생은 계속 나타날 것이다.

 **신순영** 학교폭력으로 인한 워통한 죽음은 당사자와 가족들에게 이루 말할 수 없는 평생의 원한이 되겠죠. 우리 모두에게 커다란 상처구요. 청소년을 폭력적으로 만들고 스스로 좌절하게 하는 것은 죽음으로 몰아내는 것이죠. 어떠한 이유에서건 죽음은 안 돼요~!!!

 **이수호** 토론 글들을 보니 교육자치의 중요성이 다시 한 번 확인되는군요. 교육감 선거에서부터 의회나 다른 자치기구를 통해 교육정책을 수립하고 행정 감시나 자치위원회 등에 적극 개입하는 것도 중요할 것 같습니다.

 김태희 '청소년의 반대는 자유'란 문장에서 한참을 머물게 되었습니다. 내년 중학교를 가는 딸아이 생각에 숨이 막혀 와요. 모진 세상을 견디지 못하고 등진 학생의 명복을 빌면서 남은 가족들의 상처를 보듬는 일들이 계속되기를 바랍니다.

 Kieun Song 백배공감_()_ 카이스트 학생들 자살과도 맞물리지요^^ 무얼 위한 공부인가가 선행되지 않는 한 계속될 거라는… 선택의 여지 없이 내몰리는 현실이 슬퍼요ㅜㅜ

 김태식 오늘 아침 교무회의에서 초중등교육법시행령 제9조 1항이 변경된 것을 학생생활부장으로부터 통지 받았지요. 그 내용인즉, '학교운영에 관한 사항'과 '학생생활에 관한 사항'이고, '학교 운영에 관한 사항'은 관계법령 및 별도 지침에 의해 결정되기 때문에 학교에서 독자적으로 정하는데 제약이 따르지만, '학생생활에 관한 사항'은 학교별로 법령의 범위에서 정할 수 있다고도 되어 있지요. 이걸 왜 얘기할까요. 주려면 다 주지, 왜 '학교운영에 관한 사항'은 제약을 하고, '학교생활에 관한 사항'은 학교별로 정하라고 하는 걸까요. 서울이나 경기도 등 '학생인권조례'를 막기 위한 지저분한 의도 때문입니다. 이곳 충북에서도 시방 학생인권조례를 위해 시민들에게 청원서를 받고 있는 중입니다. 이러저러한 인권에 대한 방해며 허울 좋은 가면이라고 봅니다. 아무튼 학교별로 자율적으로 정할 수 있다고 하니 교사위원으로 들어가서 쎄게 치고 나가볼 작정입니다. 이런 것이 다, 이수호 님이 말씀하시는 경쟁만을 추구하고 자율을 주지 않으려는 것과 연계가 된다고 봅니다.

 이수호 김태식 선생님 지적 정확합니다. 교과부가 어떻게 해서라도 학생인권조례를 막아보려는 꼼수죠. 결과적으로 '학생의 자율과, 자주에 기반한 진정한 자유는 억압해야 하는 게 교육'이라는 간섭과 통제의 논리가 뿌리 깊이 박혀 있는 겁니다. 선생님처럼 교사위원으

로 들어가 오히려 교육법 시행령을 적극적으로 해석하고 활용하는 방법은 대단히 좋은 생각이네요.

 Haewoong Lee 대구 수성구 교사입니다. 우리 교육계가 가야할 길입니다. 1. 자유학교(영국의 써머힐이 모델) 2. 전면 무상교육(공교육은 대학 및 전문대학원까지) 3. 학벌타파 및 명문대 없애기(본질적인 교육 확대)건승을 빕니다.

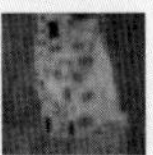 Jaehee Cho 더더욱 암담하게 다가오는 것은 학교교육을 극단으로 모는 경쟁적 입시구조와 사회구조는 전혀 변화할 가능성이 없어 보인다는 점이지요. 아무리 맑은 물을 흘려보내도 결과가 뻔한 진창이라면 희망이 있나 싶은 생각이 드는 장면입니다.

두 교육감의 생각 차이

대학총장 출신 대구 우동기 교육감과 평교수 출신 경기 김상곤 교육감의 각각 다른 행보가 눈길을 끈다.

대구 우 교육감은 지난해 12월 이후 10명의 투신 등 학교폭력에 대해 "형사처벌 연령을 현행 14세에서 12세로 낮춰야 한다"고 주장하는가 하면, '학교폭력 멈춰' 캠페인을 학교폭력 근절 대책으로 내놓기도 했다. 또 '긴급 호소문'을 각 언론사에 보내 "숨진 학생들의 기사를 너무 상세히 묘사해 모방자살이 되풀이돼서는 안 된다"고 학생 자살을 언론 탓으로 돌리는가 하면, 심지어 "(대구지역 학생들의 잇따른 투신자살은) 전직 대통령부터 사회지도층 인사들이 어려움을 피하는 방법으로 자살을 택하는 요인이 미치는 영향이 크다"라고 말하기도 했다.

한편 경기 김상곤 교육감은 19대 국회 개원에 맞춰 국회의원 300명 전원에게 편지를 보내 "특정 정권이나 정파의 이해관계에 휘둘리지 않고 국가 교육정책의 안정성과 일관성을 유지하기 위해 독립적이고 상설적인 교육정책 기구로서 국가교육위원회를 19대 국회에서 설치해줄 것을 부탁드린다"고 소신을 밝히는 한편, "학교폭력은 즉흥적 대책 몇 가지로 해결될 수 없다"며 "학생인권조례를 넘어 우리 사회의 정의를 바로 세우고 학생들이 존엄한 주체로 성장할 수 있도록 국회 차원의 아동청소년인권법 제정을 위해 힘을 모아달라"고 호소하기도 했다.

6월 5일

178명이 좋아합니다.

 김광호 극히 지당하신 말씀입니다. 김 교육감 님의 편지 내용은 보통 사람들의 바람입니다. 반드시 후세들을 위해서라도, 아니 기성세대를 위해서라도 대국적인 차원에서 대책을 마련해야 합니다. 큰절

 신평호 아이들을 자기 출세의 대상으로 보고 통치물처럼 생각하는 자와, 아이를 교육현장의 주인으로 보고 섬기려는 자의 차이죠.

 노정호 의식 수준 차이죠. 1970년대와 2010년대…

 전국진 정곡을 찌르시네요. 어떻게 살아왔느냐는 삶의 깊이와 폭, 그에 따른 철학의 차이가 너무 다르네요. 지역 교육감에 대해서는 실망감을 넘어 분노가 일어날 정도입니다. 기회주의자의 진면목을 보는 듯해서 속이 쓰리고 아프군요.

 이수호 그래요. 두 분 교육감 생각이나 행동을 보면 거의 수구와 진보를 대변하고 있는 것 같습니다. 교육은 미래를 살아갈 인간을 키우는 일이기에 진보적 가치와 행태가 중요한 것 같습니다.

 이대로 애들이 오죽하면 스스로 목숨을 끊을까요. 살맛나는 배움, 즐거운 학교가 되어야 합니다. 영어와 한자 교육, 시험점수따기 교육부터 개선해야 합니다. 진짜 살아가는 데 꼭 배워야 할 것부터 가르쳐야 합니다.

 정승민 레벨이 다르네요! 국회의원 전원에게 편지를 보낸 진정성! 꼭 귀담아 들어주세요.

 안누리 아동과 청소년은 보호의 대상이기도 하지만 우리 사회를 구성하는 주요 주체입니다. 특히 교육의 소비 주체이기에 교육감 선거

는 투표 연령을 16세 이상으로 낮추어야 한다고 생각합니다.

 이수호 이제 19대 국회가 시작되네요. 선거 운동할 때의 반 마음이
라도 가지시고 먼저 할 일과 나중 할 일을 가려서 정말 국민을 위해
일해줬으면 좋겠네요. 교육과 관련된 법들은 제발 제대로 미리 챙겨
주길 바랍니다.

 박재영 역시 김상곤 교육감 님의 교육철학이 정의롭다는 생각입니다.

대곡초등학교의 학교 살리기

지난 여섯 달 사이 중고생 10명이 투신해 8명이 목숨을 잃은 대구의 입시 위주 경쟁교육의 주범 '기숙학교'의 실태가 마음을 아프게 한다.

　성적순 기숙사생의 '병영식 교육'
　… 아파도 쉴 틈 안 줘/ 새벽 1시에 소등, 5시간 뒤 깨워/ 각층 복도마다 감시카메라/ 휴대폰, mp3 등 반입 금지에 교사가 개인 소지품 뒤적여/ 툭하면 벌점에 퇴실처분 위협…

한편 '한때 폐교 위기'의 경기도 고양시 대곡초등학교를 개념 있는 젊은 학부모들이 나서서 도심 속 시골학교인 '생태공동체'로 되살려 화제가 되고 있다. 40여 년 동안 마을 전체가 개발제한구역으로 묶여 성장이 멈춰버린 대곡초등학교는 200여 명이던 학생이 84명까지 줄어들어 분교나 폐교가 불가피했으나 '공동 육아조합' 등 마을공동체를 가꿔온 40여 명의 젊은 주민들이 앞장서 학교를 살리기 시작하여 지난해는 학생도 108명으로 늘어났고, 경기도 교육청으로부터 혁신학교로 지정받기도 했다. 이 학교는 최근 교과부의 실태조사에서 '학교폭력 0%'를 기록하는 등 성과를 내고 있다. 혁신학교를 처음 제안한 주민 한동욱 씨는 "학교와 마을을 중심으로 친환경공동체가 뿌리를 내리면 도시정비사업이 진행되더라도 주민이 흩어지지 않고 도시에서도 대안적 삶을 살 수 있을 것"이라 말했다.

6월 11일

♥ 154명이 좋아합니다.

 **이대로** 교육, 큰 문제입니다. 나는 대학이 없었으면 좋겠습니다. 많이 배운 사람이 더 잘해야 하는데 그렇지 않고, 공부 잘하는 사람이 더 문제가 많습니다. 그리고 애들이 공부만 열심히 하다가 건강을 챙기지 못하는 것이 큰 걱정입니다.

 **정문희** 경치도 아름다운 학교지요. 정말 바람직한 학교의 모습이네요^^ 언제쯤 성적, 경쟁의 귀신을 몰아낼 수 있을지ㅜㅜ

 **이수호** 교사·학생·학부모가 한마음인 제대로 된 학교자치가 필요합니다. 교육청이나 지자체나 지역사회는 그걸 지원하는 데 힘을 모아야 합니다. 소경이 소경을 인도할 수 없는 것처럼 자율과 자치가 없는 학교에서 자주적인 인간이 길러질 수 없습니다.

 **송준호** 아이들을 죽음으로 몰아넣으면서도 1등만이 최고라는 정신병적인 집착증에서 우리는 언제쯤 벗어날 수 있을까?

 **신순영** 이 미친 교육제도와 천박한 자본주의 때문에 형제간에 친목도 우애도 나눌 수 없이 부모 제사고, 명절도 없다니까요. 그렇게 자란 아이들이 어른이 되면 지금보다 얼마나 더 삭막하고 기가 막힌 세상이 될는지… 수학 빵점이고 영어 한 마디 못 해도 고개 들어 파란 하늘 맘껏 쳐다보는 그런 세상이었으면 좋겠어요.

 **한봉순** 딸아인 학교를 중도에 포기했습니다. 대안학교라도 보낼까 싶어 얘길 건넸는데 단호하게 "나는 학교는 안 다녀!"라고 하네요. 검정고시 보고 만다고 합니다. 지금 행복해합니다. 도움 안 되는 배움에 아무런 미련이 없다는 것, 친구는 언제든지 사귈 수 있다는 것, 하고 싶은 일을 구애 없이 한다는 것, 뭐 이런 장점 때문이라는데 아직도 걱정이 됩니다. 그래도 공부를 못 해서 인간 대접 못 받고 살 때보다 지금이 훨씬 낫다고 하네요.

일제고사 실시를 앞두고

오는 26일 전국 일제고사 실시를 앞두고, '학업 스트레스'로 학생 2명이 잇따라 아파트에서 몸을 던지는 투신자살이 이어지고 있는 가운데, 인천의 초등학교는 '다른 지역애 비해 학력이 떨어진다'는 이유로, 성적을 끌어올리기 위해 0교시에 7교시 등 파행수업을 조장해 말썽이 일고 있다. 정도와 방법의 차이가 있을 뿐 다른 지역도 일제고사에 대비한 과도한 성적 경쟁에 돌입하고 있어, 학생·교사·학부모의 염려를 사고 있다.

국가 수준의 일제고사는 교육적으로 역기능이 더 많아 미국을 비롯한 다른 나라도 시행을 중단하고 있는 가운데, 유독 이명박 정부 들어서 이를 강조하고 억지로 실시하는 것은, 이명박 정부가 경쟁과 효율만을 최고의 가치로 삼는 신자유주의를 신봉하기 때문이라는 지적이다.

전교조 등 교원 단체를 비롯 전국참교육학부모회 등 학부모 단체들이 강력하게 반발하고 있는데도, 경제연구원 출신 이주호 교과부 장관은 전국의 학생들을 오로지 성적으로 한 줄을 세워, 뒤처지는 학교는 학교운영비 차등지급 등 불이익을 주겠다고 협박하고 있다.

이미 청소년 자살률 세계 1위인 우리 나라 학생들은 도대체 어디로 가란 말인가?

6월 12일

오동진 아침 신문에 자살학생 소식을 볼 때마다 멍해집니다. 얼마나 많은 고민과 방황의 시간을 보냈을까? 누구를 원망했을까? 부모? 학교? 선생님? 친구? 민주화운동을 한다는 우리는 무엇을 하고 있나 자괴감이 밀려옵니다.

김규원 자신들이 힘들고 고통스러움을 알고도 하소연조차 못 하는 아이들. 그들에게 필요한 건 인권·자유·평등 등이 아닐까요?

김미금 지금 행복한 아이들이 어른이 되어서도 행복하다. 사람은 전 생애의 발달과정이 있다. 초등학생이면 같은 또래와 집단놀이를 통해 재미나게 놀면서 집단 속에서 배려심을 키우고 자기중심성을 극복해간다. 수많은 학자들이 오랜 연구와 경험을 통해 정리해놓은 진리를 깡그리 무시하는 이 나라 정책으로 인해 대한민국의 미래는 암울하다.

정태효 학생들이 갈 곳은 죽음. 일탈의 자유. 스트레스에 의한 폭력! 더 황당한 건 학교폭력 근절 대책이 일진을 잡는 것이 아닌 우발적 폭행을 하거나 미운아이일 경우 의도적으로 일으키게 해 쫓아내는 양상이 벌어져 심히 안타까움의 극치!

이수호 정말 이번에야말로 우리 교사들이 단결해 앞장서서 이 일제 고사를 막아야겠습니다. 그것만이 아이들을 살리는 길입니다. 아이들을 살려 행복하게 하지 못하면 우리는 교사가 아니라 죄인이 될 수밖에 없습니다.

편법·탈법·위법의 사교육시장

과도한 성적 경쟁을 부추기는 국가수준의 일제고사가 예고된 가운데 이에 편승한 사교육시장이 극성을 부리고 있다.

부교재를 담당하는 참고서 업계는 일제고사 대비용 문제집을 마구잡이로 내놓는가 하면 학원들은 주5일 수업 시행까지 역이용해 온갖 편법·탈법·위법으로 학부모를 유혹하여 학생들을 과도한 학습노동으로 내몰고 있다.

교과부와 시·도 교육청은 학원 및 교습소 총 2만 1,950곳을 점검해 불법행위 1,601건을 적발 등록말소, 교습정지, 고발조치, 시정명령, 과태료 부과 등 행정명령을 내렸다고 밝혔다.

서울 강남 대치동의 경우 점검대상의 27.7%가 불법운영으로 밝혀졌는데 독서실과 식당, 고시원 형태로 불법 운영하는가 하면 숙박시설을 무단 설치한 후 금요일 저녁부터 일요일까지 재학생 대상 기숙학원을 운영하기도 했다. 도곡동의 한 오피스텔에서는 중학생 대상으로 주당 2~3회, 회당 2~3시간 수업에 40~60만 원씩을 받는가 하면, 심지어 교회 지하실 등 종교시설을 이용하기도 하고, 러브모텔을 개조해 주말 불법영업을 하다가 폐쇄당하기도 했다.

성적은 차치하고 우리 학생들에게 이런 탈법·불법부터 가르쳐야 되겠는가?

6월 13일

♥ 한석호님 외 116명이 좋아합니다.

 김병국 국가수준의 일제고사 제도를 인정하고, 그걸 대비하는 사교
육시장 단속은 대증요법일 뿐인 거 같습니다. 일제고사 폐지로 가야
지요.

 천명렬 대학입시 위주의 교육이 문제입니다. 수능시험을 없애고 인
성교육을 해야 합니다. 정권을 바꿔야 제대로 된 방법이 나올까요?
우리 모두 고민만 하지 말고 나서서 고쳐나가야 할 것입니다.

 김영산 사회구조와 부모들의 무식함이 아이들을 공부하는 기계로
만드네요.

 Sihyun Lee 사회구조는 맞다고 생각하구요. 부모들의 무식함에는
이견이 있네요. 그들을 그렇게 하지 못하게 하는 방안을 찾아보아야
겠지요.

 이수호 우리 나라 교육의 명암이 최근 역사 속에서 어떤 파행을 거
치면서 왜곡되어왔는가를 우리는 잘 알고 있습니다. 지금 이대로는
안 된다는 것도 잘 알고 있습니다. 시대의 변화에 따라 대변환이 요
구되고 있습니다. 우리 모두가 함께 관심을 가지고 나서야 할 것 같
습니다. 직접 당사자인 교사·학생·학부모부터 나서기 위해서는
교육자치의 틀이 잘 활용되면 좋겠네요. 제대로 된 교육감의 역할이
다시 한 번 요구되네요.

 김정희 사람들은 동물적인 감각으로 살아남기 위해 사회적 틀에 맞
추기 위해 안간힘을 쓰지요. 그들의 잘못이 아니라 그런 틀을 짜나
가는 사람들이 문제지요. 부추기기도 하고요. 그래서 이득을 취하는
사람도 있으니까요.
교육을 경제와 연관지어 생각하는 우리네 교육현실도 문제지요. 교
육철학을 가지고 인간이 중심되는 철학을 가진 교육 지도자가 강력

히 요구되는 요즘입니다. 꿈과 희망으로 들떠 있어야 할 아이들이 성적비관으로, 친구들의 따돌림으로, 폭력으로… 기가 막힌 세상입니다. 그것도 모자라 러브호텔을 개조한 불법과외라니요.

 이수호 추악한 자본주의, 돈 중심의 세상에서는 모든 가치와 욕구가 깔때기처럼 한 곳으로 쏠립니다. 그것을 바로잡기 위해서도 제대로 된 교육이 필요한데 우리 교육의 현실이 이러하니 걱정입니다. 각성한 교사부터, 우리 시민부터 먼저 나섭시다.

 표광배 있는 사람들은 과외시키고 그 결과를 파악하고 싶은 겁니다. 도대체 우리 애들이 어디쯤일까 하고 말입니다. 그러고 싶다는데 말릴 방법이 있나요?^^

농어산촌 교육의 황폐화

대구 지역이 유독 성적비관이나 학교폭력에 의한 자살이 많은 것을 분석하면서 기숙형 고교가 문제로 떠오르고 있다. 사실 이 기숙형 고교는 이명박 대통령의 주요 대선공약이었던 '고교 다양화 300' 프로젝트의 하나로, 농어산촌의 낙후된 교육 여건을 개선하고 학교 자율화를 완성한다는 취지로 도입됐으나, 실제로는 전국 또는 시·도 단위에서 성적 우수 학생을 선발해 기숙사에 합숙시키면서 입시를 겨냥한 '성적 쥐어짜기' 교육을 해, 지역에 거주하는 다른 고교 학생들의 상대적 박탈감을 조장시키고 있다.

민주당 유은혜 의원은 "고교평준화를 '하향평준화'로 일컬으며… 평준화 정책을 흔들고, 부유층 학생과 성적 우수생들만을 위한 고교를 도입해온 이 정부 교육정책의 허점이 드러났다"며, "기숙형 고교에만 우수 학생을 몰아놓고 선택받지 못한 다수의 학생들에게 열패감과 학습 여건 악화와 같은 풍선효과를 일으켜 농어산촌의 황폐화를 부추기고 있다"고 비판했다.

이러한 농어산촌 교육의 황폐화에 기름을 붓듯 교과부는 작은 학교 통폐합 정책으로 농어산촌 교육과 공동체를 아예 말살시키려 하고 있는데, 이에 대응하여 대표적 농산촌 지역인 충청북도 의회 교육위원회가 '충청북도 농산촌 지역 작은 학교 지원에 관한 조례안'을 통과시켜 학교와 마을공동체를 지키기 위해 나선 것은, 지방자치와 교육자치의 모범 사례가 될 만한 일이다.

6월 15일

 박종철 천한 자본주의는 공부마저도 돈으로 해결하려는 생각을 관철시키고자 갖은 술수를 부립니다. 돈 없는 아이들의 능력은 깡그리 무시하고 기회조차 주지 않겠다는 생각을 바꾸어야 이 나라의 미래가 있습니다.

 이대로 나는 대학 안 다닌 사람이 대통령을 할 때 무언가 교육 환경을 바꾸어줄 줄 알았습니다. 그런데 그들도 그 타령이더군요.

 김태식 기숙형 공립고라, 이거 순전히 경쟁을 촌구석까지 시키겠다는 짓 아닌가요. 한반도 구석구석 '경쟁이여, 물결쳐라' 하는 거 아닌가요. 촌구석은 그래 경쟁에서 뒤치다꺼리만 하고, 서울 중심권의 특목고니 자율형 학교에만 이목이 쏠리니깐, 야야야, 니덜도 시늉은 내줄게 하면서 곁다리로 꼽사리 끼워주는 구색 맞추기 아닌가요. 마치 대단한 시혜를 베풀어주는 양 하면서 결국은 들러리 세우는 짓 아닌가요. 만일 그들이 그런 순정한 마음을 가지고 있다면 어째서 농어산촌 통폐합을 추진하려 합니까. 신뢰가 없어요, 이 정권이요.

 이수호 언제부터인가 우리 교육 속으로도 깊숙이 들어온 신자유주의, 교육에 대한 본질적 이해 없이 교육을 수단이나 도구로만 바라보는 태도와 시각, 이런 것들이 근본적으로 고쳐지지 않는 한 우리 교육은 갈팡질팡 휘둘릴 수밖에 없을 겁니다. 우리 모두 깊이 생각해야 합니다.

 김정희 그렇습니다. "조폭이 장래 희망"이라던 아이가 생각납니다. 무섭습니다.

학교폭력에 대한 교육적 접근

우려하던 일이 현실화되고 있다. 성균관대학교는 2013년 대입 수시 모집에서 수험생의 학교생활기록부에 기재된 학교폭력 가해 여부, 교칙 위반 등을 심의하여, 수험생이 합격선에 들더라도 학교폭력 가해 사실을 반성하지 않은 것으로 확인될 경우 불합격 처리하겠다는 것이다.

성균관대의 이번 결정은 교과부의 방침에 따른 것으로 대교협은 교과부의 이런 방침을 각 대학에 전달한 바 있으며 다른 대학들도 이에 따를 것이라 한다.

이는 청소년 시기의 성장통으로 일어나는, 가해자와 피해자가 애매한 이른바 학교폭력을 범죄행위로 보고 이를 학생부에 기재케 함으로써 학생을 범죄자로 낙인찍음은 물론 공소시효마저 없는 연좌제에 버금가는 이중 처벌로, 청소년 시기의 일시적 과오에 대한 교육적 접근이 아닐 뿐 아니라, 기재 내용에 대한 자의적 판단을 할 수 있게 함으로 입시의 공정성마저 훼손할 가능성이 높다.

이런 우려를 원천적으로 막기 위해서는 이른바 학교폭력에 대한 접근과 처리가 교육적이어야 하고 낙인찍기, 이중처벌 등 부작용만 유발하는 학생부 기재는 하지 않아야 한다.

6월 19일

 이대로 오늘 아침 출근길에 어느 중학교 옆을 지나는데 학교 2층에서 "아무개 바보"라고 큰 소리를 하니, 학교에 가던 그 아무개는 "아무개 바보 꼴통 ○○○"라고 대답하고, 그 학생은 "아무개 바보"라고 또 큰 소리로 말하더군요. 그러니 그 아무개는 씩씩거리고 학교로 달려갔습니다. 그런데서 학교 폭력이 나오지 않을까 걱정하며 출근했습니다.

 강휘석 학교생활기록부가 살생부네요~~ 기막힌 우리의 교육현실.

 최명선 초등학교에 폭력을 막겠다고 경찰을 동원하는 현 교과부는 폭력·자살유발부로 명칭을 바꾸시지요.

 이수호 이주호 장관은 정말 심각한 사람입니다. 교육에 대한 생각이 없거나 모르거나 아주 고루하거나 크게 왜곡되었거나 아니 이 모두를 합해놓은 것 같으니 어쩌면 좋죠.

 안누리 아이들이 어른들보다 더 심각한 인권 침해를 당하는군요.

 이상학 일진소탕식 대책에 매달려 있는 사람들이 우리의 교육정책을 좌우하고 있으니… 답답하네요. 시간이 걸리고 어려운 일이지만 학교폭력으로 몰아가고 있는 학교와 교육환경을 바꾸어나가는 노력을 조금씩 해나가는 것이 교육정책 담당자의 책임일 텐데 말입니다.

 신평호 학교 문제를 교육으로 대처하지 않고, 정치와 범죄로 대응한 몰상식이죠. 교육철학은커녕 인간에 대한 예의조차 없는 닭장교육 그 자체입니다.

 김정희 제가 학생부장을 하던 어느 날 어떤 아이가 옷을 훔치다가 잡혔는데, 그 아이의 부모가 이 아이를 데리고 학교로 왔습니다. 어떤 아이가 자기 아이에게 도둑질을 시켰다는 겁니다. 하지만 도둑질을 시켰다는 아이는 이 아이를 모른다는 겁니다.
어떻게 된 일일까요? 이 일은 아무런 징계도 없이 끝이 났습니다. 두 아이는 조용히 학교를 졸업했고요. 스승의 날이 되면 이 아이들에게 문자가 오지요. 요즘은 뜸해졌지만요. 용서의 힘이 위대합니다. 징계 말고요. 처벌 말고요.

 이수호 그래요. 하는 짓은 거칠어 보이고 참기 힘들 때도 많지만 청소년은 청소년으로 이해하고 학교답게 교육철학으로 교육적 방식으로 대하면 그게 결국은 모두를 위하는 일인데 실적주의로 너무 서두르니 되는 일이 있겠어요. 결국 모두가 피해자가 되는 거죠.

 오동진 애들은 싸우기도 하고, 심술도 부리고 그래야 하는 것 아닌가요? 갈등과 다툼을 모두 폭력으로 몰면 그게 인간세상입니까?

 Insuk Lee 며칠 전 영등포경찰서를 방문했다가 중학생 아이들이 우르르 나오기에 뭔 일인가 싶어 물었더니 학교폭력 근절을 위한 교도소 체험학습을 나왔다나요. 기가 막히기도 하고, 너무 거친 방법으로 접근하는 것에 끔찍했습니다.

 허웅 존경하는 선생님, 제 짧은 생각에는 학교폭력 가해자가 대학입시 단계 정도에서 불이익을 받는 것도 교육적이라고 생각합니다. 대학을 아예 못 가는 것도 아닐 테고, 인생 전체로 볼 때 사람이 사람에게 폭력을 가한다는 게 자신의 삶에 어떤 영향을 미치는지 실질적으로 알 수 있을 테니까요. 학교폭력 피해자는 특정 대학을 못 가는 정도가 아니라 인생을 망칠 수도 있습니다. "교육적 방법이 아니다"라고 말씀들 하시는데 어떤 구체적인 방법이 있는지 모르겠습니다.

학교폭력의 발생요인

학생들은 학교폭력을 어떻게 인식하고 있을까? 수원 청소년상담센터가 지역 내 초·중학교 147곳의 학생 1,912명(초등은 4~6학년)을 대상으로 설문조사를 한 결과 학교폭력 발생요인에 대해 '폭력문화, 매체의 영향'이 가장 많았고, '가해자의 문제', '교사·학부모 등 어른의 무관심', '피해자의 문제' 순이었다. 특히 영상매체와 스마트폰이 학교폭력에 영향을 미친다는 응답이 각각 70.9%, 56.6%로 대단히 높았다.

센터는 "맞벌이 부부의 증가 등으로 가정교육이 소홀해지고, 경쟁의 심화로 제재가 미약한 교육환경과 더불어 발달한 매체들이 이기주의와 공격성 폭력을 조장한다"며 "유해매체로부터 청소년을 보호할 수 있도록 보다 적극적인 실효성 있는 정책이 필요하다"고 지적했다.

학교폭력이나 청소년 문제가 당사자나 학교의 문제라기보다는 사회적 문제가 더 심각한 원인임을 잘 나타내주고 있다.

6월 28일

♥ 한석호님 외 108명이 좋아합니다.

문장주 과거에는 선생님들을 존경하고 무서워했는데 요즘 학생들은 영~ 아마도 인성교육보다 입시위주 교육? 학교폭력 대책이라고 내놓은 것이 서부시대도 아닌데 교내에 웬 보안관? 참으로 슬픈 현실입니다. 학업포기 학생, 소외 학생, 저소득층 가정 학생, 편부모 학생 등등 이 모든 학생들이 편하게 언제든지 와서 쉴 수 있는 센터 운영이 방과 후 피시방, 우범지역, 공원 등지에서 방황하는 학생들을 케어할 수 있는 하나의 방법이라 할 수 있겠습니다.

이봉우 과거 어려웠던 시절에는 공부만 하면 개천에서 용들이 많이도 나왔습니다. 대체로 학업을 위해 도농을 망라하여 전체적으로 지향하는 목적이 동일했지요. 그저 온 국민이 공부만 했었습니다. 지금의 상황들은 너무나 바뀌었죠. 도시 집중화와 더불어 도시 노동자가 부지기수로 늘어나버렸으며, 부모들의 열악하고도 고된 노동환경이 가족 간에 함께할 수 있는 시간의 부족으로 이어졌습니다. 이로 인한 대화의 부족 및 단절이 자녀문제의 핵심이 되어버렸다는 생각입니다. 시대가 바뀐 만큼 교육환경의 변화가 있어야 했는데 가족 간 대화의 시간을 많이 가지게 하는 정책의 배려가 절실하다 하겠습니다. 노동시간이 줄어야 하며 노동 강도나 근로 여건이 가정생활에 있어 긍정적일 수 있도록 변화가 필요합니다.

Jik-moon Jung 학생 · 학부모 · 교사가 멘토가 되어 합의점을 찾아 소통이 잘 이루어지는 환경이 조성되기를 바랍니다. 결국 서로의 관심이 아닐까!

이수호 요즘 학생들 보면 한편으론 안타까워요. 사회 구조나 분위기, 현상 등이 스스로를 지키기엔 너무도 힘든 조건인 것 같아요. 주변에 많은 유혹과 함정이 도사리고 있고요. 그런데 학부모나 사회는 우린 이만큼 했으니 나머지는 네 선택이고 네 책임이라고 팽개치는 것 같아요. 좀더 관심을 가지고 많이 도와줘야 할 것 같네요.

 이봉우 미국생활에 어느 정도 시간이 흐르다 보니 대부분의 상가가 오후 6시쯤에는 문을 내리고 철시하는 것에 대해 의문이 생겼으며, 철시 후 무슨 일을 하는 것일까, 궁금해서 알아보니 정말 의외의 답이 나왔습니다. 대부분의 국민들은 가정으로 가서 가족과 함께한다는 것입니다. 근본적으로 총기 소유가 자유로운 나라여서 우발적인 총기사고가 잦긴 하지만 그 일을 제외한다면 청소년 범죄나 자살 등이 거의 없다는 겁니다. 가족과 함께하는 시간이 많아 대화의 시간이 충분한 것이 이유가 되겠지요.

 이승엽 미국의 포커스온더패밀리의 제임스 답슨 박사도 부모의 체벌 문제보다는 대중매체의 무분별한 폭력성 프로가 심각한 문제임을 역설한 바 있습니다. 아이의 건강한 정신과 삶은 가정에서 출발해야 한다고 확신합니다.

죽음의 입시경쟁교육을 중단해주세요

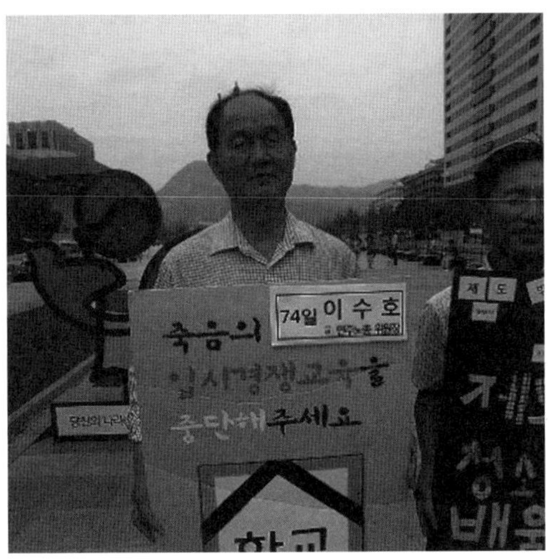

7월 10일

회원님, Keumja Kim님, 한석호님 외 482명이 좋아합니다.

 정진영 고생이 많으십니다. 교육은 미래입니다. 미래를 위한 선생님의 노력에 다시 박수를 드립니다.

 신순영 이 더운 여름에 콘크리트 바닥과 건물의 열기가 숨이 막힐 텐데… 위원장님과 또 그 옆에서 함께하시는 선생님께서 너무 애쓰시니 정말 가슴이 먹먹하네요~ㅠㅠ.ㅠㅠ

 김미정 아, 진짜 죽음의 입시경쟁이라고 봅니다! 어떻게 좀~

 오윤제 말로만 인성교육을 외치면서 실상은 자본주의 사회에서나 필요한 지식·기술이나 주입시키는 교육이죠. 순수한 아이들은 점점 로봇처럼 기계적인 존재가 되어가는 듯한데, 교육이 어디까지 잘못 가야 진정으로 아이들에게 필요한 참교육을 실행할 수 있을지 막막합니다.

 권오준 지지합니다. 지금의 공교육 완전 미친 상태입니다. 어떻게 초등학교부터 고등학교까지 대학입시를 위해 목을 걸어야 하나요? 그렇게 들어간 대학은 취업학원으로 바뀐 지 오래고, 대학은 학문 때려치우고 재벌처럼 부나 축적하며 정치권 눈치나 보고 말이죠.

 이수호 그렇게 해서 쫓겨나고, 제 발로 걸어 나오고 한 학생들이 스스로 세운 배움공동체 '희망의 우리학교'가 문을 연 지도 어언 두 달이 넘었네요. 학교와 그들에게 희망을 줬으면 좋겠어요.

 Dong-suk Seo 모습이 성스럽습니다. 네거리를 오가는 이들을 내려다보는 성웅보다 더 성인입니다. 그 모습에 더위도 맥을 못 추겠습니다. 큰 뜻에 힘찬 손뼉으로 응원합니다.

 김광선 교과목 교육만 중요한 게 아니라 인성교육에 대한 입시는 없을까요. 부도덕이 도덕인 양 판치는 세상에 필요하지 않은가요.

 박철수 설대 가면 호적 파버린다 선언했어요, 울 딸에게. 쌈 잘 말리는 사람이 최고. 이리저리 살펴가며 어울림 만드는 사람이 최고. 카센타에 기름쟁이로 있든 동네 아줌마로 있든…

 최석윤 고생하셨습니다. 지금의 이런 노력들이 학생들에게 제대로 된 학교를 만들어 돌려주어야 하는 열매로 열려야 하는데…

 노불 선생님, 저희들 마음을 대변해주시네요. 흘리신 땀이 꼭 좋은 결실을 맺었으면 좋겠습니다.

 이상선 입시경쟁교육으로 연간 200여 명의 학생들이 자살합니다. 우리 경쟁교육은 살인교육이 아닌지… 뿐만 아니라 인성도 적성도 창의성도 죽이는 경쟁교육 혁신해야 합니다! 평소에 존경하는 이수호 선생님 노고가 많으십니다. 뜨거운 가슴으로, 동지애로 먼발치에서 응원합니다. 건강하세요!

 박옥경 입시지옥 학교에서 우리 아이들을 구해주세요. 대학을 안 가도 당당히 살아갈 수 있는 사회를 만들어주세요. 꿈을 꾸고 그 꿈을 향해 즐겁게 다가가는 아이들 세상을 만들어주세요. 이수호 선생님 화이팅!~

 Young Mi Choi 드뎌 스마트폰 개통 첫 페이스북 접속인디 딱 선생님께서! 사주 들르겠슴다. 파이팅! 무한경쟁교육 즉각 중단!

 김용호 존경합니다. 한 알의 밀알이 되실 거죠?^^!

 류하선 머리로는 입시경쟁교육 중단을 생각하지만 현실로는 공부 잘하길 바라는 게 제 심정입니다. 아직 많이 모자라지요?

 신평호 입시경쟁은 노예 순번 타기 전쟁입니다.

 장도중 아이들을 위해서도 입시 위주의 경쟁교육을 없애야 합니다.

선생님도 아프다

교육의 질은 교사의 질

드디어 '학교 무용론', '교육 불가능의 시대'가 입에 오르내리고 있다. 어느 현장 교사의 지적처럼 "지금 학교가 존재하는 것은 다른 이유가 없다. 국가는 거둔 세금을 써야 하고, 교사는 월급을 받아야 하며, 학생은 졸업장을 받아야 하고, 부모는 아이를 맡길 때가 없기 때문이다"라는 말이 가슴을 친다. 어찌 할 것인가? 원인 분석도 필요하고 근본 대책도 필요하다. 그러는 사이에도 아이들은 죽어가고 학교는 망가지고 있다. 교사들이 먼저 나서자. '교육의 질은 교사의 질을 넘지 못한다'라는 말을 다시 한 번 마음에 새기자.

1월 6일

 장영식 "학교는 감옥이다"라는 글이 새삼 떠오르는군요.

 Suk-hee Choi 학교 문제는 어디서 실타래를 풀어야 할지 참으로 힘듭니다. 교장의 권위주의와 학교 민주주의, 그리고 교사들 문제에 부모들의 사교육 열풍. 현장은 전쟁터입니다.

 송형호 어떤 상황이 오더라도 교사 손 안의 해결책은 수업입니다. 내가 재미있어 미쳐버릴 만큼, 감동적이어서 눈물이 날 만큼, 재미있어 자다가도 웃음이 날 만큼 수업 준비해야 합니다.

 함박은희 처음과 끝이 한결같은데… 그래도 교사가 희망이라고 말할 수밖에 없다고 생각해요. 조중동이 아무리 마녀사냥의 희생양으로 삼으려 해도 굽히지 않는 결연한 의지로 교사들이 되살아나야 한다고… 그렇게 있는 곳에서 교사들을 살려내야 한다고 믿습니다. 한 해를 마무리하는 아이들 모습을 보면서… 처음과 달라진 부드러워진 마음 하나가 제게 위로이고 기쁨임을 느낍니다.

 신순영 '교육의 질은 교사의 질을 넘지 못한다.' 특히 학교폭력 문제가 발생했을 때 해당되는 말이네요. 교장부터 앞장서서 학교폭력 문제 빨리 무마시키고 학교 체면 지키려 쉬쉬하고, 피해학생 담임도 가해학생 담임도 모두모두 힘을 합해 사건 무마 또는 대충 빨리 끝내려 하고, 가해학생은 계속 폭력 행사하며 교사들은 모르쇠~ 안전이 보장되지 않는 학교는 존재할 필요가 없지요. 폭력을 은폐하고 방관하는 학교는 거꾸로 그것을 가르친다고 봐야죠. 울아덜 중학교 때 학교폭력 문제로 혼자 외롭게 싸워봐서 선생들 알기를, 나라의 세금을 제도권 안에서 합법적으로 축내는 밥버러지로 여깁니다.

민병희 교육감도 나서겠습니다. 오늘 청와대 갑니다.

진길장 자본주의의 구조적인 문제도 한몫 하지요. 경쟁에 내몰린 아이들의 사고체계는 배려보다는 경쟁에서 이기는 것이니까요.

신순영 민병희 교육감께서 오늘 청와대 가신다는데~ 제발 의무적인 보충자율학습 안 하게 해주세요. 학생도 싫고 부모도 싫고 효과도 없는 보충자율은 왜 시키나요? 그 시간에 맘껏 놀게 해주세요. 네 시간 동안 애들 감옥 살게 하니까 스트레스 받아 더욱 폭력학생이 많아져요.

김김혜영 대구 자살 학생이 학교에서 당한 걸 보고 깜짝 놀랐습니다. 학교가 아이들을 병들게 하고 상처를 주고 있는 현실이 너무해서요. 선생님들이 이런 학교를 그냥 지나치지 말아야 하는데 안타깝네요.

이수호 다시 한 번 교사의 역할과 책임에 대해 생각합니다. 또한 학부모와 우리 사회의 교사에 대한 기대와 애정에 고개 숙입니다. 이번 사태가 교사들이 자신을 다시 한 번 돌아보고 처음 교단에 설 때의 그 마음으로 거듭나는 계기가 되었으면 합니다. 그럴 수 있도록 저도 노력하겠습니다.

문평식 어버이보다 더 존경을 받던 과거 은사님들을 모시고 싶습니다. 때론 결손가정의 자녀에게나, 삐뚤어진 아이들의 가슴 아픈 심정을 같이 이해하고자 울고 웃으며, 위로해주시는 선생님들의 모습을 떠올려봅니다.

 이보라 교육이 산으로 가니까 애들이 north face 잠바 입고 학교 가는 거래요ㅜㅜㅜ

 윤영태 통합진보당, 진보진영이 올해 가장 목소리를 높여야 할 부분이 교육문제라고 생각합니다. 현재의 사교육 시스템이 망치는 것이 한둘이 아닙니다.

 조성준 근본적인 문제(입시지옥, 경쟁, 자본주의 등등)도 물론 중요한데, 이수호 선생님 말씀처럼 그런 근본문제 타령하고 있을 동안 우리 아이들이 죽어가고 있다는 것이 문제입니다. 단기대책, 장기대책을 나누어서 당장 오늘부터라도 시행할 수 있는 것은 빨리 해야 한다고 생각합니다. 근본문제 중 하나로서 부모님들 자기 아이만 잘했다고 싸고도는 거, 또 자기 자식이 피해봤다고 생각되었을 때만 교장실·교무실 가서 난리치며 아이한테 내가 너 이만큼 위한다고 알리바이 만들고, 자기 자식 문제 아니면 나 몰라라 하는 이중적 행동 반드시 반성하고 고쳐야 할 겁니다. 학생이나 교사들이야 교육도 연수도 받고 하지만 부모들은 강제로 교육시킬 방법이 없으니 참 어렵죠. 저는 학교나 교사 이전에 부모의 의식변화가 먼저라고 생각합니다.

 김애경 불합리한 제도와 책임감 없는 교사들도 분명 문제가 있지만. 가정교육이라는 것이 요즘 제대로 이루어지지 않고 있다는 것을 피부로 느낍니다. 교사들도 달라져야 하고 제도도 달라져야겠지요. 그렇지만 네 아이를 키우는 엄마로서 요즘 세태를 보면 부모의 태도와 의식도 분명히 달라져야 한다고 생각합니다. 타인을 존중하고 배려하는 아이들로 잘 키워서 밖으로 내보내야 한다고 생각해요. 교육계에서는 당연히 가해 학생이나 피해 학생을 모두 감싸안아야 하고 아이들이 행복한 제도로 재정비해야 하는 것이 옳습니다. 그렇지만 학부모들도 역시 부모로서 책임을 통감하고 변화되어야 합니다. 나의

귀한 자식이 피해자가 될 거라는 걱정만이 아니라 가해자가 될 수도 있다는 마음으로 아이를 더 잘 키워야 할 것 같네요.

 김정훈 학생 수를 대폭 줄여야 합니다. 300명이 넘지 않게 말입니다. 작으면 작을수록 좋다고 봅니다.

 SungJae Lee 학생들이 노스페이스 등 아웃도어를 교복처럼 입는 것은 공교육이 산으로 가고 있기 때문이라는 말이 떠오릅니다. 전교조가 이번 기회에 학교폭력과 공교육 정상화에 있어 중심주체로 나서는 계기가 되었으면 하는 바람을 가져봅니다.

 문준호 물론입니다. 전교조가 나서야지요. 그동안 우리가 놓쳐온 것들이 많습니다. 이제부터라도 초심으로 돌아가 하나씩 챙겨가야 합니다. 그 출발점에 당연히 우리 아이들이 있습니다. 아이들의 문제에서부터 전교조가 다시 출발하기를 바랍니다.

 이수호 마음이 너무 아파 올린 글에 이런 좋은 의견들이 많이 올라올 줄 몰랐네요. 그만큼 모두에게 절실했던 모양입니다. 전교조에 대한 기대도 고맙습니다. 특히 내가 신일 있을 때 인연을 맺은 친구들이 댓글 달고 함께 해줘서 너무 고맙습니다. 그때일 생각하면 부끄러움뿐인데 잘 기억해주어 몸 둘 바를 모르겠습니다. 모두모두 좋은 인연으로 우리 교육을 위해 같이 노력했으면 좋겠네요.

 조성준 선생님께서 신일에서 교육민주화선언 하셨던 86년이 아직도 생생합니다.

교사들의 사기를 북돋우자

　꼬일 대로 꼬인 학교교육의 문제를 바로잡는 첫째는 교사다. 교사의 교육적 헌신은 문제 해결의 처음이요 근본이라고 생각한다.

　그런데 현재 우리 교사들은 너무 지쳐 있다. 힘들어 한다. 그들의 사기를 북돋우는 일이 필요하다. 급료나 근무 조건보다는 인정과 신뢰이다. 무엇보다 중요한 것은 교사를 학교교육의 중심 주체(주인)로 세우는 일이다.

　우리 교사들은 그럴 준비가 되어 있다고 나는 믿고 있다.

1월 24일

Juil Kim님 외 167명이 좋아합니다.

 전상욱 선생님들께만 너무 많은 짐을 지워드리는 것은 아닌지요? 대부분의 선생님들이 최선을 다하고 있는 현실에서, 그들이 온 힘으로 아이들의 문제에 매달릴 수 있도록 할 수 있는 방법을 찾는 것이 가장 빠른 해답일 듯싶어서요. 이제 단순히 급여를 맞춘다고 모든 것이 해결되는 세상은 아닌 듯싶고요.

 이정로 저도 그렇게 생각해요. 교사들의 '자기 효능감'을 높이는 일, 누가 할 수 있을까요?

 이수호 나름대로 어려운 여건 속에서도 몸부림치고 있는 교사들에게 너무 부담주는 거 아니냐는 지적, 동감입니다. 그래도 나는 교사가 더 책임 있게 나서야 된다고 생각합니다. 그것이 순서입니다. 안타깝게도 다른 길이 없기 때문입니다.

 박종철 한 나라를 짊어질 학생들을 책임지는 것은 학교 · 가정 · 국가입니다. 세 주체가 공히 노력을 해야만 학생들이 제대로 나라를 책임지는 동량으로 자랄 텐데. 국가와 가정에서는 그 책임을 다하지 못하고 학교에만 책임을 미루고 있지 않은지 반성해볼 때입니다. 선생님 말씀처럼 학교가 앞장서는 것이 선행되어야겠지만요.

 오병석 각자의 인식이 바뀌고 사교육 중심의 대학 입학만이 훌륭한 사람이 되는 것이 아니라 전문가를 키워줄 수 있는 장기적인 정책이 문제지요. 그리고 낭비해서 없애는 일에 투자하지 말고(4대강) 생산적인 인재 양성에 투자를 해야지요.

 신동하 교사가 주체로 설 수 있는 제도석 소선, 교무회의 의결기구화를 내포한 학교자치조례, 아니 학교자치법이 절실합니다! 또한 끊임없이 전시성 잡무와 통제책을 양산해내는 교과부에 대한 대수술이 필요하고요.

 **함박은희** 통제와 실적주의 경쟁으로 교사를 격려할 수 있다고 믿는 교과부부터 어떻게 좀^^ 교사의 자발성이라도 좀 살아나면 좋으련만. 교과서 없으면 큰일나는 줄 아는 교사가 대부분인 현실이네요^^;;

 **최영성** 가끔 자질 이하의 교직자를 보곤 합니다. 학생을 데리고 단체로 다니는 걸 볼 때 상식 이하의 행동을 하고 개인 감정에 치우치는 언동을 하는 걸 보면 참 한심한 생각이 들 때가 있습니다. 교사는 공적인 것을 가르치는 직업입니다. 철저히 개인적인 감정은 드러내면 안 됩니다.

교사의 단체 결성은 적극 찬성합니다. 하지만 고귀해야 하고 신성해야 할 선생님이라는 것에 본인들이 노동자라는 인식은 별로 좋아 보이지 않습니다. 대가를 받고 지식을 파는 것처럼 보입니다. 결코 교육에 종사하는 분들은 단순한 노동자라고 스스로 여기지는 마시길… 스스로의 사회적 위치는 본인이 결정하는 거지 남이 그 위치를 자리매김해주지는 않습니다.

 **김정명신** 교사를 탓하고 싶지는 않습니다. 그러나 교사들의 일터인 학교의 목적과 가치와 그 안에서 교사의 역할과 실태에 대해서는 심가한 문제의식을 갖고 있습니다. 모든 것을 입시나 제도 탓으로 돌리며 무기력해져 있는 것은 아닌지. 학부모도 미친가지 심횡입니다. 학부모들은 경쟁의 내면화에, 입시에, 자식에 대한 욕심에 매몰되지 않으려고 몸부림을 칩니다. 교사 개개인들을 보며 입시에 저항하는 몸부림과 실천을 느낀 적은 죄송한 말씀입니다만 솔직히 그리 많지 않습니다. 전교조 등 조직활동가들은 물론 헌신과 열정으로 한국교육의 변화를 위해 노력합니다. 한국사회 변화의 힘이었다고 생각합니다. 그러나 노조 집행부 아닌 일반 조합원 혹은 비조합원 교사들에게서 학급운영에 헌신하는 모습을 왜 드물게 보는가 그것이 저의 고민입니다. "2012 교육 모라토리움 선언을 해야 한다, 교육 불가능

의 시대"라는 말들이 예사롭게 들리지 않습니다. 교육에 희망이 없다는 것이 아니라 이 상황을 미봉해가는 것은 아닌가라는 자각 등등.

권도반 노동자는 임금을 받기에 노동자이기도 하지만 사회적 가치를 노동을 통해 창조합니다^^ 최영성 씨의 주장에는 노동자는 임금을 대가로 파는 사람이라 신성한 일을 직업으로 하는 사람보다 못하다는 인식을 바탕으로 하고 있군요. 학부모의 대다수가 노동자이고, 노동자가 아니더라도 이 사회의 구성원은 노동자가 창출한 가치를 기반으로 살아갑니다. 그리고 교사가 노동자라는 사회현실에 대한 인식은 교육을 하기 위해서는 교사의 노동권이 보장되어야 하며 교육은 개인적 문제가 아니라 사회적 문제이기에 집단적인 운동이 필요하다는 인식과 더불어 교사의 노동을 통해 자아실현을 할 수 있는 개혁이 필요하다는 현실에 있습니다. 스스로가 노동자라고 해서 그 선생님이 교사로서 자부심이 없다고 이야기하는 것은 불쾌합니다. 노동자이면서 훌륭한 스승일 수 있고 부모와 같은 존재가 될 수 있고 되어야 합니다.

남성이흥석 노동이 존중되는 사회가 언제나 올는지!!

이수호 댓글을 달아주신 모든 친구 분들께 감사드립니다. 견해와 생각은 다를 수 있습니다. 그러나 설복되고 감동받을 자세가 돼 있느냐는 것입니다. 맞고 틀리는 것도 있지만 같고 다른 것도 있다는 것을 인정하는 것도 중요한 것 같습니다. 그리고 감동은 준비된 사람에게 주어지는 선물입니다.

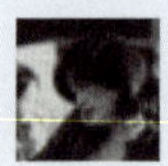

장윤선 선생님, 올해 큰아이가 초등학교 입학해요. 부모로서 무엇을 준비해야 할까요?

 이수호 우선 축하드려요. 아이는 너무 걱정 말아요. 아이는 부모님 마음과 정성, 그 행동만큼 자라요. 아이의 선한 동기를 믿으세요. 부모가 평안하고 행복하면 아이도 그래요. 행복하게 사세요.

 권제세 권도반 님의 의견에 공감. 최영성 님은 '노동'이라는 의미를 지나치게 좁고 하찮은 것으로 보시는 것이 아닌가 하는 생각이 듭니다. 한국의 권력층이 일반인들에게 줄기차게 주입시켜온 생각이 "'노동' '노동자'는 하찮고 과격하고 불량스러운 것"이라는 이미지 같거든요.

 박인숙 올해 교육의 새로운 변화를 기대합니다. 위원장님 파이팅!!

노동절의 선물

강원도 교육청 소속 비정규직 2,557명이 노동절인 5월 1일부터 정규직(무기계약직)으로 전환됐다. 서울시가 얼마 전 비정규직 1,133명을 정규직으로 전환한 이후 두 번째이다.

이번 조치로 51개 직종 중 30개 직종이 정규직으로 전환됐는데, 이는 강원 교육청 소속 계약직 6,100명 가운데 이미 계약 기간 2년이 지나 정규직으로 전환된 수와 합치면 5,307명으로 87%에 해당한다. 나머지도 내년 3월 이후 방안을 찾기로 했다 한다.

"비정규직 처우 개선과 고용 안정이 곧 강원도 교육력 증진으로 이어지도록 힘쓰겠다"는 전교조 출신 민병희 교육감은 어쩌면 이번 노동절에 최고의 선물을 노동계와 교육계에 준 것이다.

5월 2일

118명이 좋아합니다.

 **신평호** 너무나 좋은 소식입니다. 이래서 진보가 최고^^ 그런데 대구 교육청은 노동절 날 거꾸로 400여 명의 비정규직을 해고했다네요.

 **이수호** 서울시 박원순 시장도 그렇지만, 지방자치나 교육자치는 그 정신을 살려 의지를 가지고 결단하고 실현해 나가면 얼마든지 옳은 방향으로 갈 수 있습니다. 그게 '자치'이구요, 자치의 생명은 민주주의가 아니겠습니까.

 **김태식** 날마다 왈칵 짜증나는 소식만 듣다가 이런 쌈박한 소식 들으면 어리뱅뱅합니다. 웃어줘야겠습니다. 하하하하~ 역쉬~ 민병희 교육감님, 짱 조으다! 그분네덜이 뭔가 다르기는 다르지요.

 **이윤재** 강원 민병희 교육감께서 교육기관 중 처음으로 기간제노동자를 무기계약직으로 전환한 것은 백 번 환영합니다. 그러나 이번 강원교육청의 무기계약 전환은 서울시의 정규직 전환과는 질적인 차이가 있습니다. 임금격차를 해소하는 장치인 호봉제 도입, 해고조항 수정 등이 아직 동반되지 않았습니다. 많은 비정규직 노동자들은 무기계약직은 1년마다 계약서만 따로 안 쓸 뿐이지, 정규직이 아니라고 주장합니다.

 **이수호** 이유재 동지의 문제 제기, 충분히 공감이 갑니다. 그러나 고용안정이란 면에서 한 걸음이라도 발걸음을 뗀 그 노력은 인정하고, 우리는 또 싸워서 우리의 권리를 또 한 단계 높여가야 될 것 같습니다. 정확한 실상을 우리가 알고 대응하는 데 도움을 주셔서 고맙습니다.

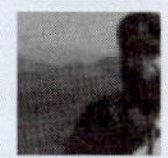 **이윤재** 고용안정의 측면에서 일보 전진하였지요. 그래서 환영하되 더 요구하는 겁니다. 현재 교육기관 비정규직 노동자의 50% 가량이 무기계약직인데요, 학생수 감소, 학교 통폐합, 예산감소, 사업의 폐지로 무기계약직이라도 해고가 비일비재하게 발생하고 있지요.

 신순영 강원도의 자랑~ 우리 손으로 뽑은 민병희 교육감 님을 사랑하지 않을 수 없겠지요? 또 한 가지 꼭 소문내고 자랑할 게 있는데요. 그것은 강원도 교육청 별관에 까페 '모두' 라는 커피전문점을 열었어요. 그곳은 강원도 교육청의 지원으로 운영하는데요. 그곳에서 일하는 분들은 특수학교 출신으로 지적 장애나 정신지체를 갖고 있는 분들이 직접 모든 일을 하면서 카페 '모두'를 이끌어 나간답니다. 그곳의 커피, 수제과자 등이 품질과 가격이 너무 착해서 입소문을 타고 인기가 높아가고 있답니다. 또 민병희 교육감 님과 페이스북 동무를 맺은 분들과 강원도 지역을 순회하면서 가끔 번개팅도 하는데 한 번만이라도 참석하신 분들은 남녀노소 모두 좋아하고 헤어지기 아쉬워하지요. 민병희 교육감 님을 비롯하여 함께 일하시는 보좌진들 모두 사랑하지 않을 수 없는 이유 충분하지요?^^

 이수호 그런 아름다운 일이 또 있었네요. 카페 '모두', 나도 강원도 가는 일 있으면 한 번 들러봐야겠네요. 이렇게 조금만 생각을 열어 함께하려는 마음만 있으면 되는군요.

 이윤재 전교조 출신 민병희·장휘국 교육감께서 잘하고 계십니다ㅎ 교사, 공무원, 비정규직 모두 차별 없이 참교육의 터전인 학교 만드는 데 힘 모아가야겠지요. 학생들이 차별 없는 교육현장을 보고 배우는 것부터가 큰 교육이겠지요? 전 전교조, 민주노총 위원장이신 이수호 선생님께도 많은 도움 부탁드립니다~

학교 종사자들의 고용 안정

김상곤 교육감의 경기도 교육청이 또 한 걸음 앞으로 나가고 있다.

무상급식을 내걸고 교육복지를 한 단계 높인 경기도 교육청이 이번에 '학교회계직원'이란 이름으로 사용자가 애매했던 조리원, 행정보조원 등 학교 비정규직 노동자들의 사용자가 교육감이라는 것을 분명히 하는 '경기도 교육청 교육실무 직원채용 등에 관한 조례'를 통과시켰다.

다른 시 · 도도 이에 준하는 의결을 통하여 학교 비정규직의 신분보장을 분명히 하는 동시에 한 걸음 더 나가 학교 비정규직의 '무기계약직' 전환을 넘어 정규직화하는데 앞장서야 할 것이다. 이것은 교사를 포함한 학교 종사자들의 고용 안정과 노동기본권 보장은 교육의 질을 높이는 기본이 되기 때문이다.

5월 25일

♥ 회원님 외 200명이 좋아합니다.

최형숙 노동과 교육 영역이 분리되지 않음을 보여주시네요. 서울도 빨리 바뀌어야겠네요.

조상기 하나하나 비가역적으로 제도화시켜 나가는 것은, 비록 더뎌 보여도 가장 빠르고 확실한 개혁입니다. 김상곤 교육감과 참모들의 노력과 수고에 경의를 표합니다.

이수호 조중동의 음해·왜곡과 교과부를 앞세운 이명박 정권의 노골적 탄압을 받고 있지만 우리가 뽑은 진보교육감들 정말 고생하며 열심히 하고 있습니다. 서울시 교육감이 7월 대법 판결을 앞두고 있어 안타깝기만 합니다.

이봉우 학교교육에 노동의 당위성이 교과 과정에 산입되어 좋은 스승님에게 체계적으로 교육받을 때가 언젠가는 오겠지요? 작은 소망이지만 노동자와 민중이 하나로 소리내어 외쳐줄 그날을 꿈꾸며 허공 중에라도 그림을 그려봅니다. 방방곡곡 메아리되어 울려 퍼질 그날을 기다려봅니다.

구희현 경기도민으로 긍지를 조금 가져봅니다. 암울한 교육복마전 속에서 진보교육감이 희망일 수밖에 없습니다.

Seungbum Suh 교내 비정규직 가운데 교사(인턴교사)는 해당사항 없나요?

이수호 학교 비정규직 가운데 사각지대가 또 있네요. 기간제교사, 임시교사, 시산강사, 인턴교사 등입니다. 더 힘들고 화나는 일은 임용 준비 및 대기 교사들이죠. 최근 이런 비정규직 교사들이 단결하여 권리 확보를 위한 싸움을 준비한다는 얘기를 들었습니다만 핵심은 적정한 학급당 인원수와 법정 시수 확보 등으로 교사 수를 획기

적으로 늘려야 합니다. 이것은 공교육을 정상화시키고 교육의 질을
높이는 최상의 길이기도 합니다.

 김태식 그렇지요. 학급당 인원수와 법정 시수 확보, 핵심입니다. 교
사수급, 학교폭력, 교육의 지덕체 모두와 연관된 중요한 문제라고
생각합니다.

 이윤재 광주, 강원 교육청과 전남교육청도 일부 비정규직을 교육감
채용으로 전환하였지요. 고용안정 측면에서 상당한 진전입니다.

 박병우 진보교육감의 존재 이유 중 아주 중요한 부분입니다^^

김상곤 교육감의 믿음과 자신감

어제 저녁 남산공원 '다담에뜰'에서 있었던 '곽노현 교육감과 함께 하는 힐링 콘서트'에 갔다가 김상곤 경기도 교육감을 만났다. 그는 늘 조용하고 겸손했다.

"교육감 님 최근 경기도 교육청이 학교 비정규직의 사용자를 교육감으로 하는 조례를 통과시켜 모두들 좋아하고 있어요" 하고 살짝 치켜세웠다.

"그러게요. 학교 비정규직들은 임금 인상도 중요하지만 함부로 내쫓기지 않는 고용안정을 더 원하더라고요. 우선 미흡하지만 그렇게라도 했어요" 하면서 말을 이었다.

"점차적으로 임금도 올려드리고 완전한 정규직으로 만들어야겠지요. 무슨 일이든 단번에는 잘 안 되는 것 같아요."

서늘한 저녁바람에 실려 오는 그의 말은 소리는 낮았지만 믿음과 자신감이 묻어 있었다.

최근 경기도 교육청은 경기지역 학원 교습비를 내리는 것을 전제로 '교습비 조정 기준 재설정 회의'를 열고 지역에 따라 교습비를 얼마 이상 받지 못하도록 하는 지역 형편을 고려한 상한선 가이드라인을 조정하기로 했다.

부디 이 조치가 학부모의 사교육비를 줄이고 나아가서는 학교교육을 강화하여 사교육을 줄여나가는 단계가 되기를 바란다.

5월 27일

 구희현 모두 응원합니다

 문장주 선생님의 마음을 김 교육감이 조금 적용한 것 같군요! 앞으로 전국적으로 선생님의 하시고자 하는 것들이 적극적으로 시행되었으면 합니다.

 오동진 한꺼번에 변화시키는 것은 혁명인데, 우리는 늘 큰 거, 그것도 단번에 해결하려는 방식으로 달려왔습니다. 작은 것은 시시해보이고, 큰 것은 능력이 안 되어 못하고…

교사의 평가권

안타까운 일이 학교 현장에서 벌어지고 있다. 정상적 교육과정 범위를 벗어난 문제 출제로 선행학습 등 사교육을 부추기고 있다는, 이른바 '어려운 수학시험'에 대해 서울시 교육청이 이번 기말고사부터 전체 중·고등학교에 집중 단속을 나선다는 것이다.

학생들의 평가는 오로지 그 학생을 가르친 담당교사의 몫이다. 만약 가르치지도 않은, 범위를 벗어난 어려운 문제를, 선행학습이나 사교육을 부추기기 위해 출제하는 교사가 있다면, 그것은 교육이 아니라 범죄행위다. 지금의 학교 구조나 교사의 최소한의 양심상, 그런 교사가 없다는 것을 나는 확신한다.

그런데 여러 가지를 고려해 출제한 문제가 학생들이나 학부모가 볼 때 어렵다고 해서, 그것에 대한 불평과 진정이 무서워, 교육청이 교사의 평가권을 간섭하거나 제재한다는 것은 있을 수가 없는 일이다. 교육청은 집중 단속과 같은 방식이 아니라, 교사 연수나 집단출제 방식 등 교사 스스로 고유의 평가권을 바르게 행사할 수 있도록 도와주어야 할 것이다.

6월 14일

 표광배 비록 사교육에 종사하고 있는 강사입니다만 선생님 말씀에 전적으로 동의합니다^^ 선행학습, 학생들의 학교 수업의 흥미를 떨어뜨리고 아이들로 하여금 선생님을 무시하게 만들기도 하죠.

 이춘섭 교육현장의 문제가 심각하다는 이야기를 듣지만 시험문제를 집중 단속하는 건 좀 심한 거 아닌가, 우리 교사의 수준이 사사건건 수사받고 단속받아야 할 정도인가?

 남권영호 사교육은 학습능력이 현저히 뒤떨어져 이를 필요로하는 학생들이 받아야 된다. 사교육계에서 공교육 부분보다 선행학습 시 제재하는 제도가 필요함. 물론 예체능에 대한 부분은 고민이 필요하다고 봅니다.

 표광배 사교육의 폐해를 절감하면서도 그 업종에서 근근이 살아가는 원장이나 강사들의 삶의 고단함이 그늘져 있음은 안타까운 일입니다. 특정 지역의 고비용 학원비·과외비를 수령하는 집단이 경쟁력이랍시고 선행학습의 변칙방식을 만들어냈죠. 과도한 선행학습과 약간의 예습은 다릅니다. 사교육은 없어져야 하지만 그곳에도 열악한 노동이 존재하죠^^ 불쾌하셨다면 죄송합니다~~~

 김태식 며칠 전에 EBS에서 방영한 걸 보니 독일은 2차 대전 이후 경쟁교육을 지양하고 완전 협동교육으로 바꾸었다고 하더군요. 선행학습은 동료 학생들의 질문할 수 있는 권리를 침해하는 것이고, 교사의 수입권을 침해하는 것이라고 합니다. 미리 알고 아는 척을 하니까요. 그리고 덧셈·뺄셈에 1년, 곱셈·나눗셈에 1년 이런 식으로 아주 더디게 그러나 깊게 스스로 알 수 있도록 지도하더군요. 구구단이란 건 있을 수가 없지요. 손가락을 사용하든 발가락을 사용하든 머릿속에서 운산하든 그것은 순전히 학생 스스로의 판단이고요. 등수란 있을 수가 없지요. 스스로가 얼마나 성장했는가에 대한 자기

자신에 대한 성장 체크 리스트는 있겠지요. 그래서 1등도 꼴지도 없는 교육, 오직 전체 학생이 다 같이 더디지만 깊이 사고하게 해서 국가 전체로 보면 경쟁력이 우뚝한 교육을 시키더군요.

제가 생각하기로는 문제가 어려운 것은 순전히 등수를 매기기 위해 필요한 끄트머리 방편입니다. 보세요, 등수를 매기지 않는다면 문제가 어려울 필요가 없지 않겠어요. 굳이 등수를 매기려니 어려운 문제를 내서 그걸 해결하는 녀석도 있고 조금 해결하는 녀석도 있고 아주 못 푸는 녀석도 있겠지요. 이게 순전히 따지고 들어가면 결국은 경쟁이란 근본에 닿습니다.

 김남운 교육청 감사는 필요합니다. 선행학습을 부추기는 학교가 얼마나 많은데요. 결국 사교육을 받으라고 학교가 떠미는 거죠.

영어 공교육의 그늘

　이명박 정부는 집권 초기 '어륀지' 열풍 속에서, 영어 공교육 강화를 내세우며 지난 2009년 9월 수천 명의 영어회화 전문강사를 선발해 전국 주요 초·중학교에 배치했다. 이 영어강사들이 이명박 정부 임기 마지막 해에 접어들면서 극도의 불안감에 시달리고 있다. 1년마다 재계약해야 하는 비정규직이었던 이들은 정권이 끝남과 동시에 영어강사 고용을 위한 예산이 사라져 해고될 위기에 처했기 때문이다.

　원칙도 없이 실시한 과도한 영어교육도 문제지만, 비정규직을 양산하는 무책임한 고용 형태도 오히려 또 다른 집단 해고를 불러오고 있어, 심각한 사회문제가 되고 있다.

6월 20일

148명이 좋아합니다.

 구본준 진짜 문제는 영어 문제도 아니고, 국어 문제도 아니고, 과학의 문제도 아니고, 수학의 문제는 더더욱 아니고, 철학과 문학… 역사의 문제가 아닐까. 일단 삶의 방향을 정하면 선생이 가르치면 될 일. 같이 공부하면 될 일이다. 능력에 맞는 일을 하고, 하여간 정의로운 일에 복무하고 서로 돕고 살 일~

 엄민용 몇 년 앞의 계획도 없는 교육, 그게 현 정부의 교육정책입니다. 몇 년 후의 문제를 예측해 반대해도 몰아붙이는 교육, 그게 현 정부의 교육정책입니다.

 김태희 예술 분야 등 방과 후 교사들도 마찬가지예요. 그들은 개인사업자로 등록되어 있지요. 제 아이 선생님들이 되실 분들이 이런 불안에 시달리는 분들이시라면 심각한 문제인데 말이에요.

 Keumja Kim 충남교육청 소속 학교들은 영어 교과서 외우기를 계획서 결재 받아 무조건 실시하고, 이것을 현 교육감의 엄청난 치적으로 홍보하면서, 교육청 단위의 영어교과서 외우기 대회를 대단하게 여기저기 개최합니다. 영어교사로 충남에 있다면 무조건 협조하지 않으면 안 되는 과잉 잉여 교육과정! 교사도 학생도 영어 과식에 체하고 있습니다.

 이수호 문제는 이 정부의 무개념과 무책임입니다. 영어교육에 대해서는 정말 우리가 깊이 생각해봐야 합니다. 이제 학교에서는 영어를 선택과목으로 하는 문제를 고민할 때입니다. 영어 과잉의 폐해는 너무 큽니다.

 김태식 공감합니다. 영어보다 우리말 공부나 제대로 시켰으면 좋겠어요. 우리말, 우리역사 말이어요.

256

 이대로 모든 일이 잘 풀리려면 먼저 할 일과 다음에 할 일을 잘 따르고 지켜야 잘 합니다. 교육에서 제 겨레말과 몸과 마음이 튼튼한 사람으로 만드는 교육을 먼저하고 남의 나라 말이나 전문지식 교육은 그 바탕에서 스스로 열심히 하게 해야 공부가 잘됩니다. 그런데 오늘날 이 나라 교육은 그 차례가 잘못되어 잘 풀리지 않고 있습니다.

 최기종 그것도 공개채용 시험을 봐서 뽑았다면 국가에서 보장해야 할 것 같아요. 우수인력을 뽑아놓고 나 몰라라 하고 넘어갈 수는 없잖아요.

 구본준 MB만 욕할 일은 아니라고 봅니다. 그 정책을 입안한 인수위의 화려한 교수님들… 세상을 모르는… 자기가 아는 것이 진실이라고 믿을 수밖에 없는… 통계에 의존한 것도 아니고 널리 의견을 수렴하고자 하는 것도 아니고 그리고 거기에는 이권이 개입되어 있고 대학 교육을 영어로 하는 것에 대하여, 모든 어린이들과 어머니들이 영어로 대화하게 만드는 것에 대하여…

 Haejin Jung 그들 세계에선 지극히 당연하고 늘 그랬던 방식이었고, 그러하니까요. 무의식적으로 세금으로 비정규직 만들어놓고 생색내기.

 손재덕 영어회화 전문강사뿐 아니라 원어민 강사도 2학기엔 없습니다. 하지만 국민들은 이 사실 몰라요. 원어민 강사가 이명박 정부 들어서 넘쳐나고, 뭘 하는지도 모르고 영어회화 전문강사 있으면 영어가 저절로 되는 줄로 알고 있죠.

 오동진 대책 없이 비정규직을 고용한 다음 다음해에 예산을 배정하지 않으면 자동 계약해지가 됩니다. 지금 학교의 비정규직 직종이 80여 개에 이르고, 15만 명이랍니다. 정규직화 방안이 고민되네요.

상담전문교사가 절실하다

학교폭력 등이 문제가 되자 정부(교과부)는 전문상담교사 배치를 들먹이고 있다. 한겨레신문의 최화진 기자가 만난 상담전문교사의 하소연이다.

"2007년 학교에 처음으로 배치가 돼 비교과 교사로 상담을 하는 상담전문교사가 생겼다. 당시 한 학기 한 명씩 늘린다는 계획이 있었지만 도입된 지 8년째인데 2011년 기준으로 전국의 전문상담교사가 900명이 조금 넘는다"(전국의 학교 수는 1만 개가 훨씬 넘는다).

"대구 중학생 자살사건 이후 9월에 500명을 특별임용할 계획이라는데 그 중 정식임용은 절반, 나머지는 전직한 기존 교사로 채울 것이라 한다. 그동안 교과부는 상담교사 수를 늘려달라고 건의해도 행안부에서 허용하지 않는다고 미루다가 사건이 나니까 갑자기 계약직이고 정규직이고 막 늘린다. 숫자만 중시하는 것 같다."

"'위 프로젝트'의 문제점은 전문상담교사 3분의 1이 지역 교육청에 근무하며 행정업무만을 처리하고 있다. 차라리 그 인력을 위험요소가 있는 학교에 배치해서 상담을 하도록 해야 한다."

"특히 초등학교 고학년부터 왕따나 폭력이 시작돼 문제가 곪아서 중학교로 넘어오는데 서울의 경우 초등학교에 상담전문교사가 한 명도 없다는 것은 심각한 문제다."

6월 25일

 김병국 그런데, 담임선생님은 너무 바빠서 상담이 안 되나요?

 김희웅 담임은 담임대로… 따로 전문상담교사가 꼭 필요할 것 같네요. 개인적으로는 다양한 분야(세대까지도 포함한)의 전문상담교사들이 있었으면 좋겠어요.

 김병국 이수호 선생님의 문제의식, 오래전부터 당연히 지지하구요. 상담전문교사 역시 당연히 지지하구요. 중3, 초5 아이를 키우는 학부모 입장에서 교육개혁, 학교개혁 등을 거대담론으로 진행하지 말았으면 하는 마음입니다. 일선 교사님들이 구호와 투쟁 말고, 현장에서 얼마나 사명감을 가지고 '실천'하고 계신가에 대한 물음입니다. '참교육'이 투쟁으로 되는 것인가요? 아주 힘들고 어렵고 드물지만, 교장 이하 교사들이 뭉쳐서 '실천'으로 바뀌는 학교의 사례도 있잖아요. 이러면 선생님들의 자기희생을 강요만 하는 이기적인 학부모인가요?

 전형준 사명감을 실행할 수 있는 환경이 먼저 되지 않으면 교사 개인이 할 수 있는 것은 많지 않다고 생각합니다. 교권부터 끌어올려 주는 것이 먼저 아닐까요.

 정태효 초딩 일진도 무섭던데, 초딩 때부터 문제를 해결할 수 있는 갈등해결이나 평화교육을 해야 하는데… 평화란 말도 못 쓰게 하고 안보교육 하라니.

 김미금 이에 대한 정부의 구체적인 계획이 있어야 할 듯. 학교에는 전문상담교사를 단계적으로 배치하고 상담교사는 정규직으로 채용, 그리고 사례 관리를 위해 각 지역 교육청에 담당 행정계를 만든다. 그리고 이 행정계에서는 일선 선생님들에게 청소년문화, 발달심리, 기초적인 상담 등 교육을 실시한다. 학부모들도 교육청과 학교에서

실시하는 교육에 적극적으로 참가한다. 약간 강제적이기는 하지만 학부모 교육에 참가하는 학부모들에게는 내신에 반영하고 이 교육에 참가하는 학부모가 직장에서 연가를 신청할 경우 공가처리로 한다.

 권오정 일반 교과 교사는 상담에 한계가 많습니다. 오히려 안 좋은 결과를 초래하는 경우가 많죠. 학교에 상담전문교사가 절실히 필요합니다. 저희 학교에도 없어요. 지역 교육청 상담센터에 의뢰해주는 것이 고작이나 애초에 아이들을 진단하고 대화하는 것 자체가 이루어지지 못합니다. 사고가 터진 후에 형식적인 절차인 경우가 대부분이죠. 그런데 서울 소재 초등학교에 전문상담교사가 한 명도 없다는 것이 사실인가요? 그럴 리가요. 초중고 순으로 상담교사가 많이 배치되어 있는 것으로 아는데요.

 Seungbum Suh 그랬군요. 오늘자 경향신문에 대구교육청에서 자살을 막기 위해 창문을 많이 열지 못하도록 철망을 달았다는 뉴스가 실렸던데, 두 소식이 겹치는 이유는 뭘까요?

 이수호 우리 나라 학교교육이 학력(성적) 위주에서 탈피해보려는 노력을 하고 있는 것도 사실입니다. 그러나 전체적으로 보면 아직은 한계가 많은 것 같습니다. 주체들이 힘을 모아 제대로 잡아가도록 함께 노력합시다.

 이승엽 아내가 근처의 초등학교 상담선생을 하고 있고, 저도 작년에 고등학교에서 한 학기를 했지만, 교장과 교감이 별로 탐탁치 않게 여기는 것을 보았습니다. 그리고 상담이 무언지를 모르는 선생님들에게서 실망을 많이 했습니다. 아이들이 어찌되든 단지 자신들만 편하면 그뿐이라는 모습에서 교육의 미래를 본것 같아 넘 충격을 받았습니다. 아마 상담교사를 해본 분들은 이런 현실에서 힘겨움을 느낄겁니다. 슬픈 현실입니다.

기간제 교사는 공무원이 아닌가

참 묘하다. 법원이 상식의 총합과 법률적 근거, 그리고 법관의 양심에 따라 올바른 판결을 하는 것은 당연한 일인데 때론 고맙기도 하다.

서울중앙지법 민사 단독 정석원 판사다. 그는 25일 "기간제 교사에게 성과급을 지급하지 않는 것은 위법하다"며 김 아무개 등 4명의 교사가 국가를 상대로 낸 손해배상 청구소송에서 기간제 교사의 손을 들어주었다.

현재 초·중·고교의 기간제 교사는 3만 명 가량으로 추산되며, 이들은 모두 비정규직 교사로 분류되어 그동안 불이익을 당해왔다. 재판부는 "교육공무원법은 '교육기관에 근무하는 교원'이 교육공무원에 포함된다고 규정하고 있다"고 해석하고, "동일한 업무를 하고 있음에도 기간제 교사에게 성과급이 지급되지 않는다면 이는 신분에 따른 차별이 될 수밖에 없다"며 동일노동 동일임금의 원칙을 분명히 했다.

정말 한심한 것은 교육과학기술부이다. 교과부는 "행안부의 성과급 지급 지침에 따르면 '매년 12월 31일 현재 공무원인 자'에게만 성과급을 지급할 수 있는데 기간제 교사는 공무원이 아니므로 성과급 지급 대상이 될 수 없다는 게 우리의 입장"이라며 항소하겠단다.

법률은 지침보나 상위이고, 혹시 행안부가 그런 지침을 내리더라도 교과부는 교육을 위해 교사의 입장에 서야 할 텐데, 법원이 판결로 바로잡아 주는데도 따르지 않겠다는 것은, 교과부가 교육이나 교사를 위한 부서가 아님을 명백히 하는 것에 다름 아니다.

6월 26일

 **신순영** 세상 모든 비정규직은 철폐되어야 한다~특히 교육을 담당하는 선생님이라는 직업은 개인의 삶도 있지만 이 세상의 미래를 책임질 아이들을 맡고 있기 때문에 그 모든 것을 보호받고 보장받아야 되죠. 물질적인 것이든, 정신적인 것이든지 말이죠. 또한 모든 선생님들은 거기에 합당한 자질과 객관적 소양을 갖춰야 하겠죠.

저는 제 아이가 고등학교 2학년인데 첨으로 아이 학교에 들어가봤습니다. 고등학생이 된 후 나름 즐겁게 학교생활을 하고 있어서 전혀 학교에 갈 이유가 없었던 거지요. 그런데 어제는 우리 아이가 전국 일제고사에 미응시한다는 이유로 부모의 동의가 있어야 된다고 교장 선생님실을 본의 아니게 찾아가게 되었답니다. 며칠 전부터 제가 담임께도 미리 말씀드리고 했는데요.

교장 선생님을 뵙고 얘기를 나눠본 소감은 한마디로 소통부재. 그 옆에서 오른팔처럼 거들어주는 어떤 선생님의 교장에 대한 편들기와 충성심을 한눈에 파악할 수 있었지요. 참교육을 실천하기 위한 진보적인 선생님들이 보수적이고 수구적인 꽉 막힌 능구렁이 같은 교장님들과의 관계에서 얼마나 힘들지는 확실하게 느꼈습니다.

제 얘기의 취지는요. 특히 교사들의 모든 것은 보호받고 보장받아야 마땅합니다. 그러나 거기에 합당한 최소한의 자질과 자격들은 갖춰야 된다고 주장합니다. 나라에서 교사들에게 주는 월급이 마땅히 정당하다는 생각이 들게요~!!!

 **표광배** 교사는 노동자가 아니듯 기간제 교사는 교사가 아니라 허드렛일 하는 일용직일 뿐입니다^^ 뭔가 잘못 가고 있는데 바로잡을 생각은 없습니다. 청기와에 계신 분들 따라하는 거죠.

 **이수호** 오늘 실시하는 일제고사도 그래요. 신순영 님 주장대로 당연히 그것이 비교육적이라면 그런 정책은 하지 말아야 하는데 이명박 정권의 신자유주의 정책으로 무식하게 시행한다면 자치 교육감이나 학교가 힘을 모아 같이 싸워야 하는데 그게 안 되는 게 문제인 거

죠. 그러니 싸우는 사람만 불이익을 당하는 것 같고요. 이런 현실을 어떻게 타개할 것인가? 그래도 먼저 이해하고 깨달은 사람이 실천하며 싸워야겠지요. 물론 교사들이 앞장서야겠지요. 학교 앞에서 일인시위를 하고 집단 민원접수를 하는 선생님들의 모습이 안타까우면서도 자랑스럽습니다.

 Jik-moon Jung 참, 어처구니가 없네요. 일반 기업도 비정규직이지만 성과급을 주는데, 교육의 전당에서 차별이라니요. 참으로 기가 막히고 코가 막힙니다 ^^**^^

가고 싶은 학교, 보내고 싶은 학교

학교민주주의의 실천

서울 강동구에 선사고등학교란 혁신학교가 있다. 이 학교는 자주적 학교민주주의를 실현시키기 위해 학생·교사·학부모들이 함께 공청회를 열고, 3자 합의하에 '3주체 공동체 생활협약'을 마련했다 한다.

이 협약은 교사나 학교가 일방적으로 정한 수직적이고 타율적인 규정이 아니라, 교육 3주체 모두가 참여해 서로 지키기로 합의한 공동의 규약이기 때문에 학생들은 두발, 화장 등의 자유를 누리면서도 성실하게 수업에 참여하고 서로 욕을 하지 않는다는 약속을 지킬 의무도 갖는 등, 학생을 비롯한 교사·학부모 등 학교공동체 성원의 성실한 참여를 기본으로 하고 있다고 한다. 그 결과로 이 학교는 학교폭력 등도 잘 일어나지 않을 뿐더러 자율성·자주성이 길러짐으로 조화롭고 균형 잡힌 성장이 이루어진다고 한다.

제대로 된 학교민주주의의 실천이 학교교육에서 얼마나 중요한가를 잘 보여주고 있다.

1월 29일

156명이 좋아합니다.

 유문종 모든 주체가 소외되지 않고 참여하여 만든 학교 매니페스토, 좋은 결과로 이어질 것으로 기대됩니다.

 신동하 핵심은 '어떻게 잘할지' 그 이전에 '할지 말지'부터 자율권을 주는 거라 생각합니다. 그래야 김 빠지지 않는 회의가 되죠.

 이대로 학교와 학생, 학부모가 교육을 바로잡으려고 애쓰는 모습 참 좋습니다. 꼭 모든 학교의 모범이 되길 바랍니다.

 임현주 우리 파주에도 이런 모범적인 사례가 생겼으면 좋겠다. 학교 민주주의! 정말 가슴 뜨거운 명제이다.

 임정훈 기사에서 보니 이 학교에서는 흡연 4회 적발되면 퇴학이라는 규정이 있다더군요. 금연을 유도하고 돕는 3주체의 노력이나 배려가 아니라 퇴학이라는 격리+배제의 강경책을 3주체가 동의했다는 것이 경악스럽습니다. 담배 피우다가 4번 걸렸으면 퇴학시키면 그만일까요? 금연 기회와 방법을 알려주고 함께 도와야 할까요?

 김재근 작년 개교했는데, 학교에 가봤을 때 아이들이 선생님을 만나기 위해 교무실로 어렵지 않게 찾아오는 풍경, 교가도 학생들이 직접 만들고 여러 교칙들도 학생 교사 학부모가 몇 달긴 토론해서 정해온 과정이 인상적이었습니다^^ 이제 2학년이 생겨 학생수가 2배로 될 텐데 정말 선생님들께서 무지하게 아이들에게 사랑을 쏟아서 만드는 학교로 느껴졌습니다^^

 이수호 핀란드를 비롯한 교육 선진국도 모두 자율·자주를 바탕으로 한 공동체의 민주주의 확립입니다. 우리 나라도 이제는 이 정도의 민주주의를 실현할 수 있을 때가 된 것 같습니다. 학교에서부터 그것을 같이 배우고 먼저 실천해야 할 것 같습니다.

 황정유 아직 만 2세이지만, 아이의 초등학교를 고민하고 있어요. 군포시에도 대안학교나 혁신학교가 있는데 이런 모범적인 사례가 있는 학교를 알아보기가 쉽진 않네요. 이런 학교 보내고 싶어요.^^

 이주현 선사고가 강동의 자랑이 되고 있군요. 지역사회가 함께 아끼고 키워가야 할 자랑입니다. 강명초등학교도 좋은 선생님들이 애쓰고 계십니다.^^

 윤영태 듣던 중 반가운 소식. 희망의 싹을 보는 거 같아 기쁩니다.

 오병석 정말 좋은 시스템이군요. 서로가 관심을 가지고 참여하는 모습이 아름답군요. 꼭 성공하여 모범이 되길 진심으로 바랍니다. 가정과 학교가 바뀌고 또한 내가 바뀐다면 나라와 세상이 바뀌겠지요.

 이수호 진보교육감 지역의 시·도에서 실시되고 있는 혁신학교운동이 교육주체들이 중심이 된 학교민주주의를 바탕으로 한 새로운 학교들입니다. 우리 모두 적극 참여하여 꼭 성공시켜 전체 학교로 확장시켜야 할 것 같습니다. 공교육을 살리는 중요한 계기가 되리라 봅니다.

 Yong-ill Han 설날 전까지 두 주간 독일문화원 추천으로 잠시 독일에 다녀왔습니다. 다른 나라 교사들과 함께 독일의 학교도 방문하고 이야기도 많이 나누었으나 그곳 사람들의 사고와 교육방식, 그 체제 등등 부러운 것이 하나 둘이 아니더군요.

 장재근 안녕하십니까? 이제야 위원장님께 인사를 올립니다. 저는 안양의 장재근입니다. 작년 9월 1일자 공모제 교장으로 부임을 못하고 이제야 (1월 16일자로) 부임을 했습니다. 아직도 업무 파악을

하고 있습니다. 위원장님을 비롯한 전교조 동지들과 새로운 교육을 열망하는 모든 분들의 뜻에 부응하고자 열심히 노력하겠습니다. 많은 지도 편달 부탁드립니다. 건강하시고 새로운 세상 새로운 교육을 통하여 미래를 열어가는 데 노력하겠습니다.

 손소영 저도 몇 군데 다녀본 혁신학교 중에서 가장 현실적인 모양새와 상황에서 혁신학교를 일구고 있는 곳입니다.

 이수호 혁신학교에 대한 뜨거운 관심 고맙습니다. 중요한 것은 우리가 좋은 모델을 실천적으로 직접 만들어가야 한다는 것입니다. 여러 선생님들의 활약이 기대됩니다. 그리고 장재근 교장 선생님, 늦었지만 축하 인사드립니다. 좋은 모델 만들어주시기 바랍니다.

 신평호 여기 초롱초롱한 맑은 댓글 보면 다들 얼마나 이런 혁신에 목마른 민초들인지 알 겁니다. 그런 분들이 정치하여 깨끗이 구체제를 쓸면 교육이 한없이 달려갈 텐데…

스스로 길을 찾는 학생들

어제 저녁에는 '교바사'(교육을 바로잡는 사람들)의 '함공모'(함께 공부하는 모임) 월례토론회에 다녀왔다.

"21세기가 요구하는 새로운 교육 및 학교 모델 탐색"이라는 주제 아래 "학교 내부로부터의 개혁: 끝없는 개혁에도 불구하고 현장교육은 조금도 개선되지 않는 근본 원인을 분석하고 해법을 모색한다"는 소주제로, 참가한 전문가와 현장교사들의 열띤 토론이 있었다.

특기할 만한 일은 이 토론회에 자퇴한 학생들이 참가했는데, 이들은 현재의 우리학교를 "학벌사회라는 정글에서 살아남기 위한 입시경쟁만 강요하는 3류 입시학원"으로 전락해버렸다고 보고, "생명과 환경을 소중히 여기고 인간을 존중하며 행복을 배우고, 더불어 나누는 상생의 삶을 배우고 실천하는 학교"를 스스로 만들기 위해 '희망의 우리학교'라는 대안학교의 설립을 준비하고 있었다. 5월 12일 개교 예정인 이 학교는 스스로 현행 학교를 포기한 학생들에 의해 자주적으로 운영되는 학교로 15명의 학생이 입학 등록을 마친 상태로, 조계사에서 교실과 사무실을 무료로 제공했다 한다.

진정한 "학교 내부로부터의 개혁"이 일어나지 않으면 학생들은 스스로 제 길을 찾을 수밖에 없는 현실 앞에서 교사의 한 사람으로 안타깝고 부끄러울 뿐이었다.

5월 3일 오전 9:24

조형일님 외 105명이 좋아합니다.

 신평호 참, 현실성 있는 활동 같습니다. 외부인에게도 개방되는 모임인가요? 그런 대안학교를 정규과정만 보듬는 교육청에서 공식적으로 안아주는 방법은 없을까요?

 이수호 교사는 서로서로 멘토가 돼주는 형태로 자율적으로 배우고 싶은 내용을 코스로 해서 진행한다 하구요, 자원봉사를 희망하는 교사가 있으면 얼마든지 환영한대요. 이 학교에 관심을 가졌으면 좋겠습니다.

 박병우 그들의 개교 과정과 앞으로의 과정이 모두 기록되면 의미 있는 자료가 될 것 같습니다. 교육을 처음부터 어떻게 세울 것인가에 대한 생생한 자료가 될 듯합니다. 앞으로 많은 관심 가지겠습니다.

 이찬교 어른들이 기획한 대안학교가 여전히 입시로부터 자유롭지 못한 모습을 보곤 하는데, 아이들 스스로 기획하는 학교라면 새로운 전망을 가질 수 있을지 기대됩니다.

 Sangim Han 곧 개교를 한다니 제 가슴이 다 벅차오르네요. 꿈이 현실로!

 김현주 자유로운 배움을 선택하도록 용기 있는 아이들로 키운 부모님과 선생님이 계셨을 수도 있겠다 위안을 해보며… 공교육을 벗어나서도 배움이 일어나는 이들에게 교육기본권을 인정해주는 날이 빨리 왔으면 좋겠습니다.

아이들을 살리는 7가지 약속

어버이날에 아이들을 위해 어버이가 할 일을 생각합니다.

『고래가 그랬어』라는 어린이 잡지를 내며 어린이운동을 펼치고 있는 '고래연구소'가 학교폭력 · 왕따 · 자살 등도 과도한 입시경쟁 체제와 온몸으로 부딪히는 아이들의 신음이라며, 이런 현실을 바꾸기 위해 부모 세대가 먼저 나서야 한다고 외치고 있습니다.

그래서 아이들을 살리는 7가지 약속을 실천하자는 서명운동을 제안하네요.

1. 지금 행복한 아이가 어른이 되어서도 행복합니다.
2. 아이들의 가장 중요한 공부는 마음껏 놀기입니다.
3. 하고 싶은 일을 하며 사는 게 성공입니다.
4. 아이와 노동자가 행복해야 좋은 세상입니다.
5. 교육은 상품성이 아니라 인간성을 키우는 일입니다.
6. 대학은 선택이어야 합니다.
7. 아이 인생의 주인은 아이입니다.

5월 8일

♥ 121명이 좋아합니다.

 대안교육 아이를 아이답게 키우는 마음이 담겨 있네요.

 정준희 공유하겠습니다^^

 신순영 적극찬성! 공감백배~!^^

 Seokyoung Woo 하나 더 추가해도 될까요. 고래연구소와 규항 님께 전달 가능할까요. '아이는 배우기 위해서만 사는 것이 아니다. 아이는 아이로 놀 때 아이로 살 때 어른을 가르친다.'

 이수호 아이와 노동자의 범주에는 장애인을 포함한 사회적 약자가 다 포함된다고 생각합니다. 모두가 더불어 행복한 세상의 대유적 표현이랄까요. 아님 명확하게 장애인도 따로 표기하는 것도 좋을 것 같네요. 지적 고맙습니다.

 김준식 저는 두 딸을 키우면서 그렇게 키웠고, 그래서 정말 잘 자라주었고 둘 다 직장생활도 잘하고 있고 시집도 가서 건강하게 잘살고 있습니다. 그 아이들이 태어날 때가 바로 YMCA 중등교육지협의회가 창립되던 때이고, 그 당시 교육운동을 시작하시던 선생님들의 참교육 방침을 따른 덕분이었지요.

'희망의 우리학교' 여는 날

학생의, 학생에 의한, 학생을 위한 학교 '희망의 우리학교' 여는 날 행사장에 와 있다.

현재 우리 나라는 하루 106명꼴로 한해 7만 6,489명이 학업을 중단할 정도로 입시경쟁의 치열한 입시학원으로 전락해버리고 말았다. 한 학생이 이 거대한 구조적 문제에 반기를 들고 일어났다. 학교를 자퇴하고 스스로 학교를 만들겠다고 나선 것이다. 입시경쟁에 시달리다가 자살한 학생을 위한 1인 시위로 시작한 이 학교 만들기는 많은 학생들의 호응 속에 드디어 오늘 개학식을 하게 되었다.

학생들 스스로 준비한 개학식은 기존 학교의 낡은 틀을 깨고 정말 재미있고 기발하게 진행되고 있다. 억압받지 않은 청소년들의 자주성과 창의성이 놀랍기만 하다.

5월 12일 오후 3:54

113명이 좋아합니다.

 **남요원** 우려의 눈으로, 걱정스런 맘으로, 이들이 좌절하고 상처받을까 맘 쓰이는 어른들은 가진 전문성으로 재능 기부하시고 멘토 역할 하시죠. 이들의 꿈·상상·열정·도전이 무럭무럭 커나갈 것입니다.

 **문장주** 학업 중단·포기 학생 정말 심각합니다. 청소년 범죄의 시발점이기도 하고요. 청소년들은 말할 것도 없고 초·중등생 역시 방과 후 학원으로, 학원도 갈 수 없는 학생들은 PC방과 같은 음지로 들어가고 있습니다. 정작 관심 가져야 할 정부나 교육부에서는 방관하는 것이 현실입니다. 하지만 전국 처음으로 뜻있는 단체들과 협력하여 방과 후 돌봄센터를 좋은 아이디어로 운영하는 지자체가 있어 소개 드리고 싶습니다. 의식 있는 구청장이며 성북구청인 것으로 알고 있습니다.

 **김병국** 주류 언론들이 제 역할을 못하니 나꼼수 같은 매체들이 생겨나는 것이고, 닭이 먼저냐 달걀이 먼저냐를 떠나 사교육에 먹힌 공교육이 제 역할을 못하니 대안학교들이 존재하겠죠. 애들 키우는 학부모 입장에서 참 안타깝고 답답합니다. 도대체 왜 정규 학교는 그 방법을 바꾸지 못하는 걸까요? 교육부를 필두로 한 정부나 각종 입시제도 등을 탓하기 전에, 일선 학교의 교장 선생님과 교사님들이 힘을 합쳐 현장에서 변화를 꾀하는 것은 안 되는 건가요?

 **김정명신** 서울시도 예산지원 등 방법을 찾아 지원하겠습니다. 감사합니다.

 **이수호** 갈 곳 없는 청소년의 부득이한 선택과 기개는 높이 사지만 그들에게만 맡겨놓아서는 안 될 것 같습니다. 어떻게든 함께하고 도와야겠습니다. 더 중요한 것은 학교의 개혁입니다. 이번에 학교가 입시경쟁교육 탈피의 기회가 됐으면 합니다.

 대안교육 학업을 중단한 아이들이 학교가 갖는 한계성을 잘 알고 있기에 이들이 올바르게 선다면 현 교육정책의 잘잘못에 대한 참다운 질문과 대답을 할 것입니다. 기대하며 응원합니다.

 이시진 대안학교를 지지합니다.

밥상머리 교육

일본에서는 교육의 기본인 지육·덕육·체육의 기초가 식육이라 한다. 우리 나라의 '밥상머리 교육'과 비슷한 것이다.

전통적으로 우리 나라는 온 가족이 밥상에 둘러앉아 건강한 몸과 마음을 가꾸는 식생활 영위 능력과 인성 함양, 가족과 사회구성원으로서의 도리 등에 대한 교육이 자연스럽게 이루어졌다. 또한 먹을거리가 식탁에 오를 때까지 수고한 사람과 자연의 혜택에 고마워하며 생명 존중과 사람과 사람, 사람과 자연이 더불어 사는 공동체적 가치의 중요성도 깨닫는 기회가 되었다.

그런데 이런 밥상머리가 사라져가고 있다. 밥상머리의 복원과 밥상머리 교육의 회복이 우리 교육과 사회를 살리는 근본이다.

5월 24일

110명이 좋아합니다.

 김준식 밥상머리 교육과 더불어 어버이의 올곧은 삶이 가장 중요한 교육인 것 같습니다.

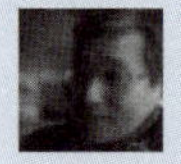 이창국 밥상에 마주앉지 못하게 하는 사회구조를 바꾸는 한편 밥상에서의 대화 노력이 필요하겠지요. 밥상에서 스트레스를 나누는 일이 아닌 서로를 격려하고 이해하는 자리가 중요합니다.

 이대로 그런데 애들과 같이 밥 먹을 기회가 없으니 걱정입니다. 방금 학교 앞을 지나는데 애들이 매점에서 빵을 사먹고 있더군요.

 신순영 아버지들의 출퇴근 시간, 중·고등학생들의 등하교 시간, 맞벌이 엄마들의 출퇴근 시간 등 가장 기본적으로 바꿔야 될 문제들인 것 같습니다. 아버지들의 직장회식문화, 또한 엄마들의 퇴근시간과 회식문화, 학생들의 장시간 학습 때문에 저녁도 학교에서 해결. 이젠 아침 급식까지 주자는 얘기들도 나오니… 우리 사회의 모든 것들을 뜯어고치지 아니하면 허공에 떠댕기는 슬픈 메아리입니다~ 어디서부터 어떻게 고쳐야 되죠?ㅜㅜ.ㅜㅜ

 Sung Kyu Kang 우리 나라 가정교육 학교교육 멘붕 만든 정치가 밉다미워~ 도덕적 체벌 훈계를 언어폭력이라니요? 그 악법 역기능이 넘넘 크다. 멘붕에 빠진 자녀교육 피해자는 누굴까요?ㅎㅎㅎ~

 이수호 사회의 변화와 함께 가족공동체의 해체는 심각한 상황입니다. 노인 독거세대의 급증도 문제지만 공교육의 파행, 인터넷 등의 무분별한 발전이 아이들을 개별화시키고 있습니다. 가족공동체의 복원을 위한 특별한 노력이 필요합니다.

대안으로 떠오르는 혁신학교

우리 나라 고교평준화는 존재하는가?

현재 실정은 중학교 성적 상위권 학생을 자립형사립고와 특수목적 고등학교, 거기다가 취업을 빙자한 변형 입시고가 돼버린 특성화 고등학교 등 성적으로 줄을 세우고, 남는 학생들이 일반 공립형 고등학교에 배정된다. 그러다보니 사실상 완전히 해체됐다는 것이 일선 교사들의 주장이다. 거기다 이른바 명문대와 보수언론들은 입학성적으로 전국의 고등학교를 줄 세우고, 대부분의 고등학교는 입시성적을 올리기 위한 수업에만 열을 올리고 있다.

대안으로 떠오르고 있는 것이 혁신학교다. 인문계 혁신고등학교 중 대표적인 삼각산고등학교는 개방형 공모제를 통해 교장을 뽑고, 원하는 교사를 우선 배정하는 원칙으로 2011년에 개교했는데, '소통을 통한 배움과 돌봄의 책임교육'을 목표로 입시위주 교육방법을 탈피하고, '교육과정'과 '수업', 그리고 '학생평가방법' 등 세 분야의 혁신을 통해 고교 교육을 정상화할 방침이다.

학생의 성장과 발달을 중심으로 평가하고, 블럭식 수업, 협동학습, 참여중심학습, 프로젝트학습 등 다양한 방법과 내용을 수업에 결합해, 창의성과 소통능력을 갖춘 인재육성을 할 계획이다. 1년 뒤에 있을 이 학교의 입시성적에 대해서도 교사들은 자신감을 가지고 있다.

5월 29일 오후 3:38

♥ 120명이 좋아합니다.

 **Kieun Song** 오노라 삼각산 학교여. 참교육을 일으켜보자꾸나!

 **최훈민** 삼각산 초·중학교 나왔는데 관계는 없지만 뭔가 뿌듯(?)하
네요!

 **이수호** 진보교육감들에 의해 추진되는 새로운 학교의 하나인 혁신
학교가 꼭 성공해야 합니다. 우리 교사들의 역할과 책임이 그 어느
때보다도 중요한 것 같습니다.

 **신평호** 적극 동감합니다.^^

소외계층에 대학교육의 기회를

서울 광진구청이 관내 대학과 손을 잡고 지역 내 소외계층 자녀 5명의 고등학생들에게 대학교육의 기회를 제공한다고 한다.

광진구가 지난해부터 지역 내 국민기초생활보장법에 의한 수급권자나 차상위 복지급여 수급자의 자녀를 대상으로 대학교육 기회를 주자는 제안을 하고 대학이 받아들인 것이다. 어려운 형편을 고려하여 수능 최저학력 기준 없이 학교생활기록부와 서류와 면접 평가만으로 이루어지는 입학사정관 전형으로 선발할 것이라 한다.

지자체 단위들이 아스팔트 깔고 하천 정비하고 보도블록 교체하는 등 눈에 보이는 사업만 할 것이 아니라 우리 사회의 불평등 구조를 해소하고 실제 어려운 주민을 챙기는 일에도 적극 나서야 할 것이다.

5월 30일 오후 12:01

92명이 좋아합니다.

 서은희 광진구 살기 좋아요^^

 김태식 제가 듣기론, 2000만 원(?) 이상 물건이나 사업은 공개입찰을 한다지요. 그러면 거기에서 최소한 리베이트 10%를 남긴답니다. 그걸 추경으로 다른 사업에 사용하기도 하지만, 대부분은 1년 단위 회계예산 끝물에 이렇게 저렇게 지자체장이나, 군의원, 도의원들 쌈짓돈 쓰듯 선심성 아스팔트도 깔아주고 보도블록도 내키는 대로 교체를 한다지요. 그 돈으로 선생님 말씀처럼 장학금에 쓴다면 오죽 좋을까요.

 Kieun Song 보도블록 깔면 거기서 리베이트가 또 한 번 나온다는…

 이수호 그러게요. 지자체가 알뜰하게 살림을 살면서 토목보다는 사람을 귀하게 여기는, 특히 평생교육 차원에서 계획을 세우고 예산을 적절히 쓰면 얼마나 좋겠어요.

농어산촌의 사라지는 작은 학교

교과부의 농어산촌 소규모 학교 통폐합 정책이 마각을 드러내고 있다. 교육적 측면에서 농어산촌 학교를 학급당 인원 20명 이상의 학교로 강제 통폐합하면, 그 지역의 아름다운 공동체인 작은 학교가 사라지는, 농어산촌교육 말살이 우려된다는, 교육계의 지적이 있었다.

그런데 이번엔 노동계가 일어났다. 노동계는 학교 통폐합이 진행될 경우 대규모 인력 구조조정이 발생할 수밖에 없다는 데 주목하고 있는데, 학교 비정규직이 무기계약직이라 하더라도, 교육감 직접고용이 되지 않은 상태에서 학교 통폐합은, 해고대란을 넘어 해고재앙을 불러올 것이라며, 학교 비정규직의 고용을 지키기 위해서라도 총력투쟁할 수밖에 없다고 밝혔다.

교과부는 농어산촌의 작은 학교를 통폐합함으로써 농촌공동체를 파괴할 것이 아니라, 도시학교의 학급당 인원을 OECD 수준의 20명 이하로 낮춰 사교육 문제를 비롯 학교폭력 문제까지 해결하는, 공교육 정상화 방안을 수립하기 바란다.

6월 1일

♥ 106명이 좋아합니다.

 안병순 교과부는 사회통합을 추구하는 것이 아니라 사회해체를 조장하는 정부기관입니다. 교육자치가 실시가 되고 있는 이상, 진정 축소 통합해야 할 대상은 교과부라고 생각이 됩니다.

 박병우 교과부의 농어산촌 소규모 학교 통폐합정책은 '마각' 맞습니다. 교과부는 자신들이 마치 극대 이윤추구의 전당으로 착각하고 있는 것 같습니다. 교과부부터 통폐합해야 합니다!

 유문종 교육을 깊이 이해하는 대통령을 뽑을 수 있도록 힘써주세요.

 이수호 교육을 살리기 위해서는 교과부를 없애야 한다는 말이 맞네요. 거기다 해고재앙에 공동체 파괴까지 하고 있으니, 기가 막힐 뿐입니다.

 구희현 돌아오는 농어산촌으로 만들겠다고 모두들 헛소리만 하고… 국회의원들이 당장 나서야 합니다.

 장광수 사교육을 없애면 사교육으로 먹고 사는 학원강사는 어떻게 하나 은근히 걱정했는데, 학급당 20명 이하로 줄이는 것부터 하면서 다양한 방안을 찾으면 되기도 하겠네요.

 김지철 탁상행정의 표본입니다. 서울 또는 대도시 중심의.

 조성호 작고 아름다운 학교 지켜주세요. 사교육을 없애고 그 인력을 공교육으로.

 **조병옥** 우리 큰애는 초등 6년 동안 제 또래가 8명에서 시작해 졸업할 땐 5명이었다. 둘째는 초등 2학년인데 7명으로 시작해 현재 10명이다. 이 학교 전체 학생 수는 38명이다. 그래도 아이들은 행복해한다. 부모들도 맘 편히 학교 보내고 있다. 효율·경제성 이야기하지 마라. 이 아이들이 미래의 이 땅, 이 세계를 구원할 것이다.

 **이수호** 마을과 함께하는 작은학교 공동체, 이것이 우리 농어산촌 교육의 희망입니다. 이 희망을 끊는 것은 교육과 마을을 죽이는 행위입니다.

진화론을 가르치지 말라니

　요즘 종북 논란으로 때아닌 사상검증 태풍이 몰아치고 있는 정치계의 전근대적 후진성을 안타까워하고 있는데 학계에서도 비슷한 일이 벌어지고 있어 우려스럽다.

　최근 창조론을 주장하는 '교과서 진화론 개정 추진회'가 교과부에 '시조새와 말 등 다윈의 진화론 근거로 교과서에 실려 있는 증거들이 논란이 있으니 삭제해달라'는 내용의 청원을 제출했고, 이를 받아들여 일부 출판사가 해당 내용을 교과서에서 빼기로 한 사실을 유명 과학저널 네이처가 소개하면서, "미국에서 진화론 교육을 제한하거나 창조론을 함께 언급해달라는 요구가 몇 개 주에서 받아들여졌지만, 한국의 진화론 반대자들이 거둔 성과에 비하면 별것 아니다"라고 밝혔다.

　기독교 근본주의자들에 의해 제기되는 이러한 문제가 이명박 정부 시대에 맹위를 떨치는 그 배경과 저의가 의심스럽고 기가 막힐 뿐이다.

　6월 7일

 송대헌 「창세기」를 교과서로 채택하자고 할 것 같습니다.

 엄민용 『성경』을 교과서로?^^ 아, 미션은 지금도 하고 있지…^^

 조상기 고등학생 시절 우리학교 과학 교사는 진화론은 거짓 논란이 있어서 시험에 안 나온다며 아예 그 대목을 건너뛰었답니다. 그 교사는 독실한 기독교 신자. 요즘 말로 기독교 근본주의자였고요. 저는 그 일 이후로 한국 개신교를 신뢰하지 않게 되었습니다. ㅎㅎ

 신순영 이 작은 땅의 나라에서 종교전쟁이 날 것 같아유~ 꼬레아십자군~ㅠ.ㅠ

 임대호 이 선생님 저는 기독교 근본주의자인지는 잘 모르겠지만 교인들이 생각하는 창조론도 틀린 것이 아니고 나와는 다른 생각을 하는 많은 사람들이 존재한다는 현실을 받아들이고 서로서로 이해와 타협을 해야 된다고 생각합니다.

 이수호 다양한 가치를 서로 존중하고 이해하려는 노력이 교육인데 메카시즘적 행태가 판을 치니 학생들의 인성이 제대로 형성될 리가 없는 것이죠. 그래서 학교는 거칠어지고 학생들은 폭력적이 될 수밖에 없습니다.

 Hyunsang Song 기독교의 폐해가 심각합니다. 예수와 너무나 멀리 떨어져 있어요.

 이대로 어미터불!

 성용환 교회를 15년 이상 다닌 사람으로서 기독교의 입장을 이해 못하는 바는 아니지만, 과학적 세계관은 종교와 달리 반복적으로 검증된 결과물이라는 점에서 이번 교과서 수정 조치는 기독교의 도를 넘어선 폭력이라고 생각됩니다. 이러니 기독교가 욕을 먹지… 쯧…

 이수호 나는 기독교의 창조론을 부정하는 것이 아니라 창조론만이 진리라고 주장하고 다른 이론은 부정하는 그런 태도에 대해 우려하는 것이죠. 또 그런 태도가 어떤 정치세력을 등에 업고 메카시즘적으로 표출되는 행태에 분노하는 겁니다. 그런 증상이 요즘 여기저기서 보이는 것 같아 안타깝고요.

 황정모 모든 것을 누가 더 이분법으로 보는지를 생각해봅시다.

 정문희 생물 교사인 나는 현장에서 어떻게 가르쳐야 할지… 휴~~ 그들의 꼼수까지 가르치겠습니다^^

톨스토이의 국민교육론

교과부의 일제고사 강행, 농어산촌 작은 학교의 강제 통폐합 등으로 학교 현장이 뒤숭숭합니다.

지금부터 150여 년 전 교육에서 민중의 희망을 찾아보려 했던 톨스토이는 「국민 교육론」에서 이렇게 주장합니다.

지식 전달 교육이라도 경험에 바탕을 두어야지 주입식으로 강요해서는 안 된다. 국민교육의 참된 길을 방해하는 가장 큰 장애는, 아이들이 무엇을 배우고자 하는지 알려고 하지 않고, 관리들이나 학자들이 제멋대로 짜낸 교육과정에 따라 시행되는 획일주의이다. 교육은 어린이 각자의 개성과 인성을 계발하고, 어려운 문제들을 어린이와 함께 풀어가는 데 있다.

톨스토이는 획일적 교육보다는 오히려 자유방임이 낫다고 주장합니다. 지금 우리 나라의 교육현실 속에서 다시 한 번 곱씹어봐야 할 대목입니다.

6월 16일

164명이 좋아합니다.

강수혜 학교에서 인성교육은 뒷전이고 문제 해답 풀이만 연습시킵니다. 우리 아들 그런 교육에 진저리치고 저 혼자 공부하는 길을 택하고 학교에선 거의 자고… 고등학교 3년을 보냈습니다. 예체능이 빠진 교육, 협동심을 키우지 않는 학교, 경쟁과 약육강식의 논리만 가르치는 학교는 사라져야 합니다.

이창국 500인 원탁토론에서 학생들은 꿈을 꿀 시간을 갖고 싶어하고 자신이 잘할 수 있는 일들이 무엇인지 알아볼 기회를 달라고 절규합니다. 어른들은 그게 사치라고 말합니다. 어른들이 공부할 적에 페이스북을 통해서 억만장자된 주크 버거가 하고 있는 일은 상상도 못 했고 아이폰 앱을 제작해서 부를 창출하는 직업은 상상도 못 했던 일이지요.
20세기의 부모들이 21세기 아이들의 미래를 책임지겠다며 일제고사나 열심히 준비하라는 교육! 확 달라져야 합니다. 아이들의 꿈, 아이들의 생각에서 출발하는 교육, 그것이 혁신학교의 모습일 겁니다.

Yongho Park 우리 나라 교육의 문제점, 인성교육이 아닌 지시교육이 문제이다.

이수호 우리 나라의 교육이 이 정도밖에 되지 않는다는 데 우리가 절망하는 거죠. 청소년 자살률 세계 1위인데 그 원인 중 첫째가 경쟁에 의한 성적 스트레스라니, 너무도 안타깝습니다. 교육 철학을 제대로 세우고 실천하지 않으면 우리의 미래는 암담할 뿐입니다.

김규복 일본제국주의 시절에 횡행하던 주입식 교육과 일제고사, 아직도 우리는 친일파가 설치는 일제시대.

오동진 쌍용자동차 노동자의 죽음의 행진을 멈추게 하려는 오늘. 인천에서 여고생이 학교에서 자살했다는 소식에 맥이 탁 풀립니다.

학교 앞 청소년 카페

자주적 청소년단체 '(사)21세기청소년단체희망'에서는 현재 청소년을 둘러싸고 벌어지고 있는 입시경쟁 심화에서 오는 성적 스트레스, 학교 안 인권문제, 청소년 놀이문화 공간 부족, 학교폭력, 왕따 등 인성교양교육 상담, 청소년 자치활동 후퇴 등등을 전문적으로 해결하고 청소년들을 다시 살아날 수 있게 하는 방안으로, 청소년들이 부담 없이 드나들 수 있는 '학교 앞 청소년 카페'를 제안하고 있습니다.

이 카페는 청소년 친화적인 인테리어 공간으로 간단한 식사 · 간식 · 음료 등을 먹을 수 있게 하고, 수면이 부족하고 피곤에 찌든 청소년들이 편안히 쪽잠도 자고, 친구 생일, 학급행사 등도 기획 실행하고, 인터넷 · 프린트 등도 사용하게 하고, 핸드폰 · 노트북 등 귀중품을 잠깐 보관도 하고, 학생 · 교사 등의 택배 서비스도 해주고, 카페 안에 도서관도 운영하는 북카페 형식이랍니다.

한 걸음 더 나가 청소년 고민상담, 놀이 프로그램 지원 운영, 학생회나 동아리, 학교 축제 등의 프로그램 지원, 마을 주민이나 학부모, 교육 시민단체 등 모임이나, 네트워크 지원 등 다양한 프로그램을 운영할 수 있답니다. 중앙정부나 지자체, 교육청이나 학교의 지원을 받아 훈련된 청소년 운동가들이 참여하여 잘 운영할 수 있다는데, 페친 여러분들의 생각은 어떤지요?

6월 22일

회원님, Juil Kim님, 박수경님 외 131명이 좋아합니다.

 신동섭 같은 투자를 학교에서 해보는 게 어떨지. 물론 기존의 구도에서는 힘들겠지만 새롭게 쓰는 교육이니 만큼 조화를 이루면서요. 밖으로 나오는 교육은 학원으로 족해야지요. 공교육 죽이는 사교육의 폐해 이제는 우리 아이들이 즐기는 그리고 즐거운 학교로 만들어 교육을 회복시켜봄이 어떨는지요. 아이들이 밖에서도 놀 수 있는 공간도 필요하니 좀더 세심함이 필요합니다.

 김혜영 좋습니다^^* 한편으론 이 글을 읽으면서 가출 청소년들을 위한 쉼터도 좀더 생겼으면 하는 생각이 듭니다. 좋은 시설을 갖춘 쉼터가 필요합니다. 그리고 학교마다 학생 휴게실 student lounge가 있으면 좋겠습니다. 위에 말씀하신 모든 편의시설을 갖춘 학생들만의 공간이 필요할 듯. 초등·중등·고등학교마다^^*

 Hana Noh 좋아요!! 학교 앞뿐만 아니라 학원가에도 생겼으면 하네요.

 마재순 그곳에 국가청소년지도사, 청소년상담사들이 배치되면 좋겠습니다^^ 반강제 자율학습이 폐지되어야, 그곳에 갈 시간이 생깁니다. 학교가 애들을 너무 오래 붙잡고 있습니다ㅜㅜ

 이수호 물론 학교교육은 학교가 당연히 주가 돼야겠지요. 다만 그런 학교가 다 수용하기 힘든, 또는 그런 학교에 적응하기 힘들어하는 학생을 위한 보조로 생각하면 될 것 같습니다. 학교와 학생을 동시에 돕자는 거지요.

 김태식 좋은 방안입니다. 다만 실효성이 있으려면 지역의 교육장이나 교장 등이 열린 마음으로 받아들일 준비가 선행되어야 할 것 같습니다. 그리고 물론 대입 위주의 현 교육체제가 조금이나마 옆구리가 터져 여유를 가져야 하겠지요. 좋은 방안이 허공에 떠 있는 공상

이 되지 않으려면 실질적인 교육의 현 상황이 타개되어야만 한다고 봅니다. 여하튼 발상이 신선하고 아주 좋네요.

Hoital Ha Homo Ludens 없음 Homo sapiens도 없다!

이도종 참신한 아이디어이네요.

김성보 말의 성찬이 아니라 조그마한 일이라도 시도를 한다는 의미에서는 좋은 일입니다. 근본적으로는 부모들의 의식변화! 사회 분위기 변화가 꼭 필요하겠죠. 일선 학교의 목표가 일류대를 향하고 있는 한 무척 어렵겠죠.

Hoital Ha 윗글의 내용처럼 운영되는 북카페라면 실행 과정에 고민과 노력과 시행착오를 겪겠지만 그래도 꿈꾸며 실천하는 아름다운 작은 문화혁명의 시작이라고…

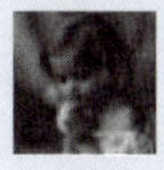

이수호 청소년 단체 희망에서는 실험적으로 서울 대학로 주변에 북카페를 만들어 운영하고 있는데 쉽지만은 않은 것 같아요. 암튼 이런 시도가 주체적으로 시도되고 정부나 우리 사회가 조금만 이해하고 함께하면 좋은 성과 있을 것 같아요.

신동하 청소년 카페를 학교에 만들면 (학교가 싫어서) 방과 후에는 안 간다는 설문조사를 근거로 학교 밖에 만들려고 하는 것입니다. 교육희망네트워크 등과 박원순 시장님과의 정책협약 사항이기도 하죠!

장애학생의 교육권 실현

'장애인 등에 대한 특수교육법' 및 '장애인 차별금지 및 권리구제 등에 관한 법률'에 따르면 특수교육대상자는 거주지에서 가장 가까운 학교에 다닐 수 있으며, 특수교육대상자를 배정받은 학교는 특수학급 설치, 특수교사 배치 등의 편의를 제공해 장애학생의 교육권 실현을 보장해야 한다고 규정하고 있다.

그러나 서울시교육청의 자료에 따르면 서울시의 109개 사립 중학교 가운데 특수학급이 설치된 학교는 한 군데도 없고, 고등학교도 사립 200개 중 특수학급이 설치된 학교는 겨우 5곳에 불과했다. 이는 과반수의 사립이 종교단체나 종교적 성격에 의해 설립되어 종교의 기본 정신인 사랑이나 자비의 구현을 교육목적으로 하는 데 비추어 보면 모순된 현상을 보이고 있다. 더군다나 거의 대부분의 운영비를 국고 지원으로 운영하는 사학이 경영상의 편리나 수익을 위해 장애인을 외면한다면 이것이야말로 교육을 빙자한 장사치의 행동에 다름 아니지 않겠는가?

법에 따른 장애인의 전·입학을 거부하거나 장애인을 위한 시설 등도 부실하게 하면서 있는 장애학생까지 싫으면 전학 가라는 식의 태도를 보이는 학교가 있다는 말이 사실이 아니기를 바랄 뿐이다.

6월 23일

 Keumja Kim 309개 중 5개 학교만 특수학급 설치! 설마, 사랑이 돈 사랑, 자비도 돈 자비? 세금 들여 운영하고, 헌법의 교육권에 맞춰 설립했을 텐데…

 김소연 국립학교도 입학한다 하면 난색을 표하고 특수학급이 이미 있는 다른 학교를 권하는 게 비일비재하지요~ㅠㅠ

 이수호 사립학교는 설립취지를 잊지 말아야 할 것입니다. 사립학교의 개혁 없이는 우리 나라 교육개혁은 없습니다.

 최석윤 선생님, 불행하게도 그렇게 전학을 강요하거나 입학을 거부하고, 특수학급 설치를 거부하는 것이 사실입니다. 모든 학교는 학생의 겉모습을 보고 판단을 하며 장애를 가진 친구들이 학교 구성원으로 들어오는 것에 대해 거부감을 표해 부모들의 가슴에 비수를 꽂으며 상처를 주고 있습니다.
아픈 현실이 오늘도 벌어지고 있습니다. 현재 사립학교에 다니는 장애학생의 경우 특수교육 지원을 받지 못하고 가방만 들고 오가는 것이 전부라 할 수 있습니다. 부모들의 간절함을 뭉개고 있는 교육현장의 변화가 절실하기만 합니다.

 정준희 김소연 님, 그렇군요. 제가 일하는 주변에는 특수학급을 많이 운영하기에 놀랐네요. 저는 학원강사이지만 자폐아를 가르쳐봐서요.

 이무연 우리 딸이 다니는 학교에 특수교육대상자가 있지만 그 아이 부모는 자신의 아이가 특수교육대상자라는 사실을 숨기고 싶어합니다. 아마도 제가 그 학교를 드나드는 것을 알면 걱정을 심하게 할 것 같네요. 가방만 들고 다니더라도 장애가 있다는 사실을 숨기고 싶어하는 부모도 있습니다.

진보교육은 더욱 현장으로

　교육자치의 핵심이라 할 수 있는 직선교육감 출범 2년을 맞으며 조심스런 평가들을 하고 있다. 이명박 정부의 신자유주의 체제에 의한 무한경쟁과 효율만능주의 시장중심 교육정책 아래서 교육자치가 제 모습을 보이기엔 한계가 불가피했다. 거기에 우리 사회와 학교에 만연해 있는 학력주의와 그에 기반한 입시제도 등은 만성적 왜곡된 사교육시장을 형성하고 있고, 그 앞에 국민 누구도 자유롭지 못했다. 이런 여건 속에서 학교는 학교폭력에 휩싸이기도 하고 학생들은 스스로 목숨을 끊기도 했다.

　평가를 새롭게 해야 할 것은 진보교육감들에 의한 교육자치다. 이명박·이주호 체제의 어려움 속에서도 온갖 어려움을 헤치고 한 발 한 발 전진해왔다. 지금도 세 교육감이 법원에 기소되어 있을 정도로 탄압도 심하게 받아왔다. 그런 중에도 친환경 무상급식의 도입과 확대, 혁신학교를 통한 학교현장 개혁, 학생인권조례 제정을 통하여 수직적 학교체계를 수평적으로 바꾸려는 노력 등은 크게 평가받아야 할 것이다.

　그러나 현장의 불만은 여전하다. 국가중심의 교육정책이나 뿌리 깊은 학력주의나 권위주의적 학교행정 행태가 당장 고쳐지기는 힘들 것이다. 일선학교의 교사·학생·학부모 등 교육주체들은 진보교육감의 체온을 느끼고 싶은 것이다. 진보교육(감)은 더 현장으로 더 낮은 곳으로 내려가서 그들과 함께 느끼고 울고 웃어야 할 것이다.

7월 3일 오전 8:55

 유성민 정치기생충들과 검탱이들이 여전히 삽질을 하고 있지만 그 래도 대한민국은 조금씩이나마 진보와 합리주의를 찾아가는 것 같 아서 다행스럽죠. 다만 여전히 마이클 샌델, 스티븐 잡스, 리누스 토 발즈 같은 인재가 탄생할 수 있는 여건이 아닌 것 같아서… 여전히 갈 길이 멀다고 생각합니다.

 Jongho Kim 아내가 봄부터 서울과 수도권의 중·고등학교에서 다 니며 반편견입양교육을 진행하며 무너져 내린 교실의 실상에 깊이 상심하고 있습니다. 가서 보니 정말 충격을 받고 있습니다. 손놓고 있을 수만은 없는 현실인데, 의식 있는 지도자의 철학과 소신이 꼭 필 요하고, 가정마다 부모들이 교육의 주체로 설 수 있는 의식전환과 문화 가 정착되어야 할 것 같습니다. 선생님의 교실이 무척 그립습니다.

 김태식 교육자치라고 하지만 진정한 교육자치는 못 되지요. 정부에 서 사사건건 간섭을 하고, 고소·고발을 일삼고, 돈을 미끼로 삼고, 더구나 왜곡된 현 교육체제를 유지하려는 이데올로그의 첨병들이 사방에서 나팔을 불어대는 형국에서 고군분투를 하고 있다고 봅니 다. 이쪽에선 빨간색이라고 까딱 하면 고소를 하고, 저쪽에선 시켜 보니 별 체감을 못 느낀다고 하는 중간에 껴서 매우 어렵겠지요. 그 래도 조금씩이나마 풍향계가 돌고 어디서 정말 바람이 불어오는지 를 파르르 떨면서 보여주고 있다고 봅니다. 파르르 떨며 가는 그 길 에 힘을 보태야겠습니다.

 이수호 사실 저는 교육자치의 핵심 중의 핵심은 학교자치라고 봐요. 학교자치의 주체이자 시작은 물론 자주적 교사이겠지요. 모든 교육 문제 해결에 교사가 앞장서야겠지요. 안타깝지만 이 무거운 짐은 우 리 나라 이 시대의 교사가 져야 할 십자가예요. 힘들고 억울하지만 어쩌겠어요.

 이상학 "현장으로, 그리고 더 낮은 자세로…" 교육을 잘 모르는 일반인의 시각으로 보아도 우리 교육이 안고 있는 문제는 너무나도 복잡하고 구조적이어서 해결책을 찾기가 쉬워 보이지 않습니다. 야만적인 정글의 법칙이 횡행하는 사회, 불법과 편법, 그리고 탈법이 공공연히 자행되는 사회, 학교에서 아이들에게 불법과 편법을 가르치고 있는 이 현실을 어떻게 해결해야 할지? 진보교육감님들의 노력이 있어 작은 희망이라도 찾을 수 있다고 생각합니다. 앞으로의 대책은 좀더 현실에 적합하고 현장 적응적일 필요가 있다고 생각합니다.

 김태식 공감합니다. 단위학교의 자치가 제대로 된다면 교사들도 진정한 주체로 설 수 있다고 봅니다. 교육과정뿐만 아니라 전반적인 교육구조에 숨구멍을 틔울 수 있다고 봅니다. 전남인가 그쪽에서는 학교자치에 대한 분위기가 활발한 것으로 알고 있습니다.

 이철훈 진보교육감이 없었더라면 교육현장은 그야말로 작은 바람과 기대도 가질 수 없는 절망이었을 것이 분명합니다. 그러나 진보교육감들의 교육정책 아젠다 설정의 실패 내지는 미숙함과 일제고사에 대한 분명한 결단 부족은 현장의 요구를 충분히 담아내지 못하는 한계와 실망으로 다가왔습니다. 특히, 건국 이래 최악의 교육과정(국영수와 일제고사를 위한 교육과정), 최악의 졸속 교육과정에 대한 무관심은 더욱 아쉬웠습니다. 그래도 진보교육감에게 희망을 가지며, 그 희망은 소통의 가능성과 열린 대화의 가능성이라고 봅니다. 좀더 진솔한 현장의 목소리를 듣고 행정에 반영해주길 소원해봅니다.

 문장주 서열 학력주의, 권위주의 학교행정 이 모든 것들이 교육계에 뼛속 깊이 박혀 있어 단기간에 바꾸기는 참으로 힘듭니다. 하지만 기적과 역사를 만드는 것 또한 사람입니다. 진보교육감, 전교조 선생님들이 계셔서 교육의 미래는 밝다고 생각합니다! 더불어 상기 내

용과 다르지만 민주통합당 김춘진 의원 보도자료에 의하면 최근 3
년간 국립대 특수교육대상자 특별전형에 모집인원 874명, 지원 501
명, 합격 175명. 합격률 20%입니다. 최저등급제 적용으로 합격률이
저조한 반면 까다로운 자격조건으로 응시율 또한 미달인 것으로 나
타났습니다. 국립대가 이 정도인데 일반 사립대는 어느 정도 일까
요? '고등교육 기회확대' 적극 적용 바라며…

 신동하 동시에 풀뿌리 차원의 학교자치를 가능하게 할 교사회-학
생회-학부모회 법제화 및 교무회의 의결기구화도 꼭 필요합니다.
교장 공모제보다 더 시급하다고 봅니다. 제왕적 권한을 공화정적 시
스템으로 개편한다면 누가 교장이 되든 훨씬 나을 거라고 봅니다.

 표광배 한 사람의 교육감이 바꾸기에는 벅차죠. 그것도 단임으로는
요. 어떻게든 연임이 되어야 하는데 아직 재판 결과도 끝나지 않았
고요. 갈 길이 멉니다.

교육위원에게 교육위 의장을

4년 임기 지방자치 전반기가 끝나며 시·도의회 의장단 선거가 한 창이다. 시·도의회 교육상임위원회 의장은 교육 전문성이나 교육자 치의 정신에 따르더라도 교육위원이 의장을 맡는 것이 상식이다. 16 개 시·도 가운데 14개 시·도는 그렇게 하고 있는데, 유독 경기도와 전남만 민주당이 욕심을 부려 민주당위원이 맡으려 해서 문제가 되고 있다. 이에 반발한 경기도 교육위원들은 일주일째 단식농성까지 벌이 고 있다. 민주당은 제발 욕심과 패권적 태도를 버리고 다른 시·도처 럼 교육위원에게 상임위 의장을 맡겨야 할 것이다.

7월 15일

 **오동진** 이 동네(국회)에 와 보니까 함께하려는 기풍은 아예 찾아볼 수 없고 오로지 개인을 앞세우고 있더군요. 그러니 욕심이 끝없이 생길 수밖에요. 체질에 안 맞습니다ㅜㅜ

 **정정식** 민주통합당 대선 주자들이 다 나서서 해결해주면 좋을 것 같군요.

 **정태효** 어떤 지역에선 민주당이 새누리당이라나…

 **김형태** 민주당이 욕심을 버려야 합니다.

 **이수호** 대선 승리를 위하여 민주당이 많이 양보도 하고 전략을 세워야지 눈앞의 욕심에 눈이 어두워 갈팡질팡하면 다같이 망하는 거죠. 암튼 민주당이 정신 차려야 합니다. 특히 경기도는 수도권으로 제대로 중심을 잡아야 합니다.

 **오종호** 제가 무지했던 몇 가지인데요. 저는 교육의원들로만 교육위원회가 구성되는 줄 알았어요. 교육위원회가 시도의회 소속인지도 최근까지 몰랐고요. 그나마 교육위에 다른 의원도 소속되는지는… 더구나 회기 상·하반기를 한 번씩 나눠서 위원장을 한다네요. 이번 경기는 그마저 독식! 그 넓은 지역을 선거구로 주고 요건 강화해서 뽑은 교육의원을 시도의원보다 못하게 배치하면 뭐 하러 교육의원 선거한 걸까요?

 **이재삼** 이수호 위원장님께서 명쾌한 글을 통해 지지와 격려해주셔서 감사합니다. 내일 월요일 본회의 직전까지 교육의원들과 민주당이 서로 한 발씩 양보하는 협의를 하고 있습니다만, 향후 껍데기만

남은 교육자치법이 제대로 손질되지 않으면, 직선교육감제마저 위태로울 수 있습니다.

이수호 그렇습니다. 핵심은 교육자치의 실현입니다. 교육마저 정치에 휘둘려서는 안 되지요. 민주당이 그나마도 수권정당이 되려면 이런 점에서 민주당이 입장을 분명히 해야 하는 거죠. 오늘 경기도 의회가 이 문제를 결정한다니 기대해봅니다.

교육의 희망은 아줌마

어제는 대천서 열린 제2회 교육희망회원대회 '교육으로 희망을 노래해요'에 다녀왔다. 전국에서 풀뿌리 교육운동을 하는 교육희망네트워크 식구들이 모두 모였다.

저녁에 6개 지역 진보교육감들을 모시고 토크콘서트가 개그맨 노정렬 사회로 열렸는데 정말 유익하고 재미있었다. 그 중 내가 들은 가장 재미있는 말은 "최근 형성된 교육의 가장 큰 권력은 아줌마다"였는데, 여기서 아줌마란 교육의 한 주체로 학부모도 되지만, 유권자로서 시민이기도 하고, 진보교육감의 교육자치 시대의 풀뿌리 교육주체라는 것이었다. 이 권력이 이번 대선에서 교육으로 대통령을 제대로 뽑는 데 나서기를 기대한다.

교육감 중에는 어느 교육감이 교과부 등 국가권력이나 그 어떤 외압에도 흔들리지 않고 "뽑아준 주민과 교사를 믿고 몸 사리지 않겠다"는 말이 가장 큰 박수를 받았다.

7월 22일

Keumja Kim님, 신수일님 외 142명이 좋아합니다.

 서진희 아, 어제 대천에 가셨군요. 미리 알았더라면 저도 갔을 텐데 ^^ 그럼, 이수호 샘 모시고 갈 수 있었는데… 앞으로 연락주세요, 함께 가게요. 전 어제 집에서 생방송 보기 시작할 때부터 대화를 그대로 자판으로 쳤어요^^

 김병국 아줌마, 파이팅!! 선생님도 파이팅!!

 정준희 파이팅입니다^^

 김정희 힘이 나는 소식입니다~대한민국 아줌마 만셉니다~

살아 있는 것은 아프다

자기 정화의 길

진보의 이름으로 갖가지 폭력이 난무하고 있다. 간디는 "모든 것을 평범하게 대하는 것은 자기 정화 없이는 불가능하다"며 자기 정화란 정욕(욕심)을 버리는 일임을 강조한다. 함석헌 선생님이 번역한 『간디 자서전』을 읽으며 나 자신을 돌아본다.

자기 정화의 길은 좁고 험하다. 완전한 정화에 이르려면 생각으로 나, 말로나, 행동으로나 절대적으로 정욕(욕심)을 버려야 한다. 사랑과 미움, 친밀함과 소원함의 대립이 이어지는 세속의 흐름을 초월해야 한다. 나는 내가 끊임없이 쉬지 않고 노력은 하면서도 아직도 내속에 세 겹의 정결이 되어 있지 못함을 안다. 세상의 칭찬이 달갑지 않은 것은 이 때문이다. 그뿐만 아니라 가슴을 찌르는 때가 많다. 교활한 정욕(욕심)을 정복하기란 내가 보기에는, 무력을 가지고 세계를 정복하는 것보다 더 어렵다.

5월 13일

 황순식 간디가 항상 끼고 다녔던 『바가바드 기타』도 정말 좋은 책이더군요.

 서상호 서민, 빈민을 위해 앞장서려는 사람들이 권력욕심 때문에 폭력을 행사하는 모습은 그들이 진보주의자가 아니라 폭력배들이기 때문이다.

 강신일 진보의 생명은 도덕성입니다.

 이수호 너무 안타깝고 힘드네요. 내게 그럴 자격이나 있는지 모르지만 상처받은 분들께 사과드립니다.

 강휘석 저 자신 내면의 갈등을 치유할 수 있는 '정화의 길'을 안내해주신 이수호 선생님께 감사드립니다.

 김병국 안타깝고 답답함을 넘어 분노하다 절망합니다.

 김용호 통진당이 진보 모두를 욕 먹이고 있다는 사실을 저들은 모르나봅니다! 안타깝습니다…

 김정동 잠이 오지 않는 불면의 나날들입니다.

곽노현 교육감은 말한다

도덕적으로나 법리적으로나 무죄가 확인되었음에도 1심에서 벌금 최고형, 2심에서는 오히려 실형을 선고받고 대법원 최종판결을 기다리고 있는 곽노현 교육감은 말한다.

나는 진실의 정화력, 법의 분별력, 법관의 판단력에 대한 기본적인 신뢰를 가지고 있다. 만약 이것을 갖고 있지 못하면 법학 교수도 못한다(곽 교육감은 교육감 당선 직전까지 방송통신대 법대 교수였다). 뿐만 아니라 사회가 어떻게 지탱 되겠는가. 어떤 분쟁이 잠정적으로라도 평화를 찾겠는가. 모든 판결은 모든 시민의 평가 대상이 되고, 역사의 평가 대상이 되는 것이다. 법의 원칙이나 진실에 어긋나는 오판은 당사자는 물론이고 국민공동체에 죄를 짓는 것이다. 이것은 무서운 책임이다.

대법원의 무죄 확정을 확신한다.

5월 27일

김병국 곽 교육감님 말씀이 멋있네요. 그 말 속에 진실이 있으며, 우리 법원도 진실하기 바랍니다.

이수호 곽 교육감의 순수성, 진정성, 자기 양심에 대한 신뢰는 힘이 있습니다. 법원의 판결 대상이 돼야 하는 현실이 안타까울 뿐입니다. 누가, 아니 그 무엇이 그걸 심판할 수 있단 말입니까.

이봉우 법이 양심의 추를 상실한 사회에 산다는 것은 차라리 진실의 깃발 아래 혁명이 일어 죽음에 도래하는 일보다도 두려운 것이다.

최석윤 상식이란 것이, 양심이란 것이 인정받는 일이 우리 눈앞에 펼쳐지기를 기다려 봅니다.

김영준 진실의 정화력, 법의 분별력, 법관의 판단력, 곽감님의 정말 좋은 말씀이지만, 후자로 갈수록 현실에서는 기대하기 힘든 점들이 있습니다.

이봉우 역사적으로 민중투쟁을 크게 둘로 나눈다면 첫째로는 왕정하의 빵을 얻기 위한 투쟁의 시대와 둘째로는 산업혁명 이후의 자유를 얻기 위한 투쟁의 시대로 나뉘며, 이제는 정의로운 사회의 건설을 위한 제3의 시대에 와 있다.

민중은 정의를 갈망하나 위정자가 변하지 않으니 참으로 답답한 노릇이다. 제왕적 권위의 대통령제 하에서는 정의사회가 구현되기 어렵다는 것은 삼척동자도 다 안다. 때문에 절대 권위체제에서 벗어날 필요가 있는 것이다. 정의가 숨을 쉬는 선진국을 보면 그 답이 나오리라 생각한다. 이제는 제왕적 권위를 휘두르는 대통령의 권한을 일부 축소시킬 필요가 있는 시대에 와 있는 것이다.

평화가 가득하기를

부처님 오신 날 아침, 부처님의 자비로 온누리에 평화가 가득하기를 소원하며, 함석헌의 「평화운동을 일으키자」를 읽습니다.

여러 운동 중에 평화운동이 있고 여러 길 중에 평화의 길이 따로 있는 게 아니라, 삶의 꿈틀거림이 곧 평화운동이요, 평화의 길이다. 그러므로 평화운동에서 가능 불가능을 물어서는 아니 된다. 마땅히 하지 않으면 안 되는 당위요, 의무임을 알아야 하고, 그것을 하자는 결심이 있을 뿐이다.

평화의 나라에 평화운동이란 있을 수 없다. 평화는 전쟁 속에서만 피는 꽃이다. 삶은 죽음 속에서만 나오고, 기쁨은 근심걱정 속에서만 나오고, 사랑은 미움과 싸움 끝에서만 나온다.

생명이 가는 길은 처음부터 언제나 그러했다. 늘 불가능이 가능이다. 도리어 천국에서는 평화운동이 불가능할지 모른다. 필요가 없기 때문에.

그러나 그 아랫동과 윗동이 서로 따로 놀아 지랄을 떠는 이 반도에는 평화운동이 일어나야 한다. 못 일어나면 망하는데 가능 불가능을 묻고 있겠느냐.

5월 28일

 최교진 1989년 오늘, 연세대에서 형님 모습은 아름다웠습니다.

 남권영호 분단된 조국은 평화를 필요로 합니다. 평화도 내려놓아야 가능하겠지요?

 강휘석 부처님의 가르침을 나의 작은 실천들로부터~

 이수호 통진당 사태는 아직도 우리를 힘들게 하고, 시리아에선 내전으로 어린이들까지 무차별 죽어가네요. 이병우는 아직도 깨어나지 못하고 있는데 병 중에 있는 친구는 어찌 그리도 많은지요. 두 손 모으고 간절히 부처님의 가피를 빕니다.

 정태옥 수신제가 치국평천하는 순차성이며, 동시성이죠.

자립해서 살 권리

어제 오후에는 경기도의회 대회의실에서 열린 경기도뇌병변장애인인권협회 출범식에 다녀왔다. 나는 장애인 제자 덕분에 한국뇌병변장애인인권협회와 인연을 맺고 10여 년을 그들과 함께 자립해서 살 수 있는 권리를 중심으로 이동권·교육권·노동권 등을 위해 싸우고 있다.

그들은 출범선언문에서 비장한 결의를 보여주었다.

자신의 선택을 무시당한 채 시설에서 외로운 삶을 연명하는 형제들, 편의시설 부족과 이동의 문제, 가족의 반대로 집안에서만 지내는 대부분의 장애인들, 사회현장의 가장 치열한 현실에서 투쟁하며 인권활동을 하는 동지들이 함께 소통하고 스스로 문제를 공유하고 해결하기 위해 경기도 한뇌협을 출범시킨다.

당사자인 중증 뇌성마비장애인이 주축이 된 이 장애운동을 축하하고 격려하기 위해 경기도의 책임 있는 공무원이나 정치인들이 참석 예정이었으나, 마침 같은 날 열린 국제 요트대회로 가느라고 대회장은 쓸쓸했으나 그래도 그들은 기죽지 않고 반은 알아듣기 힘든 말투였지만 스스로 자립해서 살아보자고 외치고 있었다.

6월 1일 오전 8:03

113명이 좋아합니다.

 **박철수** 약자의 편, 따뜻한 시선, 늘 애쓰시는 모습 응원합니다.

 **최규하** 먼 길 오셔서 축사로 용기주셔서 감사드립니다.

 **이수호** 나는 특히 장애인 단체가 활동하는 곳을 가면 내가 나 자신을 돌아보게 되고 많은 느낌과 깨달음을 받는다. 어제도 그랬다. 너무 아프면서도 좋았다.

 **곽정숙** 전체를 말씀해주시고 구석구석도 보여주시고, 손잡아주시고, 함께 길 만들어 나아가주시니 든든함! 희망입니다! 뵌 지가 오래이군요. 밥상교제 청하면 틈내어주실 거죠?^^

 **Kyung Kim** 그러셨군요… 뇌병변장애가 있는 조카가 있어 반갑게 읽었습니다. 힘이 되고 의지가 됩니다.

 **이수호** 당연한 일 대단하게 봐주셔서 고맙습니다. 우리 대부분의 마음이 아닌가 생각됩니다. 곽정숙 의원님 반갑습니다. 큰일 아름답게 끝내시고 단정하게 계신 모습 너무 좋습니다. 언제든지 불러주시면 달려갈게요.

 **안누리** 장애인이 되고 싶어서 된 사람이 없는데 차별받는 것은 잘못이라고 생각합니다. 누구나 평등한 세상을 위하여~

 **Myung Shin Choi** 희망으로 오늘 부족한 잔을 채웁니다.

권정생 선생의 유서

안동 땅 복주여중에서 국어를 가르치는 김명희 선생님께서 최근 펴
낸『김명희의 문학 기행, 낯선 익숙함을 찾아서』를 보내주셨다.
'사람을 더 많이 이해하고, 더 깊이 사랑하기 위한 간절한 행위로
떠나는, 낯선 익숙함을 찾아가는 여행', '언젠가 녹록지 않은 길을 제
홀로 걸어갈 아이들에게, 부족하나마 이 책이 시원하고 깊은 우물을
만나게 해주는 안내서가 되었으면 한다'는 교사의 소망을 담고 있다.
권정생에서 황순원까지 스물두 분의 문학마을을 찾는 여행의 첫 발
길은 안동 조탑마을의 '7평짜리 오두막의 성자'를 찾는다.
권정생의 돌아가시기 2년 전에 쓴 유서는 나의 우울한 토요일에 묘
한 활기를 준다.

내가 쓴 모든 책은 주로 어린이들이 사서 읽는 것이니 여기서 나오
는 인세는 모두 어린이에게 돌려주는 것이 마땅할 것이다. (…) 만약
에 죽은 뒤 다시 환생을 할 수가 있다면 건강한 남자로 태어나고 싶
다. 태어나서 25살 때 22살이나 23살쯤 되는 아가씨와 연애를 하고
싶다. 벌벌 떨지 않고 잘할 것이다. 하지만 다시 환생했을 때도 세상
엔 얼간이 같은 폭군 지도자가 있을 테고 여전히 전쟁을 할지 모른
다. 그렇다면 환생은 생각해봐서 그만둘 수도 있다.
• 「2005년 5월 1일 작성한 유언장」에서

이번 주말은 김명희 선생님과 문학여행이나 해야겠다.

6월 2일

93명이 좋아합니다.

 한현숙 여전히 건강한 웃음 건강한 활동, 항상 보고 감사하고 있습니다. 이 시대의 스승으로 항상 존경을 보내고 있습니다. 나의 청춘에 좋은 길을 보여주셨던 당신을 응원합니다.

 오동진 권정생 선생님도 멋지시고, 이수호 샘도 멋지십니다.

살아 있는 것은 아프다

막내딸이 어제 예쁘게 차리고 나갔다 들어오더니 누구에게서 선물 받은 시집이라며 류시화의 『나의 상처는 돌 너의 상처는 꽃』을 거실 긴 의자에 던져놓았다. 아침에 손에 잡혀 무심히 들었는데, 발문을 쓴 이홍섭 시인의 말처럼 어느 '먼 곳으로부터 온 편지'를 읽는 듯했다.

살아 있는 것은 아프다
밤고양이가 나를 깨웠다
가을 장맛비 속에 귀뚜라미가 운다
살아 있는 것 다 아프다
다시 잠들었는데
… 꿈속에서 내가 죽었다
그날 밤 별똥별 하나가 내 심장에 박혀
나는 낯선 언어로 말하기 시작했다
나중에야 나는 알았다
그것이 시라는 것을

6월 3일

♥ 133명이 좋아합니다.

강휘석 선생님, 항상 건강하셔야 합니다~

김태식 시시부시한 부녀지간이군요.

김창효 감사합니다, 모처럼 잠시나마.

이수호 나는 지금 도시의 어느 골목 지하에 있는 아주 작은 교회에서 다음주에 드릴 성가를 연습하는 뒤에서 누구를 기다리며 앉아 있습니다. 불협화음의 화음, 아름다움보다는 알 수 없는 감동입니다.

2천 원의 행복

　사무실 들어가다가 시간이 약간 있어 큰맘 먹고 구두병원에 들렀다. 아침 일찍 나와 밤늦게 들어가는 일상 속에서 내 구두는 주인을 잘못 만나 늘 먼지투성이다. 걸음걸이도 시원찮아 뒷굽도 한쪽으로만 닳았다.

　구두병원 의사는 능숙한 솜씨로 굽을 갈고 너무 오래 안 닦아 기름기가 다 빠져버린 내 구두에 약을 듬뿍 칠해 멋지게 광을 내주었다. 미안하고 고마운 마음에 얼마냐고 묻자 머쓱한 듯 13,000원이란다. 15,000원을 주며 거스름돈을 안 받자 고마워서 어쩔 줄을 모른다.

　구두병원을 나서며 구두뿐만 아니라 몸, 마음 전체가 번쩍번쩍 광이 나는 느낌이었다.

　7월 3일 오후 3:12

Keumja Kim, 황인웅, Juil Kim님 외 139명이 좋아합니다.

 서진희 구두, 몸, 마음 전체가 번쩍번쩍 오늘은 광이 나는 좋은 하루 되셨네요^^ 아~ 저도 밖에 나가 반짝반짝 광나는 느낌을 받고 싶어 요.^^*

 한석호 ㅋㅋㅋ 따뜻한 마음이 읽혀지네요.

 시명준 행복은 구두가 느꼈겠습니다. "구두야 축하해~"

 강휘석 일상의 소소한 행복을 맛보셨군요~

 김태식 이수호 샘, 이런 글도 참 좋아요. 너무 딱딱한 글만 쓰지 마시 고 이런 일상의 소소한 글도 올려주시면 좋겠습니다~람쥐~ㅎㅎㅎㅎ

 김인종 선생님의 마음을 읽을 수가 있어 흐뭇합니다*^^*

 이도종 선생님처럼 여유를 가지면 세상살이의 숨통이 트이는 것을.

 Jongtaek Kim 주인 잘못 만난 구두가 불쌍하지만 구두에게 한 마 디 안 할 수 없습니다. 조심해서 선생님을 모시라고. 신일 16기입니 다. 선생님 파이팅.

 이수호 구두약 사다가 집에서 닦으면 제일 편하고 좋은데 그것도 언 제부턴가 부담이 됐습니다. 마치 내가 어느 힘든 한 분의 일자리를 뺏는 것 같아서요. 나도 늙었나 봅니다.

노령화 사회의 고민

우리 나라는 비교할 나라가 없을 정도로 고령화 속도가 가파르다. 65세 이상 인구는 2010년에 545만 명으로 전체 인구의 11%였으나 2020년에는 15.7%, 2030년에는 24.4%로 크게 높아질 추산이다. 인구 네 명 중 한 명이 노인인 시대가 빠르게 다가오고 있는 것이다.

복지 재정이 국내총생산의 9%로 OECD 국가 평균 19%보다 훨씬 낮은 우리 나라 노인들은 힘들고 우울할 수밖에 없다.

그러나 65세 이상 노인 가구 평균소득은 전체 가구 평균소득의 66.7%로 OECD 국가 중 꼴찌에서 둘째다. 그에 비해 우리 나라 노인층의 근로소득 비중은 58.4%로 OECD 평균의 세 배이다.

일을 가장 많이 하고도 가장 가난한 우리 나라 노인의 삶, 노인 자살률 세계 1위의 불명예가 당연한 것으로 느껴진다. 그저 자식 교육과 결혼 뒷바라지 등에 온힘을 쏟았을 뿐인데, 황혼길에 경제적 어려움과 심리적 박탈감 속에서 고통의 하루하루를 살아가고 있다.

사람은 누구나 다 늙기 마련인데, 노령화 사회에 대한 근본 대책이 요구된다.

7월 4일

♥ 78명이 좋아합니다.

 **김민웅** 노인이 되면 수입은 없어지고 건강도 나빠지고 자식들은 자기 살기 바쁘고. 그런데 국가는 노인들을 버리고 있지요. 독거노인으로 죽어가는 이들의 이야기는 소수의 문제가 아닌 세상이 오고 있습니다. 이 문제는 매우 절박한 과제입니다.

 **오동진** 미래를 예측하고 설계하는 정치가 필요한데 눈앞에 보이는 성과 위주로만 추진되고 있습니다.

 **김태식** 정말 심각한 문제 같아요. 젊은이는 취업이 되지 않아 불안, 노인들은 궁색을 벗어나지 못해 불안, 그럼 중장년층은? 그 자리에서 떨거져 나갈까봐 불안, 총체적인 불안사회가 현재 우리 나라의 모습이지요.

 **이상학** 우리 나라 인구구성표를 보고 깜짝 놀랐습니다. 우리가 통상 생각했던 것보다 훨씬 심각했습니다. 우리가 삼각형, 항아리형 등으로 배웠는데… 이건 해군마크를 닮았더라고요. 우리 사회는 고령화라는 시한폭탄을 안고 살고 있다고 생각됩니다.

 **조형일** 연금도 없고 정부정책도 기대할 바 없는 사람들, 몸 건강히 챙겨 80세까지 일하는 수밖에…

 **이수호** 영국을 비롯해서 앞서 가는 나라들은 정년을 연장하거나 아예 없애는 쪽으로 가고 있어요. 우리도 새로운 패러다임을 고민할 때가 됐네요.

 **김정희** 열심히 일했는데도 연금이 없는 사람들이 있습니다. 전교조 복직교사들 중 많은 선생님들이 그렇습니다. 경력도 인정되지 않아 '명퇴'는 꿈도 못 꿉니다. 정년은 다가오고 미래에 대한 불안감에 대해 강한 공감을 느낍니다.

찌질한 인생

지하철을 타면 가끔 장애인이 도움을 요청한다. 맹인들이 애절한 노랫가락이 흘러나오는 녹음기를 목에 걸고 지나가거나 지체장애인들이 껌을 들고 어려움을 호소하기도 한다. 가끔은 뻔한 거짓말을 쓴 작은 종이쪽지를 돌리며 도움을 청하는 젊은이들도 있는데, 이런 경우 심정이 복잡해진다.

오늘도 어떤 장애 젊은이가 전단지를 돌리며 지나간다. 어쩔까 하다가 발달장애처럼 보이는 모습이 안타까워 지갑을 열었다. 그런데 아차! 천 원짜리가 없다. 어쩔까 오천 원짜리를 만지작거리다가 포기한다. 다리를 절뚝거리며 다음 칸으로 넘어가는 장애 젊은이가 못내 안타까웠다. 그리고 속으로 후회하며 자신을 나무랐다.

"아유, 이 찌질한 인간아!"

7월 4일 오후 1:46

Keumja Kim, Juil Kim, 한석호님 외 140명이 좋아합니다.

 김재룡 선생님, 피차 일반이지요^^ 오만 원짜리가 아닌 것이 고맙고 다행이구요^^

 Hoital Ha 샘, 저는 어린이나라(초등학교) 시절 교회를 다녔었는데 마지막 찬송가 부르며 헌금할 때 동전 크기의 선택과 하느님의 심판? 내지 천국의 문 거리 사이에서 심각한 갈등을…ㅋ!

 이춘섭 ㅎㅎㅎ 이 선생님, 참… 그런 경험을 안 한 사람은 별로 없을 거예요. 나도 홀로 읊조려봅니다. "이 이 찌질한 인간아, 인간아…" ㅋㅋㅋ

 문장주 저도 선생님과 똑같은 선택을 했을 것입니다! 지하철공사에 차량 내 지폐교환기 설치 건의하려 합니다 ㅎㅎㅎ

 신정길 이런 일로 갈등하고 자책할 줄 안다는 것 자체가 마음이 따뜻하다는 거 아닐까요.

 김두림 그러게요. 천 원짜리 찾게 되는 그 심정, 참…

 Yong-ill Han 선생님은 결코 찌질한 인생을 살지 않으셨으니 그냥 후후 하고 웃어 넘겨봅니다. 잘 지내시죠?

 신순영 저도 지금 지하철입니다~ 햇볕이 항상 다 골고루 비출 수 없고 바람이 늘 나뭇잎과 풀잎사귀를 골고루 만져줄 수 없어서 가끔은 태풍이 불어줄 때도 있잖아요.

 Jongtaek Kim 선생님이 가르친 제자들이 오천 원을 과감하게 쏘고 있으니 자책(?)하지 마세요. 선생님의 가르침이 없었다면 그런 과감

함은 없었을 겁니다. 제자들이 내는 기부금은 선생님이 낸 거나 다름없습니다. 파이팅!

이수호 지하철에서나 길거리에서 어려운 분들 만나면 사실 늘 갈등이죠. 이런 가난과 빈부 격차가 이런 개인 간의 동정이나 배려 수준이 아니니까요. 그래서 우리 국가나 사회가 마음 약한 사람들을 찌질한 인간으로 만들고 있는 것 같아 안타까워요. 우리 사회가 함께 책임져서 골고루 잘사는 사회가 돼야겠지요. 괜히 마음 불편하게 해서 미안해요.

안은숙 하하하 모든 사람이 다~~~~아 찌찔한 인생인 걸요.

Soon Seog Ko 선생님 제가 사는 과테말라엔 더 많은 장애인, 아이, 걸인들이 길거리 여기저기 구걸을 하고 다니지만 안전을 위해 모른 척 하라는 게 여기 대사관 경찰영사님의 요망사항입니다. 차에 탄 동양인은 언제나 강도의 타깃이 될 수 있다고 주의하라 합니다. 그러다 보니 여기 사는 저 같은 사람은 그런 면에서 안전을 위해 어쩔 수 없는 일 아니냐고 자기합리화를 하며 감정이 좀 무디어져 살고 있었던 것 같습니다.
엊그제 차를 같이 타고 가던 다섯 살짜리 딸아이가 "아빠, 아빠는 왜 저 불쌍한 애들한테 돈 안줘?"라는 질문에 참 할 말이 없었습니다. 오늘 선생님의 글을 읽고 제 고교시절 선생님께서 밤엔 야학에 나가 수업도 하시고 그 친구들에게 도움이 되게 학교 구내매점 협동조합 수익금을 주자고 했던 일이 기억납니다. 제가 나이만 먹고 참 엉터리같이 사는 것 같아 부끄럽습니다.

이수호 순석아 고맙다. 그렇게 먼 곳까지 가서도 열심히 살고 있구나. 친구로 다시 만났으니 페북에서라도 자주 보자. 늘 건강해라.

쫀쫀한 인생

점심시간 밥 먹으러 식당골목으로 들어서면 어김없이 선전지를 돌리는 아줌마가 있다. 어디 새로 차렸거나 싸게 판다는 음식점이나 실내 골프장 안내 등 별 필요 없는 광고지 들이다. 모두 외면하고 지나간다. 그런데 돌리는 아줌마의 눈빛은 애절하다. 손에 들고 있는 걸 다 돌려야 겨우 시급이라도 받을 것이다. 나는 늘 망설이는데 우리 사무실 막내는 일부러 가서 받는다. 어떤 때는 한 뭉텅이를 받아와서는 우리에게 돌리기도 한다. 어차피 보지도 않고 쓰레기통으로 갈 텐데 왜 그러냐고 눈총을 주면, "아줌마가 오죽하면 저 땡볕에 저렇게 하겠어요" 한다.

우리 사무실 젊은 막내에게 나는 부끄럽다. 이 쫀쫀한 인간아.

7월 5일

 광야에서 앞으론 전단지 무조건 받아야겠네요. 저도 반성합니다~

 김태식 찌질하고 쫀쫀한 인간, 바로 제 얘기이네요. 이수호 선생님이야 그럴 리가 없지만요. 반성에서 오는 찌질이는 정녕 찌질이가 아닐 거예요. 스스로 쫀쫀하다고 알고 있는 쫀쫀이는 쫀쫀이가 아닐 거예요ㅎㅎㅎ

 정승식 저는 돈 받고 돌린 적은 없지만 선전지 돌린 경험이 있어 꼭 받습니다. 그런데 받으려 해도 나이 많은 사람이라고 쏙 빼면 좀 거시기합니다.

 Francisco Hyun Kim 그런 걸 한 번 해봐서 알까요? 저도 아는 형님과 밥을 먹는데 여름방학 때라며 팁을 더욱 두둑이 주면서 자신이 학생시절 웨이터로 일해봐서 그런다고 하더라고요.

 김병국 광고지의 환경파괴적(고급 종이와 컬러 잉크, 그대로 쓰레기통에 버려지는 처리 등) 측면을 생각하면 없어져야 하지만, 그것을 찍어내어 생계를 유지하는 영세 인쇄소와 한 명의 고객이라도 더 끌기 위한 영세 광고주와 그것을 돌리며 생활비를 버는 아줌마들을 생각하면… 세상에 쉬운 답은 없는 것 같습니다.

 김태수 우리도 각종 현안과 관련한 선전 유인물 배포 작업을 하다 보면 싸늘하게 외면하는 시민들이 때론 야속, 얄밉기도 하지요.^^

 이수호 때론 나에게는 사소한 일이 다른 사람에겐 큰 일일 수도 있는 것 같아요. 암튼 주변에서 많이 배웁니다.

 오동진 아는 만큼 보인다잖아요. 길거리의 전단지도 그렇거니와 매일매일 지겹게 걸려오는 콜센터의 홍보전화도 쉽게 내치지 못하잖아요. 비정규직의 절규 같아서…

 이정영 제가 유인물 돌리던 생각이 나서 저는 무조건 받아줍니다.

 신광국 역지사지라면, 꼭! 받아야겠지요.

 정호희 우리가 흔히 '선전전'으로 표현하는 그 행위가 그분들에게는 생계를 위한 절박한 노동이더라고요.

 김정희 받아서 귀찮은 듯 바닥에 버리고… 사람들이 밟고 지나가면 마치 나 자신이 땅에 나뒹구는 느낌. 저도 소중히 받아 저쪽에 가서 버리지요. 역시 역지사지의 마음입니다.

 이상학 동진 님의 이야기 듣고 한편으로 걸려오는 판촉전화를 잠깐이라도 듣고 있어 보려는데… 그리 쉽지가 않더라고요.

신의 손

내 책상 옆 창가에 누가 가져다 준 예쁜 선인장 하나가 말라가고
있다.
물을 줘야지 하다가 또 다른 일에 묻혀 잊어버린다.
이젠 물에 담가놓아도 살아날 것 같지 않다.
돌아보니 사무실 곳곳이 시체다.
고운 꽃의 생사여탈이 내 손에 달려 있어 내가 신인데
세상을 죽이고 있다.

7월 6일

 강휘석 선생님, 생명체를 돌본다는 것처럼 어려운 일이 없는데… 하물며 우리 아이들을 돌보는 교육은 더 어려운 일인 것 같아요~^.^~

 최기종 저 까라솔 하나 죽였어요. 그런데 물을 너무 많이 줘서.

 정태효 자신이 신임을 인식하는 것이 중요. 신의 책임을 다하시길…

 이수호 그래요. 물을 안 줘도 안 되고 너무 많이 줘도 안 되고… 상대에 맞게 하는 게 중요한 것 같아요. 근데 잘 키우는 사람도 참 많아요. 그런 사람 존경스러워요.

 Jongtaek Kim 선생님의 섬세하고 세심한 마음을 보면서 제 주변을 한번 둘러봅니다. 과거나 현재나 저에게는 항상 선생님입니다.

 Caleb Han 선생님, 한철현입니다. 86신일졸업생. 미국에서 산 지 17년 되어가고, 아리조나 산 지는 6년이 됩니다. 선인장의 본고장. 물 많이 주면 뿌리가 섞어서 죽고… 죽었다고 쉽게 버리면 안 됩니다. 뿌리를 흙에서 빼내, 일주일 정도 말린 후 다시 심으면 살아나는 수가 많거든요. 미국 아리조나에는 하나님이 만드신 그랜드케넌이 있습니다. 선생님과 일박이일 케넌 아래를 내려갔다오는 산행을 하면 정말 좋을 것 같은데… 선생님 파이팅!

 김민웅 스스로를 많이 반성하게 하는 글입니다. 저 역시 신이 되는 현장이 참 많은데…

지하철 안에서

광화문에서 '죽음의 입시경쟁교육을 중단해주세요' 일인시위를 마치고 사무실로 돌아오며 지하철에서 당한 일입니다.

오후여서 크게 붐비지는 않았지만 선 사람도 제법 있었는데 나는 다리도 아프고 해서 앉아 있었습니다. 옆자리에는 동남아 어느 나라에서 온 듯한 젊은 여성이 앉아 있었는데, 어느 역에 도착하자 손님들이 내리고 타는데 옆자리의 그 외국 여인이 일어나며 어느 젊은 여인에게 자리를 양보하는 것이었어요. 같은 젊은이끼리 왜 이러나 하고 봤더니 아 이 젊은 여인의 배가 살짝 불러 있는 게 아니겠어요. 초기 임신부였지요. 그걸 알아보고 얼른 일어나는 외국인 여인도 이뻤지만 그 배려에 "땡큐!" 하며 자연스럽게 앉는 젊은 임신부도 아름다웠어요. 나만 부끄럽고 못된 놈이 됐지요. 그래도 기분은 좋았어요.

7월 10일 오후 3:54

조효상님, 박수경님 외 167명이 좋아합니다.

 오동진 세상은 낮은 사람들이 아름답게 만듭니다. 나라가 어려운 일 당할 때도 아랫것들은 나서는데 윗것들은 보이질 않잖아요?

 정진영 이런 소시민들 때문에 대한민국이 건재한 것 같습니다.

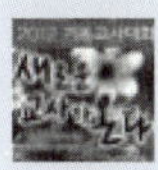 강영희 섬세하게 주변을 돌아보는 글 나눠주셔서 훈훈한 맘으로 읽 곤 합니다.

 송형호 하하 이 선생님의 공감능력에 환한 미소를 짓게 됩니다^^

 김태식 모두가 아름답네요. 자리를 양보하는 동남아 젊은 여성도, 자리에 기꺼이 앉는 젊은 여인도, 그 순간을 예민하게 통찰하며 이 렇게 글로 표현한 선생님도, 글을 읽는 페친님들도 오글오글 모여 하하호호 즐겁습니다.

 이수호 짜증나는 일 많지만 사람 속으로 들어가보면 훈훈한 일도 많 아요. 그게 우리 무지렁이들의 힘이겠지요. 그 힘 믿고 살지요.

 Jongtaek Kim 초기 임신부인지 어떻게 알죠? 내가 주위에 너무 무 심한가 생각해봅니다. 선생님과 페북 친구가 되니 학교를 다시 다니 는 기분입니다.

 KiSoo Yoo 어제 퇴근버스에서 옆에 서 계신 임신부를 못 보고 있다 가 한참 후에 확인하고 미안한 마음에 일어나서 다른 데로 갔어요. "죄송합니다. 제가 미처…"라고 한 마디 못 한 게 후회되더군요. 찌 질한 놈.

 박철수 아름다워요. 이리 살아야 지맛인디…

 최석윤 일인시위의 고단함을 달래주는 단비 같은 광경을 구경하셨으니 눈도, 마음도 즐거움으로…

 김정희 참 아름다운 풍경이네요. 아이들이 이런 배려를 배웠으면 좋겠어요.

 박옥경 선생님이 왜 부끄럽습니까? 그 여인들의 배려와 고마워하는 마음들을 본 아름다운 어른이시지요.

그 아저씨

『곽노현 버리기』의 필자들 초청 저녁 먹는 모임에 참석했다가 돌아가는 길, 비는 내리기 시작하는데, 지하철 시청역에서 잘생긴 노숙자 아저씨를 만났다. 술에 취해 2, 3백 원만 달란다. 집에 전화라도 해야겠다고. 뻔한 거짓말에 망설이다가 2천 원을 줬다. 고마워 어쩔 줄 몰라 하며 묻지도 않는 말에 혼자 대답한다.

"선생님 정말 고맙습니다. 앞으로는 절대 술 안 먹을게요."

몇 천 원 더 줄 걸 그랬나. 나는 늘 이렇게 쩐쩐하다.

7월 12일 오전 10:05

Keumja Kim님 외 171명이 좋아합니다.

 우일문 쫀쫀한 인생, 아름다우십니다.

 이상규 위원장님의 그 쫀쫀함 저도 본받고 싶어지는군요.

 차용희 왜 제가 다 감사한지요? 저도 더 쫀쫀해지고 싶습니다 💜

 이수호 설렁탕 한 그릇이나 최소한 라면 한 끼라도 따뜻하게 먹을 수 있게 해야 하는데 그게 현실과 잘 맞지 않아요.

 김혜영 『책이 저를 살렸습니다』를 쓰신 최준영 선생님 말씀에 따르면, 노숙자들이 구걸을 해서 번 돈으로 술을 사 마시는 이유가 백 원짜리 동전이나 많아야 천 원 이천 원밖에 얻지 못하니 그 돈으로 사 먹을 수 있는 것이 소주 한 병 정도라서 그렇다는군요. 과자 한 봉지도 사기 어려운 돈으로 소주를 사 마시면 몸도 좀 훈훈해지고 괴로운 생각도 잠시 잊을 수 있어서 그런다고. 읽으면서 마음이 아팠습니다. 그 후로 저도 지갑에서 좀더 꺼내 드리려 노력하지요^^*

 최석윤 선생님, 일상의 소소한 이야기들을 흘려보내지 않고 기록으로 남기시니 편하게 읽을 수 있어 기분도 좋아지고 종일 시달린 마음도 달래주어 좋습니다.

 서윤기 선생님의 따뜻한 맘 잊지 않겠습니다. 시에서 정책을 고민할 때도 그 맘 생각하겠습니다.

 정문희 생각보다 먼저 행동하라고 씌어 있던 책 구절이 생각나네요. 아마… 저라면… 생각이 앞서서 2~3백 원도 안줬을 거예요.

 이수호 따뜻한 댓글들이 저를 부끄럽게 하네요. 어쩌면 이 모든 글들이 저에겐 채찍입니다. 나 자신에게 '너 똑바로 살아라'라고 다그치는 거울입니다. 고맙습니다.

 성해용 가슴이 뜨끔합니다. 어저께 저녁에 서대문역에서 50세 후반으로 보이는 초라한 분이 와서 "노숙자인데, 조금만…" 하는 간청에 그냥 고개 돌려버렸네요. 목 디스크로 만사가 귀찮았던 상황이었지만, 두고두고 맘 걸렸는데, 오늘 선생님이 또 한 번!

 이명옥 전 안 주셨으면 더 좋을 뻔했다고 생각하는, 샘보다 더 쫀쫀하고 속좁은 사람이에요. 술 먹는 사람은 늘 후회하면서 또 그 돈으로 술을 먹거든요. 술을 못 먹게 하는 게 도와주는 것이란 생각을 합니다. 알코올에 찌든 이들을 위해선요.

그 아가씨

 비갠 뒤 바람 부는 도회의 거리를 걷고 있었습니다.

 어느 가게 앞에 세워놓은 입간판이 바람에 쓰러져 있었습니다. 가게 안의 점원은 모르는 상태였고요. 많은 사람들이 불편을 무릅쓰고, 혹은 짜증을 내며 길에 누운 간판을 피하거나 뛰어넘으며, 바삐 제 갈 길을 가고 있었습니다. 근데 한 아가씨, 쓰러진 그 간판을 세워 넘어지지 않게 해놓고는, 아무렇지도 않은 듯 가던 길 가는 것이었습니다. 그렇게 하는데 10초도 채 걸리지 않은 것 같았습니다.

 저걸 어쩌나 고민하며 다가가던 나는 마음이 편안해졌고요. 그 아가씨 뒷모습이 무척이나 아름다웠습니다.

 7월 12일 오전 11:30

 김영진 쉬운 일이면서도 어려운 일이지요. 그래서 아름다운…^^

 Myung Shin Choi 그 아가씨 톨스토이의 행복을 아는 사람이군요. 보이지 않은 손! 아름다운 사람. 유영모 · 함석헌 같은 선생님의 실천과 정신을 존경합니다.

 신순영 사람이 꽃보다 아름다운 풍경~^^ 이수호 위원장님의 시집에서 볼 수 있는 풍경~^^

 이수호 사실 이러한 풍경은 우리를 불편하게 할 때도 많아요. 작은 일일수록 때론 용기가 필요한 것 같아요. 저는 거리에서 배우고 훈련하려고 애쓰긴 하는데 잘 안 돼요.

 Jongtaek Kim 선생님 말씀대로 용기가 필요한 행동입니다. 혹시나 오해를 받지 않을까 싶어 지나치게 되는데… 부끄러워집니다.

 김태철 선생님의 발견에는 설렘과 반성이 있게 합니다.

 김정희 그거 절대 쉽지 않은 행동입니다. 그 용기에 박수를 보냅니다.

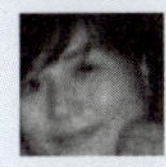 김은정 실천하는 사람이 되어야 하는데, 항상 관중입니다. 이제라도 관중석에서 일어나겠습니다^^

커피공화국

  귀한 분 찾아뵈러 강원랜드로 가는 길입니다. 쉬어갈 겸 문막휴게소에 들렀습니다. 같이 가는 분과 차라도 한 잔 할까 하고 둘러보는데, 이게 웬일입니까? 크지도 않은 휴게소인데 온통 커피전문점이었습니다. Caffe bene, TOUS les JOURS, LOTTERIA는 대형 매장까지 갖추고 있었고, Maxwell House, NEWYORK HOTDOG, FRENCH Kiss는 테이크아웃 전문점이었습니다. 그리고 자판기 코너에는 각종 커피가 늘어서 있고, 편의점에는 캔이나 유리병 커피가 종류대로 쌓여 있었습니다.

  우리는 그중 싸고 괜찮아 보이는 브랜드를 골라 마시면서, 우리 나라가 언제부터 이렇게 커피공화국이 됐지 하며 투덜거렸습니다. 다른 마실 것도 많은데, 스스로 얼마나 창피한 줄도 모르면서 말입니다.

7월 13일

 서상식 작년 가을 지리산 노고단에 올라갔더니 휴게소에 커피자판기도 치워버리고 커피전문점이 보이더라구요. 게다가 그 산꼭대기에 등산용품점까지 버젓이. 허가내준 넘들… 국립공원 안에다…

 Haejin Jung 소주보다 더 팔린대요.

 김정희 별다방에서, 스타다방에서, 스타 레스토랑에서, 스타카페에서, 스타커피 전문점으로… 커피의 문제가 아니라 커피를 마시는 사람의 격을 드러내는 변화가 아닐까요?

 오종호 하하 비싼 커피전문점이 터무니없이 많은 걸 한심해하면서 한심하게 그 커피를 마셨습니다.

 송형호 마케팅의 힘이 만만치 않은 듯해요^^

 Joon Heon Song 문화적 충돌? 문화적 융합? 어려운 내용인 것 같습니다.

 Dong–suk Seo 무려 축구장 150개 정도의 넓이에 해당하는 보성차밭이 몇 년 사이에 사라졌나쇼. 커피의 파괴력이 이마이미합니디.

 박옥경 이 커피시대에 가게 업주들은 아르바이트 대학생들 저임금에 밥 먹을 시간도 안 주고 노동력 착취하고 있다지요? 비대해진 커피시장에서 돈 없고 힘 없는 우리 학생들이 대우받고 일할 수 있게 관심 갖고 커피 먹으러 다닙시다.

짜장면 한 그릇

누구도 만나고 어디도 들렀다 하느라 점심을 놓쳤다. 조금 늦은 시간 혼자 뭘 먹을까 두리번거리는데 골목 안쪽에 작은 중국집이 보였다. 오랜만에 짜장면 생각이 울컥 났다. 때가 지나서인지 손님은 없고 젊은 부부가 양파를 까고 있었다. 고단한 삶의 무게가 작은 어깨를 누르고 있는 듯했다.

짜장면, 정말 맛있게 먹고 일어서며 얼마냐고 묻자, 3,500원이란다. 이런, 이렇게 싸다니! 뭐 남는 게 있나? 만 원짜리를 내고 거스름돈을 기다리며 실없는 걱정도 했다. 6,500원, 지전 여섯 개와 동전 하나를 받아들고 나서며 뭔가 찜찜했다. 내가 왜 이 동전까지 받았지? 기분이 영 좋지 않았다.

정말 난 구제불능인가보다.

7월 17일

143명이 좋아합니다.

 강영희 선생님의 글을 읽으며 늘 배려를 배웁니다. 바쁘지만 내 것만 챙기지 않고 다른 이들의 삶도 바라보는 마음을 갖고 싶은 생각이 듭니다.

 구본준 선생님, 다음부터는 거스름돈을 사양하는 센쑤도… 사실 어렵게 사시는 분들은 오히려 그런 것을 좋아하지는 않지만… 짜장면집에 손님 많이 드시라고 멀리서 기도 보냅니다~ 마하수리~ 짱짱짱.

 이경호 장소가? 맛은 어떠셨어요? 저도 한번 가보고 싶습니다.

 Haejin Jung 벌써 얼마나 오래된 가격입니까?!! 다 올랐는데 못 올리는 서민들 음식. 주인만 죽어납니다.

 정승민 곱빼기 시키면 500원 안 돌려주셔도 됐을 듯한데요^^; 잔잔한 일상이 묻어 있는 글 잘 읽었습니다!

 이수호 그 짜장면집 우리 동네 공릉동 뒷골목인데 이름은 기억 안 나네요. 그런 중국집이나 국수집 동네마다 있어요. 그런 작은 음식점 서울만도 하루 수백 개 생기고 수백 개 문 닫는데요. 이렇게 살기 힘든 세상이 정상인 것처럼 나는 살아가고 있어요.

 구본준 그러면 오늘은 동네 짜장면 집에서 각자 저녁을 해결하고 거스름돈은 사양하시면 어떨까요.

 신동영 사무실에서 한참 배고플 시간에 읽었더니 침이 꼴깍 넘어갑니다. 어느 집인지 모르겠지만 가서 팔아주고 싶은 생각이…ㅎ

 Jongho Kim 선생님의 그 마음이 지금까지의 한길을 걷게 했다고 믿습니다. 그 마음에 뭉클합니다.

 이수호 우리 사회는 양극화 현상이 심해서… 점심 한 끼에 5만 원도 먹을 게 없다는 사람이 많아요.

 구본준 음식이야말로 욕망의 끝이 없는 것 같아요. 욕망은 끊임없이 새로운 것 더 좋은 것을 요구하고 끝내는 음악, 미감, 장소, 서빙 등으로 옮겨가 황제의 식사로 가버리죠. 조선시대에도 왕의 식사는 매우 검소했는데 신하들은 밖에서 기름지게 먹었다고도 하고요. 뭐~ 여러 가지 설이 분분해요. 음식에 맛을 들이면 모든 일이 틀어진다고 믿죠. 짜장면 한 그릇, 소찬에 답이 있을 겁니다.

 Joouk Ryu 시대의 아픔을 느끼는 선생님의 마음은 당연한 정서입니다. 그렇지 않다면 사람의 길을 가고 있지 않은 것이겠지요.

 Caleb Han 우리도 영세, 서민, 또는 동네 식당에서는 10% 정도 팁 문화를 도입하는 운동을 벌이면 어떨까요. 많은 사람들이 마음은 있는데 습관이 안 돼서, 표현할 기회를 놓치는 경우가 많거든요. 이런 거야말로 죽기 전에 서둘러 많이많이 해야 할 일인데.

 구본준 부자일수록 팁을 내야 하는데 오히려 거꾸로입니더. 부자일수록 음식이 맛이 없다고 공짜로 먹고 간다는 이야기를 더러 들었습니더. 야박하고 야박한 이야기이죠.

 공성경 당연히 거스름돈 받으셔야죠. 말도 안 되는 가격에 중국집 대표 음식 파는 주인장의 당당한 소신을 칭찬하면서 말이죠. 그리고 다음에 가시면 그 집에 돼지저금통(있을지 모르겠지만) 하나 선물 해주세요. 이웃돕기에 써달라고 "찰그랑" 동전 넣으면서^^

택시 타기

　나는 가끔 택시를 탄다. 탈 때마다 기사 아저씨들의 고단한 삶이 마음을 아프게 한다.

　요금을 내고 거스름돈을 받을 때마다 찜찜해서 나름의 원칙을 정했다. 첫째, 1만 원 미만은 카드 사용을 하지 않는다. 둘째, 회사택시는 1천 원 미만, 개인택시는 5백 원 미만의 거스름돈은 받지 않는다.

　어제도 급한 일 때문에 택시를 탔는데 목적지에 다 와 가는데 3,900원이었다. 속으로 4,000원 넘지 않았으면 했는데 딸각, 4,100원이 돼버렸다. '분명 회사택시인데…, 하며 5,000원을 내고 거스름돈은 필요 없다고 말하려는데 그 아저씨 얼른 천 원짜리 한 장을 되돌려준다. 나는 늘 이럴 때는 동작이 늦다.

7월 19일

♥ Keumja Kim님, 신수일님 외 192명이 좋아합니다.

 조성범 저도 동전 거스름돈 불편해서 안 받는데 기사님들은 무척 고마워하시더군요.

 이종명 와우~멋쟁이 이샘^^

 구희현 ㅋㅋ위원장님 따라 배우기 많이 하겠네요.

 김병국 최근에 계속되는 사람냄새 나는 이야기… 읽을 때마다 감흥이 있습니다. 감동과 공감은 거대담론이 아니라 사람에서 시작되는 것을.

 강휘석 선생님, 괜찮아요~ 때로는 샘께서 스스로 정하신 원칙도 타인에 의해 깨질 때도 있어야 사는 재미가 있잖아요~~

 이수호 우리의 삶이 결국은 이런 사소한 일상들이 만들어내는 모자이크 그림 같아요. 작은 그림조각 하나가 그래서 소중한 거죠.

 민정연 음… 저는 제가 안 주셔도 된다고 말도 안 했는데 거스름돈 안 주시면 "고맙습니다" 안 하고 내리는데;;

 김태식 함께 사는 세상, 새삼 돌아봅니다. 없이 사는 분들을 이렇게 세심하게 배려를 하는군요. 표내지 않고 그렇게 하기도 어렵습니다. 방법을 가르쳐주셔서 감사합니다.

 공성경 당무를 보던 시절, 택시 이용할 때 저도 선생님처럼 스스로 세운 원칙이 있었어요. 교통카드를 지급 받았는데 택시를 이용할 경우 교통카드로 계산한 후 기사분께 사비로 천 원씩을 더 드렸죠. 기

본요금이 나온 경우에도 마찬가지였고요. 그때가 생각나서…

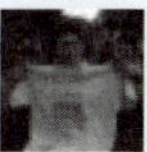 전명훈 택시기사들에게 팁 개념이 필요하다 생각해서 그리 하는 편이나, 개인택시는 FM대로 하네요^^

 최원경 동감입니다. 우린 왜 그럴 때는 늘 손이 늦지요?

 강철웅 작은 것에 소홀하지 않는 그 마음에 사람냄새가 납니다. 늘 그러셨지만 스스로를 돌아보게 하니 감사드립니다.

 오종호 그런데 회사택시와 개인택시가 다른 이유가 있나요?

 이수호 개인택시는 그래도 할 만한데 회사택시는 월급제도 아닌데다가 가스값에 사납금 등이 너무 많아 정말 힘들데요.

 김용호 아침에 나올 때 하루 150,000원 벌어야 겨우 본전이니까 하늘이 노래지지요. 그것도 하루 이틀이지 1년 2년 3년… 몸은 점점 병들어갑니다.

식당 아줌마

서울의 사무실 밀집지역 점심시간 식당가는 점심 한 끼 먹기 투쟁으로 전쟁터를 방불케 한다. 우리 사무실 몇 분과 가끔 들르는 식당에서 겨우 자리 잡고 주문을 하고 기다리는데 영 소식이 없었다. 새터민인지 조선족인지 홀 아줌마는 정신없이 부지런하기는 한데 뭔가 서툴고 어설퍼 보였다. 가만히 보니 분명 우리보다 뒤에 온 손님에게 먼저 갖다 주는 것 같아 화도 나고, 속이 부글부글 끓어올라 뭔가 한마디하려는데, 좀 나이 들어 보이는 주방 아주머니가 나오더니 간곡히 사과하는 게 아닌가.

"미안합니다. 제가 지시를 잘못해서요, 다른 분들께 먼저 갖다 줘버렸네요. 얼른 다시 해드릴게요. 정말 미안해요"라며 어쩔 줄 몰라한다. 우리 보기엔 분명 홀 아줌마가 잘못했는데, 주인처럼 보이는 이분이 정중히 사과하며 홀 아줌마를 감싸고 있었다. 분명 새터민 아니면 조선족인 홀 아줌마도 달려와 미안해서 어쩔 줄 모른다.

괜히 우리만 부끄러웠다. 근데 얼른 다시 가져온 비빔밥에 달걀프라이가 두 개씩 들어 있었다.

7월 23일

 **오동진** 시끌벅적한 식당이 훤히 보이네요. 계란프라이에 마음이 느긋해지고…

 **이수호** 제목을 깜박했네요. '식당 아줌마', 어때요? 오늘 나의 교사입니다.

 **김태식** 상황을 그대로 서술하라. 사람관계의 기본이지요. 상황에 개입하여 주관화하는 순간 오해의 싹은 히말라야 산맥처럼 커져버립니다. 좋네요. 홀 아줌마도 주방 아주머니도 그걸 또 이렇게 서술하는 선생님도.

 **이양훈** 성의는 고맙지만 비빔밥에 계란프라이 2개 들어가면 맛이 좀… 역시 비빔밥에 계란프라이 정량은 1개! ㅎㅎㅎ

 **KiSoo Yoo** 식당 가면 호칭이 좀 애매하지요. 아줌마, 이모, 여기요 등등. 차림사 님 하고 부르면 어떨까요?

 **장광수** 주방 아주머니같이 할 수 있는 사람이 세상에 얼마나 될까? 대개 홀 아주머니를 나무라거나 하죠.

 **이수호** 유기수 님 지적과 제안 너무 고맙습니다. 서울 박원순 시장도 그런 명칭에 대해 신경쓰고 있어 고마워했는데, 그런 게 사소해 보이지만 중요한 것 같아요. 차림사 님도 참 좋네요.

 **박창완** 조선족이라는 표현은 중국 입장에서 그렇고요. 우린 그냥 재중동포(교포)이죠.

 **서진희** 차림사 님… 참 좋네요. 차림사 님, 여기 밥 한 공기 더 주세요^^~*

 이수호 박창완 님 조선족에 대한 지적 고맙습니다. 제가 오늘 정말 많이 배웁니다.

 김민웅 ㅎㅎㅎㅎ 언제나 푸근한 글입니다. 전 지금 미국 체류 중입니다^^

 김용일 재중동포, 입에 익숙하도록 노력해야겠네요. 차림사도 마찬가지고요.

 최석윤 선생님, 정말 잔잔하게 웃음을 만들어내는 기술을 배우고 싶습니다. 말의 힘과 글의 힘을 느끼게 해주시니 감사할 따름입니다.

 Young Mi Choi 차림사 님이란 말 이미 나왔는디. 여성민우회가 식당노동자 권리찾기 하면서 공모해 만든 용어인디유. 좀더 검토해야 할듯… 이유는 나중에. 헉헉

 문장주 오늘 점심 계란프라이 추가한 비빔밥 강추~

 신동영 식사시간마저 시간을 다투는 조급함… 서울 도심 한복판에 살고 있는 대가인 것 같습니다. 쩝~

지하철 신문 수거

아침 지하철은 상당히 복잡하다. 언제부턴가 '스마트폰으로 놀기'가 대세지만, 아직도 공짜 신문을 보는 사람도 많다. 신문을 보고 나면 자연스럽게 선반 위에 올려놓는다. 그러면 갈퀴손 할아버지들이 지나가며 수거한다. 그렇게 해서 아침나절 버는 돈이 2, 3천 원이란다. 그런데 언제부턴가 선반 모서리에 방이 붙었다.

"쾌적한 환경을 위하여 읽고 난 신문은 승강장에 있는 신문지 수거함에 넣어주세요."

그나마 그 돈이라도 벌어야 하는, 부지런한 노인들의 몫을 빼앗는 것 같아, 신문을 읽고 선반 위에 둘까, 갖고 내릴까 망설여진다.

7월 24일

Keumja Kim님, Juil Kim님 외 121명이 좋아합니다.

 오동진 복잡한 인파 속에서 사람들을 밀치며 신문을 수거할 때마다 짜증이 나더라고요. 그래도 전 선반에 올려놓고 내려요. 내리고 나면 끝이니까…ㅎㅎ

 이대로 언제나 따뜻한 마음, 언제나 생각하는 모습이 아름답습니다.

 김병국 생활 속의 작은 관찰에서 주는 감동. 인간 이수호에 점점 빨려 들어갑니다…

 Yong-ill Han 선반 위에 놓으면 다른 사람이 또 읽을 수 있어 좋고—재활용!—나중에 할아버지들이 거둬가면 2차 재활용되는 것이니 얼마나 좋습니까! 저는 일부러 선반에 내려놓습니다.

 이수호 그러네요. 저도 선반 위의 다른 신문을 바꿔가며 자주 읽습니다. 근데 사실 지하철공사가 선반에 신문을 못 놓게 하는 건 청소하기 편리함보다는 수거하는 할아버지들에 대한 부담이겠지요. 우리 노인들이 그렇게 하지 않아도 되는 사회를 먼저 만들어야 할 것 같아요.

기사님만 인사하는

출근 길, 기다리던 마을버스가 왔다. 카드를 단말기에 대며 차에 오르는데, 운전기사가 나를 알아보는 걸까, "어서 오십시오", 반갑게 인사를 한다. 나도 고마운 마음에 "고맙습니다", 답례를 했다. 기분이 좋았다.

근데 가만히 보니 이 기사님, 나에게만 특별히 인사를 하는 게 아니었다. 오르는 손님에게 대부분 반갑게 인사를 열심히 하고 있었다. 그러나 답례를 제대로 하는 사람은 거의 없었다. 고마운 마음으로 인사를 하면, 기분이 좋아지는데 그게 그렇게 힘들다.

7월 25일

64명이 좋아합니다.

 박영하 하하 먼저 인사하는 게 남는 거죠^^ 저도 언젠가부터 먼저 하고 있답니다.

 김태식 저도 매일 버스로 출퇴근하는 입장이라 꽤 노력을 하고 있지요. 다들 피곤해서인지 퍼뜩 깨어 부리나케 버스에서 내리기 십상입니다. 곰곰이 생각해보면 승객이 그렇게라도 편히 잘 수 있게 해주는 게 누군인가요. 고마워 할 일입니다. 인사 답례 당연히 해야 한다고, 이 연사 강력히 외치는 바입니다 ㅎㅎㅎ

 Aehwa Kim 고마움을 표시하는 것은 좋은데… 전 운전수 분들에게 인사를 시키는 버스회사 측의 과잉친절 서비스 방침에는 반대합니다. 기사 분들의 노동은 안전운전만으로도 충분하다고 봅니다.

 신순영 버스에서 서로 인사하면 좋던데요~^^

 유희 서로 인사하는 건 좋은 거지요. 그게 방침일지라도…

 김용일 모르는 사람과 인사를 나누는 순간, 우리는 처음 보는 모르는 관계가 아니다.